Libertino de Bilhões

MISHA BELL

♠ MOZAIKA PUBLICATIONS ♠

Título original: *Billionaire Rake*
Copyright © 2023 Misha Bell
www.mishabell.com/pt/

Tradução: Nany
Preparação de Texto: Vania Nunes

Capa: Najla Qamber Designs
www.qamberdesignsmedia.com

Esta é uma obra de ficção. Seu intuito é entreter as pessoas. Nomes, personagens, lugares e acontecimentos descritos são produtos da imaginação da autora. Qualquer semelhança com nomes, datas e acontecimentos reais é mera coincidência.
Esta obra segue as regras da Nova Ortografia da Língua Portuguesa.

Todos os direitos reservados.
É proibido o armazenamento e/ou a reprodução de qualquer parte dessa obra, através de quaisquer meios — tangível ou intangível — sem o consentimento escrito da autora.
A violação dos direitos autorais é crime estabelecido na lei n°. 9.610/98 e punido pelo artigo 184 do Código Penal.
Algumas expressões e piadas são quase impossíveis de serem traduzidas *ipsis litteris* para o Português. Portanto, a tradução foi feita para manter a expressão/sentença o mais próximo possível do idioma original.

Bell, Misha

Um Amor Em Promoção, de Misha Bell. Tradução: Nany. 1ª edição. Rio de Janeiro, BR, 2024.

Publicado por Mozaika Publications, por Mozaika LLC
www.mozaikallc.com

e-ISBN: 978-1-63142-958-3
Print ISBN: 978-1-63142-964-4

CAPÍTULO 1

Jane

— Por que não esperar na biblioteca? — Pergunta mamãe, e embora estejamos conversando ao telefone, posso sentir a preocupação em seu rosto gentil. — Achei que esta entrevista era importante.

Importante é um eufemismo. Esse trabalho de bibliotecária é Meu Precioso, e eu sou Gollum por isso.

Agarrando o telefone com mais força, olho em volta para os arredores pitorescos do Central Park. — Eu sabia que ficar sentada na sala de espera por muito tempo me deixaria nervosa, então, preferi o promenade. — Não que isso ajudasse muito.

Mamãe engasga audivelmente. — 'Promenade' é o que as crianças chamam de Xanax hoje em dia?

Quase deixo cair meu telefone nas águas serenas do lago próximo. — Promenade é um passeio tranquilo em um local público. Desculpe, mais uma daquelas palavras de romance histórico.

— Oh. — Mamãe parece muito aliviada, considerando que nunca usei drogas. — Certifique-se de dizer a eles o quanto você gosta desses livros.

Huh. Dizer que eu apenas *gosto* de romance histórico é como dizer que o personagem de Glenn Close gostava de Michael Douglas em *Atração Fatal*. Ou que Hannibal Lecter estava com fome de fígados humanos com favas em *O Silêncio dos Inocentes*.

O alarme do meu telefone dispara, acelerando meus batimentos cardíacos. — É hora de ir para lá — digo à mamãe. — Tenho apenas dez minutos antes de minha entrevista começar, e é uma caminhada de cinco minutos.

— Vá então — diz mamãe. — Se apresse. Tenho certeza de que você vai arrasar.

— Obrigada. — Desligando, aliso a saia do terninho que comprei com o resto do meu dinheiro – roupas que terei de devolver se não conseguir o emprego.

Mas eu vou conseguir, é claro. Essa biblioteca tem a melhor coleção de romances históricos do mundo, e eu sou a leitora de romances históricos mais ávida que existe. É o casamento perfeito feito na Inglaterra Vitoriana.

A Senhorita Miller ajeita seu espartilho sufocante, reajusta o gorro e ergue o queixo. Durante tempos difíceis como este, uma dama deve manter a pose de superior.

Sim, assim é melhor. Quando preciso me acalmar ou me animar, muitas vezes me coloco no papel de uma dama do século XIX chamada Senhorita Jane Miller. Ela é filha de um barão que engravidou sua mãe fora do casamento e logo morreu em um navio que caçava cachalotes. De acordo com os sobreviventes, o bom barão foi esmagado até a morte pelo pau de 2,5 metros da majestosa besta – o que, para mim, parece um destino apropriadamente irônico para um doador de esperma inútil.

Para relaxar ainda mais, coloco meus fones de ouvido e toco o tema de *Bridgerton*, da Netflix.

Uma sombra branca ameaçadora aparece no canto do meu olho.

Eu me viro, e meu coração já acelerado quase sai pela minha garganta enquanto eu congelo no local, uma dúzia de perguntas se formando em minha mente.

Isso é uma ovelha? Se sim, o que está fazendo em Manhattan? Por que isso está correndo em minha direção? Ele está abanando o rabo? Você pode ser morto por uma...

Saindo do meu estupor, tento sair do caminho do ruminante, mas é tarde demais. A coisa enorme já está sobre mim, de pé sobre seus cascos demoníacos traseiros e batendo os dianteiros em meus ombros com a força do martelo de Thor.

Eu voo para trás.

O chão marca presença.

O ar sai dos meus pulmões e é difícil respirar.

Há um líquido espesso ao meu redor.

Sangue? Cérebros?

Não, pior.

É lama. Lama que provavelmente me salvou de uma

lesão, mas destruiu minhas esperanças de parecer apresentável.

Sugo um pouco de ar e graças a Deus não estou morta. No que diz respeito às formas embaraçosas de morrer, ser morto por uma ovelha é igual a ser atacado por um hamster e lambido até a morte por um gatinho. O fato de eu morrer virgem aos 23 anos seria apenas a cereja no topo de um bolo de merda com várias camadas.

A ovelha está bem na minha cara agora. Está prestes a comer minhas pálpebras? Ou mastigar os óculos que, por algum milagre, ainda estão no meu nariz?

Não. Ela lambe minha bochecha.

Seu hálito cheira a frango e batata-doce.

Que diabos?

Espere um segundo. O pelo desta ovelha tem um cheiro suspeito de cachorro molhado. Quase como se...

— Sinto muito — diz a ovelha com uma voz profunda, rica e suave como chocolate derretido. — A coleira escorregou das minhas mãos.

— Você é um cachorro? — Eu pergunto à ovelha, minha mente ainda confusa.

— Eu não — Isso – ou quem quer que seja – diz. — Eu sou Adrian. O cachorro é Leo, e ele fala assim. — A voz muda para soar uma oitava acima e acelerada, como se essa pessoa tivesse comido um esquilo com excesso de cafeína. — Você cheira bem. A lama é divertida. Me desculpe por ter feito você cair. Às vezes esqueço que não sou mais um cachorrinho.

O cachorro que não é uma ovelha – Leo – sai de minha vista e finalmente localizo quem fala.

A vista evapora qualquer ar que eu recuperei.

O rosto do homem – Adrian – é perfeitamente proporcional, com um nariz aristocrático, um queixo poderoso e olhos prateados que brilham maliciosamente. Sim, maliciosamente. Com seus ombros largos e cabelos escuros e varridos pelo vento que se estendem além das orelhas, ele poderia ser copiado e colado na capa de um livro de romance histórico; tudo o que eles precisam fazer é o Photoshop em algumas roupas de época.

Tomada pelo duque, seria o título do dito romance. Ou *A Noiva Relutante do Marquês. Teu nome é Conde. A Dama Virgem do Barão. Uma Solteirona para o Visconde Libertino*...

Ele se ajoelha ao meu lado.

Meus óculos estão embaçando ou minhas retinas? Tal beleza não adulterada deveria vir com um aviso.

— Você está bem? — Ele pergunta.

Eu estou? Estou ansiosa, abalada e muito excitada considerando minha situação, mas, principalmente, sinto que estou esquecendo algo extremamente importante.

Então, isso me atinge.

A entrevista! Como eu poderia esquecer isso, mesmo que por um momento? Eu tenho moinhos de vento na minha cabeça?

— Estou atrasada — Anuncio e me movo para me sentar.

Sinos do inferno. Meus braços se debatem e pedaços de lama voam em todas as direções, inclusive na direção de Leo, que os lambe avidamente, e de Adrian, que os pega estoicamente.

— Tem certeza de que está pronta para se levantar? — Adrian pergunta enquanto estende a mão para mim.

— Não importa se estou pronta. — Eu agarro sua mão e então quase caio de volta no chão totalmente embaraçada.

A pele dele está quente como uma fornalha furiosa, e esse calor permeia meu corpo, derretendo tudo em seu caminho.

Oh-oh. Senhorita Miller sente um desejo em seu lugar mais secreto. Um formigamento nada feminino que...

— Acho que você ainda não se recuperou — Adrian diz enquanto me ajuda a ficar de pé. — Vamos fazer você se sentar naquele banco ali.

— Não posso — Ofego, puxando minha mão de seu alcance antes de entrar em combustão. — Preciso correr.

Sua expressão endurece. — Você pode ter uma concussão.

— E de quem é a culpa? — Eu estreito meus olhos para ele. — Estou atrasada para uma entrevista. Para o emprego dos meus sonhos. Você pode parar de ficar no meu caminho?

— Uma entrevista? — Ele arrasta seu olhar sobre mim. — Desse jeito?

Eu olho para baixo e gostaria de não o ter feito. — Oh, não. Estou mais suja que um porco.

— Porcos não são realmente sujos — diz Adrian. — Eles usam lama para se refrescar e como protetor solar e repelente de insetos.

A Senhorita Miller luta contra a vontade de dar um tapa no rosto saliente do libertino.

— Essa é uma lição muito útil sobre criação, obrigada. — Eu saio da lama. Meus joelhos estão bambos no início, mas a cada passo me sinto cada vez mais eu mesma – apenas uma versão muito, muito mais suja.

— Espere — Ele grita atrás de mim. — Deixe-me pelo menos ajudá-la.

Eu não espero, mas ele me alcança e agarra meu cotovelo, como se estivéssemos prestes a dar um passeio antes da hora do chá.

Mais uma vez, meu corpo traiçoeiro reage ao seu toque com a intensidade mais inapropriada.

Aff. Se por algum milagre eu conseguir esse emprego, terei que colocar o Projeto Grande Defloramento no topo da minha lista de tarefas. Não conseguir nada por tanto tempo claramente me transformou em um barril de pólvora hormonal, pronto para explodir ao primeiro estranho que encontrar.

A Senhorita Miller acha esse último pensamento impróprio.

— Eles deixariam você reagendar? — Adrian pergunta, ainda segurando meu cotovelo.

— Eu duvido — digo. — Eu não faria isso.

— É que eu moro do outro lado da rua — diz ele. — Podemos lavar suas roupas em uma hora.

Eu coro como a donzela que sou. — Você está tentando me tirar das minhas roupas?

Seu sorriso é arrogante. — Tirar. Ou não. Não há tentativa.

Eu liberto meu braço do dele. — Mantenha Yoda em suas calças.

Um libertino total. Eu deveria ter imaginado.

Acelerando, eu o deixo para trás - por um segundo, pelo menos.

— Espere. — Ele me alcança, com Leo ofegante em seus calcanhares. — Eu falei sério quanto à oferta de lavanderia.

— E *eu* falei sério o seguinte: mesmo se eu não estivesse com pressa, a resposta seria 'inferno, não'.

Ele suspira. — Posso pelo menos...

— É aqui que eu fico — digo sem fôlego quando paro ao lado da biblioteca. — Não foi um prazer conhecê-lo.

Ele sorri maliciosamente. — A falta de prazer foi toda minha.

Quando entro na biblioteca, o cheiro dos livros refresca minhas bochechas ardentes e me acalma um pouco, pelo menos até que as pessoas comecem a me olhar com pena.

— Estou aqui para a entrevista — Deixo escapar para o cara no balcão.

— Sra. Corsica fica por ali. Ele aponta para a porta atrás dele. Estremecendo visivelmente, ele acrescenta: — Ela não ficará satisfeita com o seu atraso.

Então, além de estar inapropriadamente excitada e coberta de sujeira, também estou atrasada? Qual é o próximo? Cocô de pássaro na minha cabeça, então cheiro tão mal quanto me sinto?

Corro para a porta do escritório como se estivesse sendo perseguida por cavalos selvagens. Enquanto bato, tento controlar minha respiração ofegante.

— Entre — diz a voz de uma mulher em um tom descontente que não é um bom presságio.

Eu entro.

Dizer que a Sra. Corsica parece severa seria subestimar muito o caso. Com seu traje formal, postura ereta e olhos cinzentos e frios, ela me lembra uma duquesa viúva malvada que acabou de conhecer uma heroína que ela considera estar muito, muito abaixo do herói.

Deus. Mesmo que eu chegasse na hora certa e parecesse apresentável, ficaria preocupada com minhas chances com uma entrevistadora como essa. Do jeito que está, é melhor esquecer o trabalho.

— Quando você achou que essa entrevista deveria começar? — Pergunta a Sra. Corsica.

Viro-me para que ela possa ver a lama e digo: — Houve um acidente no meu caminho para cá. Eu sinto muito. — Duvido que ajudaria se eu também dissesse a ela: "Um cachorro que pertence a um cara muito gostoso me empurrou no chão". Isso soa como uma versão menos plausível de "o cachorro comeu meu dever de casa".

Balançando a cabeça em desaprovação, a Sra. Corsica diz: — Você se importa de fazer a entrevista em pé? Essa cadeira de convidados é uma antiguidade.

— Sem problemas — digo com falsa alegria. Na verdade, ficar de pé quando uma mulher mais velha está sentada parece rude, mas o que posso fazer? Não é como se eu tivesse chance de conseguir o emprego neste momento, então, minha melhor aposta é tratar isso como uma chance de praticar minhas habilidades de entrevista em condições extremamente difíceis.

— Diga-me por que devo contratá-la — diz a Sra. Corsica, e quase posso ouvir o não dito: "Não que qualquer coisa que você diga neste momento vá me convencer".

Esta é a parte mais difícil do processo de entrevista porque sou humilde por natureza, então, vender-me é muito mais difícil para mim do que responder a perguntas específicas. Mesmo assim, começo o discurso que ensaiei na minha cabeça há alguns anos, um discurso que destaca o quanto sou organizada e detalhista, como sou boa com a mais recente tecnologia de biblioteca e como sou incrível em pesquisa. Como um golpe de misericórdia, digo a ela o quanto amo ler e como é um grande sonho para mim trabalhar com livros.

O tempo todo, a expressão da Sra. Corsica é tão ilegível que começo a me perguntar se ela abusa do Botox, é campeã de pôquer ou foi substituída por uma estátua de cera quando pisquei.

— Seu único foco são os livros? — Ela pergunta. — Um curador precisa ter conhecimento sobre muitas formas diferentes de mídia.

Explico que me mantenho atualizada sobre filmes e programas de TV e até a desafio a me perguntar sobre um, se quiser.

Ela o faz, e eu tive sorte pela primeira vez hoje. A pergunta dela é sobre *Razão e Sensibilidade*, que obviamente vi e li, tendo recebido o nome de Jane Austen e sendo o filme um dos de um pequeno grupo de romances históricos.

Em seguida, ela me pergunta sobre minha dissertação de mestrado e experiência de trabalho na biblioteca da Universidade de Columbia.

Enquanto falo, faço o possível para não mudar de um pé para o outro e não pensar em Adrian, duas tarefas hercúleas.

Eventualmente, a Sra. Corsica deve sentir que já fez perguntas suficientes que a educação dita em um caso em que você não deseja realmente contratar alguém para o trabalho – um pouco como minha conversa com meu namorado outro dia, depois que o homem acabou por ser pelo menos vinte anos mais velho do que parecia em sua foto de perfil.

— Obrigada — diz a Sra. Corsica friamente. — Entraremos em contato.

Tradução: você vai conseguir esse trabalho por cima do meu cadáver. Dê o fora daqui e, pelo amor de Deus, limpe-se.

CAPÍTULO 2
Adrian

— A falta de prazer foi toda minha? — digo a Leo com um aceno de cabeça assim que a mulher misteriosa desaparece na biblioteca. — *Você* entendeu o que eu quis dizer?

Leo inclina a cabeça.

Eu sou mais suave do que isso, e minha ideia de flerte é cheirar a bunda de uma cadela.

— Ah, bem — digo. — Talvez eu diga algo mais inteligente quando ela voltar.

Leo se deita no chão e me olha com ceticismo.

Eu pensei que perseguir era coisa minha, mas seja lá o que flutue em seu barco de duas pernas.

— Você me meteu nisso, em primeiro lugar — digo a ele. — O mínimo que posso fazer é me oferecer para comprar as roupas dela para substituir as que *você* estragou.

Leo resmunga, o que me faz sentir como se tivesse vencido a discussão imaginária.

Enquanto esperamos, não posso deixar de imaginar como pintaria a mulher misteriosa. Ou faria uma estátua dela usando as técnicas de soldagem a laser que dominei recentemente.

Um sorriso curva meus lábios. Para alguns, ela pode parecer idiota ou uma bibliotecária sexy. Eles podem pensar que ela é como a heroína de *Ela é Demais* – bonita, mas precisa tirar os óculos e fazer uma repaginada. Acho que ela lembra a Mona Lisa, com um rosto o mais próximo possível do ideal, e seus óculos emolduram habilmente essa perfeição. Na verdade, eu apostaria um milhão de dólares que, se eu medisse o rosto dela e dividisse a largura pelo comprimento, o resultado seria a proporção áurea. O mesmo vale para suas outras proporções: o comprimento de suas orelhas seria exatamente igual ao de seu nariz, a largura de seus olhos idêntica à distância entre eles, para não mencionar...

Meu telefone toca.

É Bob, um do meu exército de advogados que é especialista em destruir meu bom humor. Ele é o melhor no que faz, mas tem o hábito irritante de agir como se a próxima audiência fosse a coisa mais importante da vida *dele*, e não da minha. Como se *ele* procurasse *a mim* para ajudar, e não o contrário. Às vezes, me pergunto se ele acredita em todas as besteiras que seus oponentes estão planejando dizer sobre mim na referida audiência – coisas nas quais, infelizmente, muitas pessoas acreditam.

— Oi — diz Bob. — Você teve notícias da agência?

Eu franzo a testa. — Nenhuma das candidatas que eles forneceram é boa.

— Tem certeza de que não está sendo muito exigente? — Bob pergunta.

— Ah, estou? — Descrevo os problemas com as candidatas que incluem, mas não estão limitados a: dirigir embriagada, uma ativista racista nas redes sociais e ordens de restrição de três homens diferentes.

— Hmm — Bob diz. — Talvez devêssemos encontrar uma agência melhor?

Eu zombo. — Você acha?

— Temos que fazer isso o mais rápido possível — diz ele. — O relacionamento deve ter durado um pouco para parecer crível.

Minha mandíbula se contrai. — Diga-me algo que eu não sei – e faça disso uma boa notícia para variar.

— O juiz que provavelmente conseguiremos não tem muito preconceito com gênero — diz Bob.

— Isso é ótimo — digo, e meu coração se aperta de esperança. Desde que vi minha filha no hospital – ou talvez até antes disso – tenho feito tudo ao meu alcance para poder estar na vida dela, o que requer a guarda conjunta. A verdade é que eu até consideraria me casar com Sydney, sua mãe manipuladora, mas não antes de esgotar todos os outros locais possíveis.

— Também ouvi falar da empresa que limpa a internet — diz Bob. — O trabalho deles está feito. Apenas certifique-se de não dar a eles mais trabalho para fazer e fique longe de substâncias.

Eu solto um suspiro. — Não toco em cogumelos há

alguns meses. LSD ainda mais. Você não precisa continuar trazendo isso à tona.

— Desculpe — diz Bob. — Você sabe como essa parte é importante.

Claro que sim, e não é de Bob que estou com raiva, mas de mim mesmo. Mencionei a micro dosagem de alucinógenos para recreação em algumas entrevistas há um ano, e Bob tem motivos para acreditar que o outro lado pode usar isso para argumentar que tenho problemas de abuso de substâncias. Agora, se eles seguirem esse caminho, ficarão desapontados quando tentarem obter qualquer prova de que eu disse isso, também estou fazendo testes regulares de drogas para provar que estou limpo como o apito de um árbitro com TOC.

— Mais alguma coisa que eu deva saber? — Eu pergunto a Bob.

Ele se lança no resumo, mas eu tenho que pará-lo antes que ele termine porque vejo a mulher misteriosa saindo da biblioteca.

A julgar por sua expressão desamparada, as coisas não foram bem em sua entrevista e, se assim foi, devo a ela mais do que apenas um conjunto de roupas.

— Ligo para você mais tarde — digo a Bob e desligo.

A mulher desce as escadas, perdida em seus pensamentos. Então, quando ela nos vê, estreita os olhos para pequenas manchas de âmbar. — Você está me perseguindo?

Eu gesticulo para Leo e, na voz "dele", respondo: — Eu errei, então, estou fazendo meu humano reparar.

Ela diminui a distância entre nós e projeta um dedo no meu peito. — Como eu já disse, não vou para a sua casa.

— Certo — digo em minha voz normal. — Mas há uma loja de roupas por perto. Que tal eu comprar uma roupa nova para você?

Ela suspira. — Essa é a maneira mais rápida de me livrar de você?

Concordo com a cabeça, e Leo fica em toda a sua altura e abana o rabo para ela.

Ela sorri para o cachorro, e não é um sorriso de Mona Lisa, mas um sorriso largo. — Seu rosto fofo me lembra de alguém — diz ela. — Mas não consigo lembrar quem.

— Oh, ele entende muito disso — digo sem expressão. — Ele tem uma daquelas caras, você sabe.

Seu sorriso desaparece. — Onde fica essa suposta loja?

Aponto em direção à Quinta Avenida. — Não longe.

— Tudo bem — Ela resmunga e começa a andar.

Eu a alcanço e, o mais casualmente que posso, pergunto: — Qual é o seu nome?

Ela para. — Isso não é algo que divulgo para completos estranhos.

Eu estendo minha mão. — Só para lembrar, meu nome é Adrian. Adrian Westfield. — Pego minha carteira de motorista e entrego a ela. — Vê? Agora não sou um completo estranho.

Franzindo a testa, ela tira uma foto da minha carteira de motorista com o telefone. — Agora, isso está na minha nuvem — diz ela. — Se você me comer, a polícia vai fazer algumas perguntas para você.

Comê-la? A parte da minha anatomia que ela apelidou de Yoda sente uma grande perturbação na Força, como se milhões de vaginas tivessem gritado de repente em êxtase.

A julgar por seu rubor, ela deve perceber o duplo sentido.

Quando retiro a licença, meus dedos roçam os dela, e é como ser atingido por aquele raio da Força que o malvado Sith pode disparar de suas mãos. A energia flui direto para Yoda – e, ao contrário do filme homônimo, meu pau não a absorve inofensivamente. Em vez disso, sinto que Yoda pode explodir.

— Jane — diz ela, e por algum motivo, suas bochechas adquirem um tom de rosa ainda mais delicioso. — Jane Miller. Minha mãe é uma grande fã de *Orgulho e Preconceito*.

Ao retomarmos a caminhada, pergunto: — O livro ou o filme com Keira Knightley?

— O livro — Jane diz secamente. — Minha mãe não poderia ter me dado o nome daquele filme porque ele foi lançado depois que eu nasci.

— Não vou cair nessa — digo a Leo de forma conspiratória. Para Jane, digo: — Quero deixar claro: não estava pescando para saber sua idade... Mesmo que, ao ver minha carteira de motorista, você já saiba que tenho vinte e sete anos.

— Que cavalheiro — Ela diz com um revirar de olhos audível. — Já que você está morrendo de vontade de saber, tenho vinte e três anos. Além disso, antes que você pergunte, tenho quarenta e sete quilos.

— Eu nunca perguntaria isso. — Eu me pergunto se devo dizer que ela pesa exatamente tanto quanto Leo.

— Eu também tenho um metro e sessenta — Ela continua. — O que faz com que meu IMC seja dezenove e meio.

— Sério, eu não preciso...

— Meu colesterol é de cento e cinquenta — Continua. — Eu sou de Escorpião. Minha pressão arterial é de 115 por 75, na maioria dos dias. O tamanho do meu sapato é trinta e sete e meio. Mais alguma coisa que você queira perguntar? Se eu tenho alguma verruga? Qual é a aparência do meu cocô na escala de fezes de Bristol?

— Eu não perguntei nada disso, e você sabe disso. — Embora parte disso seja bastante útil se eu fizer uma estátua dela em tamanho real – mas não menciono essa parte porque ela pode distorcê-la em algo que apenas um canibal diria.

— Estamos perto da loja? — Ela questiona.

Aponto para uma butique do outro lado da rua. — Lá.

Ela verifica, então para e balança a cabeça. — Não podemos entrar lá.

— Por que não?

Ela não parece ser do tipo que entra na lista dos

excluídos por furto em lojas, ao contrário de uma das candidatas que a agência me enviou.

— Eles vendem as roupas mais caras de Manhattan — diz ela. — Eles não vão deixar seu cachorro entrar e vão me esnobar, como naquela cena de *Uma Linda Mulher*.

Eu sorrio. — Se o fizerem, vamos comprar em outro lugar e esfregar no nariz deles toda a comissão que perderam, como Julia Roberts fez.

Pela primeira vez, Jane sorri para mim. — Você viu esse filme?

— Sou fanático por cinema — digo enquanto atravessamos a rua. — Já vi de tudo. E você?

— Sou mais uma leitora de livros. — Ela empurra seus óculos mais para cima em seu nariz fofo. — Ainda assim, assistir filmes é algo que faço com minha mãe sempre que posso, então já vi muitos.

Há uma pontada no meu peito. Eu daria todo o meu dinheiro para poder assistir a um filme com minha mãe de novo, por pior que fosse.

— Que tipo de livro você gosta? — Eu pergunto antes que ela, de alguma forma, pegue meus pensamentos e traga algo que eu não gostaria de discutir.

Corando mais uma vez, ela entra na butique em vez de responder.

Antes de seguir, olho para Leo. — Você tem que se comportar da melhor maneira possível lá.

Leo inclina a cabeça.

Quais são as chances de eles terem um gato que me desafie a persegui-lo? Ou um esquilo? Ou meu rabo?

Suspirando, pego minha carteira e me certifico de que tenho meu cartão Amex Black para poder mostrá-lo se parecer que podemos ser expulsos. Então entro e esbarro em Jane, que parece querer escapar.

— Partindo tão cedo? — Eu pergunto.

— Eles não têm etiquetas de preço em nada — Ela sussurra um tanto alto.

Aceno para uma vendedora próxima. Dada a maneira como seus olhos se arregalam, suspeito que ela saiba quem eu sou.

— Houve um acidente — digo. — Precisamos substituir a roupa de Jane. — Aponto para alguns manequins. — Ela vai experimentar isso, para começar.

A equipe de vendas ataca Jane como gafanhotos fashionistas.

Antes que eu perceba, Jane sai do provador em um terninho italiano, parecendo tão profissional que poderia conseguir qualquer emprego que quisesse, seja CEO, banqueiro de investimentos ou agente funerário.

É quando isso me atinge. Outro lugar onde ela ficaria linda usando aquele terno é ao meu lado na audiência.

Leo olha para mim com a língua pendurada. Sem dúvida, ele pode ouvir meu batimento cardíaco acelerando.

Boa ideia. Agora vá fazer xixi perto dela ou faça o que quer que os humanos façam para marcar seu território.

Quanto mais penso nisso, mais animado fico. Até

agora, pelo pouco que sei sobre Jane Miller, ela está anos-luz à frente da maioria das candidatas que a agência me enviou.

O que eu mais gosto é que ela tem uma vibração saudável de garota da porta ao lado que contrastaria muito bem com a beleza fria de Sydney.

Ela é solteira? Hétero? Não fumante?

Se sim para todos os três, é isso.

Jane Miller vai ser minha esposa.

CAPÍTULO 3
Jane

— Quanto é este? — Eu sussurro para a vendedora loira ao meu lado, e preciso de toda a minha força de vontade para não reclamar sobre o quão irritante é a falta de etiquetas de preço.

Sei que mamãe me castigaria por ser econômica mesmo quando outra pessoa está pagando, mas não consigo evitar.

A mulher nomeia um número.

Boquiaberta, espero que ela ria e diga que acabou de fazer uma piada.

Ela não o faz.

— Não posso deixá-lo pagar isso — Sibilo para ela. — As roupas que seu cachorro sujou custam um centésimo desse preço.

— Ele não vai se importar — Ela sussurra com confiança.

— Como você poderia saber disso? — Pergunto, estreitando os olhos.

Agora, ela olha para *mim* como se eu estivesse fazendo uma piada. — Ele é Adrian Westfield.

— Como você o conhece?

Ele dormiu com ela? Quando se trata de libertinos, essa é a suposição padrão.

Ela franze as sobrancelhas perfeitamente aparadas. — Ele é um bilionário e o solteiro mais cobiçado de...

Eu desligo o resto.

Um bilionário.

O solteiro mais cobiçado.

Agora que ela disse isso, parece que eu deveria ter visto. Há algo inefável em Adrian, algo além de sua aparência de outro mundo. Se esta fosse a Inglaterra Vitoriana, eu teria imaginado que ele fosse um duque ou algum outro membro do escalão superior da alta sociedade, então faz sentido que ele seja um equivalente americano moderno. Acrescente a isso o fato de que ele está passeando com o cachorro tão perto do Passeio dos Bilionários e me comprando roupas em um lugar que parece adicionar zeros aleatoriamente aos preços, e isso parece elementar.

— ...você não lê nenhum tabloide? — A vendedora me pergunta, trazendo-me de volta à realidade da butique.

Eu balanço minha cabeça. — Por que ler tabloides quando posso ler livros?

Ela dá de ombros. — Você quer experimentar mais alguma coisa?

Lanço um olhar para Adrian. — Qual é o seu terninho mais barato?

Mesmo que ele possa pagar por isso, não me sinto bem em aceitar algo que custa tanto.

A Senhorita Miller aprova. Um presente luxuoso de um cavalheiro é indelicado porque parece um suborno sobre as afeições da dama. Se ele insistir em um presente, deve ser algo perecível e, portanto, não deixar nenhuma obrigação para o recebedor. Coisas como flores são boas, ou frutas e legumes – desde que não tenham uma forma indiscreta, como pepinos.

— Esse é um dos terninhos mais baratos que temos — diz a vendedora. — Tudo o que posso fazer é mostrar outro que esteja em uma faixa de preço semelhante.

Uau. Os ricos vivem em seu próprio mundinho.

Eu ando até Adrian. — Temos que ir a outra loja.

— Por quê? — Ele pergunta. — Você está incrível nesse.

Eu bato meus cílios para ele. A frase "bajulação leva você a qualquer lugar" é sobre calcinha, não é?

A Senhorita Miller considera o calor de seu corpo uma quebra de etiqueta.

— Isso é demais — digo. — Eu não posso aceitar.

Ele suspira. — Não me sinto bem com o que aconteceu com suas roupas. Você estaria me fazendo um favor se aceitasse.

Mesmo que minha determinação esteja vacilando, eu balanço minha cabeça. — Sua consciência terá que administrar.

— Que tal um jantar, então? — Ele pergunta. — E uma chance de lavar seu terninho?

O jantar envolve itens perecíveis, então tudo bem, mesmo na época Vitoriana, certo? E agora que sei que ele é famoso, não preciso temer pela minha segurança... tanto.

A Senhorita Miller acha que a segurança da virtude de uma dama é algo com que ela deveria se preocupar muito. Um jantar desacompanhada é muito mais perverso do que um presente generoso.

— Ok — Eu me surpreendo ao dizer. — Vou jantar com você, mas nada de roupa lavada. Pelo que sei, você pode ser um pervertido que cheira roupa suja.

Aposto que a vendedora ouviu o último comentário e está precisando de toda a sua força de vontade para não intervir – provavelmente em defesa dele.

— Apenas jantar — diz ele. — Alguma preferência?

Eu dou de ombros. — Não sou muito exigente.

Seus olhos brilham como prata. — O que você acha de sushi?

— Isso pode funcionar — digo. A verdade é que estou realmente animada com essa escolha. Estou com vontade de comer sushi, mas como minha mãe não é fã, faz um tempo que não como.

— Há um ótimo lugar por perto — Ele diz e o nomeia, mas não é conhecido por mim. Nem seria, já que meu restaurante de sushi preferido fica perto da minha casa em Staten Island. — E você tem certeza sobre as roupas? — Ele pergunta, olhando-me de cima a baixo com apreço.

— Positivo. — Meus trapos já secaram, certo?

— Posso pelo menos conseguir um carro para levá-la para casa? — Ele pergunta.

— Péssima ideia. Então você saberia onde eu moro.

Ele franze a testa. — Não vou descobrir isso quando for buscá-la para jantar?

— Não se eu te encontrar no local.

Ele olha para Leo, como se pedisse sua ajuda. — Não gosto da ideia de você andar suja por aí.

Certamente me sinto suja agora, mas não do jeito que ele quer dizer. — Certo. Você pode me conseguir um Uber. Econômico, não o Limusine. Não uma carruagem com cavalos... ou qualquer outra coisa que você provavelmente tenha em mente.

Ele pega o telefone e pressiona a tela algumas vezes. — Uber. Certo. Ouvi coisas ótimas sobre esse aplicativo.

Não me surpreende que um bilionário nunca tenha usado o Uber. O que é surpreendente é que ele está passeando com o cachorro sozinho. Ele não deveria ter um passeador de cães chique para isso?

— O aplicativo precisa do seu endereço para funcionar — diz ele.

Hum. Ele tem um ponto irritantemente bom, então digo a ele qual é o meu endereço. — Mas ainda vou te encontrar no restaurante.

— Tudo bem, mas vamos pelo menos trocar números.

— Espertinho — digo, estreitando os olhos. — Eu acho que você me deixou pouca escolha. — Pego o telefone de suas mãos, envio um emoji sorridente para mim mesma e respondo:

Aqui é Jane, a mulher que você forçou a jantar.

Quando ele pega o telefone de volta, sorri, o que causa todos os tipos de tremores na boca do estômago.

A Senhorita Miller teria dado um tapa na bochecha do libertino antes de ceder.

Vou me trocar e, quando visto a roupa suja, pedaços de sujeira seca se desfazem e caem no chão imaculado do provador.

Grr. Quase me arrependo de não ter aceitado o presente.

Quando saio, vejo Adrian tirando seu cartão de crédito da maquininha que uma das vendedoras deve ter entregado a ele.

— O que você acabou de comprar? — Questiono.

Ele se vira para mim. — A roupa que você experimentou.

— Por quê? — Olho para ele com desaprovação. — Não é como se eu tivesse usado por tempo suficiente para você gostar de cheirar. — Pelo menos, espero que não.

Seu sorriso é arrogante. — Sempre há uma chance de você aceitar o presente depois do jantar.

Reviro os olhos. — Também há uma chance de que um bilhete de loteria premiado caia na minha cabeça, mas a probabilidade de isso acontecer é muito baixa.

— Veremos — diz ele no momento em que seu telefone emite um som. Depois de verificar, ele diz: — Seu Uber está aqui.

Sim. Um carro para no meio-fio.

— Deixe-me abrir a porta — diz Adrian, e antes que eu possa impedi-lo, ele faz o papel de porteiro, primeiro me deixando sair da butique e, depois, abrindo a porta do carro.

Que covarde. É como se ele soubesse que gostar de gestos cavalheirescos é o único vício da Senhorita Miller.

— Obrigada — digo, por algum motivo hesitante em entrar no carro.

Ele se inclina, como se fosse fazer uma reverência, mas fica lá, com os lábios a uma distância muito curta dos meus. — Sem problemas — Ele murmura.

Eu encaro aqueles lábios, meu batimento cardíaco acelerando.

Ele olha para os meus.

Alguma força sobrenatural parece nos puxar um para o outro. Posso ver as curvas sensuais de seus lábios, tão malandros, mas tão estranhamente atraentes, as estrias prateadas em seus olhos, a linha forte e aquilina de seu nariz... Nossos lábios estão separados por apenas um fio de cabelo quando há um latido alto dentro da butique, seguido pelo som de algo grande caindo no chão.

— Cacete. — Adrian se endireita abruptamente. — Eu não deveria ter deixado Leo lá sozinho.

Meu rosto queima e meu coração bate forte como os tambores de Waterloo enquanto dou um passo trêmulo para trás, depois me viro e tropeço para dentro do carro. Com a mão trêmula, bato a porta atrás de mim e vejo Adrian correr para a loja para lidar com as consequências do que quer que Leo tenha feito.

O carro se afasta enquanto eu inspiro ar, desejando que meu pulso frenético diminua.

Eu imaginei ou quase nos beijamos?

Se sim, era ele me beijando ou eu a ele? Isso importa?

A Senhorita Miller acha que isso importa muito, pois é a diferença entre uma dama decente e uma mulher de má reputação.

Encosto-me no banco do carro e fecho os olhos.

Acho que cometi um erro horrível ao concordar com esse jantar.

CAPÍTULO 4
Adrian

Como Leo criou uma bagunça, compro mais roupas do tamanho de Jane para acalmar as vendedoras. Tenho certeza de que serão úteis mais tarde.

Depois disso, levo Leo para casa, faço reservas para o jantar e arrumo um carro para Jane enquanto andamos.

No almoço, nós dois comemos as sobras de minhas experiências culinárias no outro dia – melão defumado com enguia para mim, moela de frango com molho de amendoim para ele. Enquanto como, penso em contar a Bob sobre Jane, mas decido que pode ser prematuro. Preciso descobrir mais sobre ela, o que farei em nosso próximo jantar. Então, novamente, desde que eu quase a beijei, ela poderia cancelar o jantar.

Quão estúpido foi isso da minha parte? Assim como conheci alguém que pode ser a candidata perfeita para me ajudar a ganhar a custódia de Piper, meu Yoda pode ter arruinado tudo em minutos.

A comida azeda no meu estômago.

Não, não posso pensar nisso agora. Devo me manter ocupado.

Deixando a louça para minha empregada, vou para o meu estúdio para compor algumas músicas. Eu crio alguns solos de baixo – algo que pode se tornar uma música para a banda de metal da qual faço parte. Então, escrevo um jingle para um vídeo que criei – um que pode se tornar um anúncio para uma das milhões de empresas que herdei.

Minha mente ainda está divagando, ainda tentando voltar ao assunto Jane, então, vou para trás do computador para trabalhar na história infantil que espero ler para Piper quando ela tiver idade suficiente. Por enquanto, estou apenas escrevendo as rimas porque ainda estou pensando na melhor forma de desenhar as ilustrações.

Droga. Jane ainda está se insinuando em meus pensamentos.

Pego um livro sobre estratégia de pôquer. Não. Entro na internet e jogo xadrez com um cara que afirma ser um grande mestre, mas como o venci na primeira hora, não acredito que ele tenha uma classificação tão elevada quanto afirma.

Além disso, minha mente continua voltando para o jantar.

A boa notícia é que não há nenhuma mensagem dela desmarcando.

Talvez eu não a tenha assustado muito.

De volta ao trabalho. Reviso alguns investimentos, respondo alguns e-mails e entrevisto um candidato a CEO de uma de minhas fundações. Depois, eu trabalho em mais algumas músicas e escrevo mais algumas rimas antes de encerrar.

Como costumo fazer no final do que se passa como meu dia de trabalho, procuro dentro de mim qual atividade tenho mais afinidade e, como sempre, não encontro nada.

É verdade que o livro infantil é um trabalho de amor, mas isso é impulsionado por meus sentimentos por minha filhinha. Sem eles, não tenho certeza se escrever e ilustrar seria minha vocação.

Eu suspiro. Mesmo que meu pai não esteja mais por perto para me criticar, posso facilmente imaginar sua carranca e suas palavras mordazes. "Um pau para toda obra, mas sem se aperfeiçoar em nada" foi a versão mais gentil de sua crítica habitual, com palavras como "desfocado" e "sem direção" não muito atrás.

E, ei, ele estava certo. Tenho vinte e sete anos e ainda não sei o que quero fazer da minha vida.

Quão patético é isso?

Leo se aproxima de mim e me cutuca com o nariz molhado.

Não temos um jantar de sushi para nos preparar?

CAPÍTULO 5
Jane

— Como foi a entrevista? — Mamãe pergunta assim que entro em nossa casa.

Eu me viro para que ela possa ver o estado da minha roupa. — Foi um desastre.

— Conte-me durante o almoço — diz ela, e eu conto, incluindo a parte sobre o encontro com Adrian.

Assim que menciono os tabloides, ela pega o telefone e começa a pesquisar.

Eu suspiro. Já faz algum tempo que mamãe e eu somos mais amigas do que mãe e filha – para o melhor e às vezes para o pior. Ela tem apenas trinta e nove anos, então, obviamente, me teve quando era muito jovem e, como temos idades tão próximas, temos problemas bastante semelhantes: namoro, procura de emprego etc.

Já a vi ser maternal com minha irmã mais nova, Mary, e às vezes sinto um pouco de ciúme.

— Ele é gostoso! — Mamãe exclama.

Eu suspiro. — Você não ouviu a parte em que não consegui o emprego?

Ela acena desdenhosamente. — Você é brilhante. Haverá outra biblioteca. Provavelmente não haverá outro bilionário delicioso que cairá no seu colo.

Fico feliz que Mary não esteja aqui para essa pérola de conselho maternal.

— Aquela biblioteca teria sido perfeita.

Mamãe estreita os olhos para mim. — Você não foi espinhosa com Adrian, foi?

— Espinhosa? — Você traz um encontro para casa uma vez, e agora há essas acusações insanas.

— Você me ouviu — diz ela. — É como se você nunca tivesse saído da fase em que provoca os garotos de quem gosta.

— Eu não gosto dele — digo com uma confiança que realmente não sinto. — Nem nunca provoquei garotos de quem gostava. — Era mais como se eu fosse tímida demais para falar com eles.

— Claro, você não gosta dele — Mamãe diz. — É por isso que você concordou em ir jantar com ele.

Reviro os olhos. — Estou velha demais para me emancipar de você?

Ela joga um marcador de livro em mim. — Onde ele vai te levar?

Eu digo a ela.

Seus olhos se arregalam. — O local daquele famoso chef japonês?

Concordo com a cabeça, uma sensação suspeita rastejando em meu estômago.

Mamãe procura no telefone por mais alguns segundos e depois exclama: — O omakase deles custa cinquenta vezes mais do que cobram pelo bufê coma à vontade em nosso restaurante de sushi favorito.

— Me mostra — Exijo.

Céus. É verdade. Isto é como a maldita butique de novo.

A Senhorita Miller acha que o cavalheiro pode esperar algo desagradável depois desse tipo de jantar.

Pego meu telefone para enviar uma mensagem para Adrian, mas mamãe o arranca de minhas mãos. — Não se atreva a não ir.

— Mas isso é muito dinheiro — digo suplicante.

Ela afasta o telefone quando tento agarrá-lo. — Ele é um bilionário. Pode custar-lhe mais dinheiro perder tempo pensando em um novo lugar para levá-la.

Hum. Ela tem razão? Procuro no meu celular e descubro que alguns bilionários famosos ganham até oito mil dólares por minuto, o que, se for verdade no caso de Adrian, deixaria mamãe certa. Talvez não valha a pena incomodá-lo com o custo desse jantar. O terninho também pode não ter sido. Não que eu vá admitir isso para ele.

A porta se fecha lá embaixo, então, esperamos até que Mary entre correndo no cômodo, cheia de entusiasmo como sempre.

— Oi, querida — diz mamãe. — Seu pai já alimentou você?

Apesar de parecer meu clone de dez anos, Mary é minha meia-irmã e tem um pai que escolheu permanecer na vida dela, ao contrário do doador de esperma que me gerou.

— Comemos saladas — diz Mary. — Eu me certifiquei de que ele terminasse a dele.

Essa é Mary, a criança que faz o adulto comer seus vegetais – e ela faz isso comigo e com minha mãe também.

— Como foi a entrevista? — Mary me pergunta.

Eu faço uma cara triste.

— Ah, não — Ela diz. — Mas aquela biblioteca teria sido perfeita para você.

— Viu? — Olho para mamãe incisivamente. — Isso é o que você deveria dizer.

Mamãe se irrita. — Não é como se eles dissessem que você não conseguiu o emprego.

Mary estreita os olhos para mim. — Eles não te rejeitaram? Por que você acha que não conseguiu?

Explico como fiquei coberta de lama, cheguei atrasada e tive que enfrentar uma entrevistadora que canalizava Meryl Streep em *O Diabo Veste Prada*.

— Mas Anne Hathaway não conseguiu o papel naquele filme? — Mary pergunta.

— Conseguiu — digo timidamente.

Minha irmã abre os braços em um gesto de "encerro meu caso".

Mamãe sorri com orgulho. — Já disse isso antes e vou repetir: essa garota vai governar o mundo um dia.

O alarme do meu telefone toca.

— Isso é um lembrete — digo. — Eu tenho que me preparar para o jantar bobo.

Mary olha de mim para mamãe e vice-versa. — Que jantar?

— Jane tem um encontro — Mamãe diz conspirativamente.

Mary faz uma careta. Embora na maioria das coisas ela tenha entre dez e quarenta anos, ela ainda acha que os meninos são nojentos – e às vezes me pergunto se ela não seria mais sábia do que mamãe e eu nesse aspecto.

— Me ajude com a maquiagem dela? — Mamãe pergunta a ela.

Os olhos da minha irmã brilham. — Uma transformação?

— Sem transformações — digo severamente. —, mas você pode pôr um pouco de maquiagem.

— Claro — Mamãe diz e pisca para Mary. — Só um pouco.

Sim. Claro. Elas ficarão satisfeitas com apenas um pouco – logo depois de me venderem também a Ponte Verrazano[1].

---

1. [Nota do tradutor] "Vender uma ponte" é uma expressão que significa considerar alguém ingênuo.

CAPÍTULO 6
Adrian

Eu olho severamente para o meu cachorro. — Amigo, de jeito nenhum você vai comigo no jantar.

Ele me encara com seus olhos de cachorrinho e solta um gemido.

Mas Jane cheira tão bem. Me leva. Me leva. Me leva. Preciso lembrá-lo de que, se não fosse por mim, você não teria conhecido Jane, em primeiro lugar?

— Tiffany está vindo para ficar com você — digo a ele, e isso parece fazê-lo se sentir melhor porque ele gosta de sua ex-treinadora de cães, que agora é sua babá ocasional. — Ela vai levar você para passear. Onde você quiser.

Com um timing impecável, Tiffany aparece naquele exato segundo, e eu deixo ela e Leo enquanto me preparo para o jantar.

— Não tenho certeza de quando voltarei — digo a Tiffany ao sair.

Ela dá de ombros. — Não tenho planos. Quando Leo dormir durante a noite, eu saio.

— Você é a melhor — digo a ela.

Ela sorri. — Você parece tão elegante. Posso perguntar para onde está indo?

— Você pode perguntar — digo. —, mas vou pleitear a quinta.

— Justo — diz ela. — Divirta-se.

Quando desço, minha limusine já está esperando por mim.

Ligo para Jennifer, que está no meu rodízio de motoristas, mas no momento está fingindo ser motorista de Uber. De acordo com minhas instruções, ela alugou uma versão blindada do Toyota Camry, então Jane não deve nem saber o quanto sua viagem é mais segura em comparação com uma corrida aleatória de Uber.

— Alô! — diz Jennifer. Depois de uma pausa, ela acrescenta: — Não, você ligou para o número errado.

Ok. Ótimo. Esse é o código para "Estamos a caminho e no horário".

Meu peito parece estar expandindo, algo que geralmente só acontece depois de um bom treino. Acho que estou ansioso para ver Jane novamente, mas estritamente como resposta à pergunta da esposa, é claro.

Romance não está em minha mente.

E não estará até que eu tenha a custódia 50/50 de Piper.

CAPÍTULO 7
Jane

Quando entro no restaurante, fico sem fôlego – e não por causa da decoração incrível, uma combinação de temas japoneses com toques de arte moderna. Nem são os aromas de dar água na boca que me tiram o fôlego. Nem é o fato de o restaurante estar completamente vazio, no horário de pico do jantar.

Não. É a visão de Adrian vestido com um terno elegante que está atrapalhando minha respiração. Seu cabelo está bem penteado e...

— Oi. — Ele se levanta da única mesa no meio do grande espaço e puxa uma cadeira para mim. — Você está maravilhosa.

E assim, eu perdoo mamãe e Mary por toda a agitação anterior. Quase.

— Sente-se — Adrian diz. — Por favor.

Ele segura a cadeira até eu me sentar, então, sinto o cheiro de sua colônia, que tem notas de madeira, mel e tangerina, além de algo viril que é exclusivamente de Adrian.

Com os joelhos trêmulos, eu me jogo no assento oferecido e, assim que ele se senta à minha frente, deixo escapar: — Onde estão todos os outros clientes?

Obviamente, eu tenho uma suspeita.

— Itamae-san me deixou reservar o lugar todo — diz Adrian, confirmando minhas suspeitas. — Portanto, não seremos incomodados, se essa for sua preocupação.

— Oh, eu não estava preocupada em ser incomodada. Eu simplesmente não consigo imaginar quanto custaria reservar um lugar com a reputação de ter a comida mais cara de Manhattan.

Bosta. Isso foi um exemplo de ser o que mamãe chamou de "espinhosa"?

A Senhorita Miller considera essa repreensão justificada, mesmo que falar sobre dinheiro seja falta de etiqueta em circunstâncias normais.

— Se isso ajuda, eu não reservei o lugar para o seu bem — diz Adrian. — O que eu quero discutir com você é um assunto privado, e não poupo nenhuma despesa quando se trata desse assunto.

A Senhorita Miller suspeita que este cavalheiro – um termo usado vagamente – fará uma proposta desonrosa.

— Sobre o que você queria conversar? — Sinto um frio na boca do estômago e não tenho ideia do porquê.

Adrian abre a boca, mas naquele momento um senhor mais velho vem até nossa mesa, segurando uma tábua de cortar que parece uma pintura abstracionista feita com os presentes do mar.

— Sem molho de soja, por favor — diz ele com um forte sotaque japonês.

Para minha surpresa, Adrian responde em japonês, e eles conversam amigavelmente, até que o chef – presumo – vai embora, deixando-nos com sua obra-prima.

— Você sabe japonês? — Pergunto.

Adrian balança a cabeça. — Eu só falo. A parte difícil é dominar o kanji, o que ainda não fiz.

— Claro, *essa* é a parte difícil — digo com um sorriso. — Você 'só fala' alguma outra língua?

Ele dá de ombros. — Sou fluente em mandarim, graças à babá Hua. Consigo me virar em hindi, graças a uma longa viagem à Índia. O mesmo com árabe e russo. Fora isso, sei ler, mas não falo italiano, e tenho trabalhado...

— Eu não acredito em nada disso — Eu deixo escapar.

Ele arqueia uma sobrancelha, então diz algo em cada um dos idiomas que acabou de mencionar – ou assim suponho.

Com um acesso de raiva, pego meu telefone e abro gazzetta.it. Nonna — ou melhor, minha avó – me ensinou um pouquinho de italiano, o suficiente para navegar naquele site de notícias e encontrar um artigo sem fotos. Enfio o telefone na cara de Adrian. — Se você sabe ler italiano, o que diz aqui?

Ele olha para a página. — É sobre um escândalo sexual em que o presidente deles se envolveu.

Hum. Como não confio no meu parco italiano, uso o Google Tradutor para verificar – e, caramba, ele está certo. — Os idiomas vêm sem esforço para você ou você teve que estudar, como nós, mortais normais?

Ele dá de ombros. — Quando eu era criança, meus pais me ensinaram o ouvido absoluto usando o Método Eguchi, que foi meu primeiro contato com a língua japonesa. Mas o mais importante é que o ouvido absoluto ajuda você a aprender idiomas, especialmente os tonais.

— Uau. — O mais perto que cheguei de qualquer treinamento musical quando criança foi quando mamãe me deu um apito para soprar em caso de perigo estranho. — O tom absoluto significa que você pode dizer quais notas estão em uma música depois de ouvi-la?

Ele concorda. — Uma habilidade bastante útil para um músico.

— Espera, você também é músico?

Ele sorri. — Eu sou muitas, muitas coisas.

Muito convencido? — Como o quê? — Pego os pauzinhos e seguro um pedaço do prato glorioso, mas não coloco na boca ainda.

Ele pega um pedaço de sushi também. — Quanto tempo você tem?

— Tanto assim? — Pergunto, lutando contra a vontade de ser espinhosa. — Que tal você me contar os destaques. Diga, que talentos que você utilizou hoje?

Sorrindo, ele me conta como foi seu dia, e quanto mais fala, mais impressionada fico.

— Não tive oportunidade de pintar hoje — diz ele no final. — Mas geralmente faço isso todos os dias.

— Você é um verdadeiro Homem da Renascença — digo, sem brincar nem um pouco. Tenho que admitir, isso o deixa ainda mais sexy. Eu me recomponho antes de começar a babar. — Você tem algum exemplo de sua arte?

— Aqui. — Ele pega o telefone e me mostra uma pintura do chef de sushi que vimos antes – só que aqui, o homem mais velho parece profundamente imerso em pensamentos, provavelmente pensando em como fazer o melhor sushi do mundo.

— Incrível — digo, e finalmente enfio o pedaço de sushi na boca.

Sem querer, gemo de prazer.

Os olhos de Adrian ficam semicerrados. — Delicioso, certo?

Corando mais vermelho que o salmão na mesa, eu assinto.

Ele enfia o próprio sushi na boca, e não tenho certeza se ele está zombando de mim, mas ele também fecha os olhos e grunhe exatamente do jeito que eu imagino que ele faria ao gozar.

A Senhorita Miller não pode acreditar que uma dama decente se atreva a ter tal pensamento.

— Experimente o *golden eye* a seguir — diz Adrian quando abre os olhos, e então aponta com os pauzinhos para um pedaço idêntico ao que acabou de comer.

Faço o que ele diz e desta vez controlo meus gemidos, mas por pouco. Esta peça tem sabor leve, com um toque de doçura e uma delícia inefável que significa uma de duas coisas: o chef está usando algo como heroína como tempero ou fez um pacto com o diabo.

Falando em tais acordos, não posso acreditar que esqueci o que Adrian disse há poucos minutos: que ele me convocou aqui com algum propósito inclemente.

O *golden eye* de repente tem gosto de palha – um crime contra tudo o que é sushi.

— Sobre o que você queria falar comigo? — Questiono depois que consigo engolir minha porção. — Algo privado, você disse?

A expressão de Adrian fica séria e ele, sem pensar, pega outra criação culinária enquanto organiza seus pensamentos. — Quanto você leu sobre mim? — Ele pergunta depois de engolir um pedaço que também parece não gostar.

— Nada. Não parecia certo. — *Fiquei* severamente tentada, no entanto.

— Entendo. — Seus lábios se abrem, me fazendo querer mordiscá-los. — Acho que terei que ser eu a lhe contar. — Ele estremece. — De acordo com os tabloides, dormi com todo mundo que possuía dois cromossomos X.

A Senhorita Miller acha que a palavra "libertino" cobriria isso de forma muito mais sucinta.

— E você não fez isso? — Pergunto.

Ele solta um suspiro. — Nunca fui tão ruim quanto me fazem parecer e, recentemente, tenho sido celibatário – o que não impediu os artigos estúpidos.

Hum. — Se isso é sobre quebrar seu suposto celibato...

— Não — diz ele enfaticamente. Um pouco enfático demais para não ser um insulto, se você me perguntar. — Sexo não faria parte do acordo, eu garanto.

Eu estreito meus olhos. — Que acordo?

Ele geme. — Estou estragando tudo, não estou?

— Não tenho ideia — digo incisivamente. — Ainda não sei do que estamos falando.

— Eu tenho uma filha — diz ele.

Senhorita Miller começa a suspeitar que este senhor está à procura de uma governanta.

— Ela ainda é um bebê — Ele continua. — Você gosta de bebês?

Um sorriso bobo se espalha pelo meu rosto. — Tenho uma irmã muito mais nova e, desde que ela nasceu, sou obcecada por bebês. Especialmente cheirá-los, acariciá-los e simplesmente segurá-los.

— Isso é ótimo. — Ele pega o telefone, abre a tela e o entrega para mim.

— Uau — Eu suspiro quando vejo a menina em questão. — É uma criança adorável. E não estou apenas sendo educada. Ela poderia fazer comerciais de fórmula para bebês ou estrelar um remake de *Olha Quem Está Falando*.

— Obrigado. — Ele sorri com tanto orgulho que puxa algo 'verde' em meu coração sem pai e aumenta minha estima por Adrian. — Então... com base na sua experiência com sua irmã, você é boa quando se trata de cuidar de bebês?

— Eu sou uma profissional. — Devo mencionar que sou super qualificada para ser babá – que é onde isso parece estar indo? Então, novamente, um bilionário pode contratar alguém com doutorado em física nuclear para esse trabalho. — Não entendo o que sua filha tem a ver com sua reputação de libertino — Não posso deixar de dizer. — A menos que você tenha decidido dar um bom exemplo para ela? Mas não. Ela ainda é muito jovem para se importar com o que você faz. A menos que... você esteja tentando não fazer mais bebês?

Essa última parte o faz estremecer. — Eu não estava tentando fazer bebês quando *não* era celibatário. A mãe de Piper – Sydney – me disse que ela tinha um DIU. Eu também sempre usei camisinha.

Ele pega um pedaço de sushi com um peixe amarelo por cima e o mastiga com bastante raiva.

— Parece que Piper é um milagre — digo suavemente. — Tenho um DIU e o médico disse que é noventa e nove por cento eficaz.

Os olhos de Adrian se arregalam.

Droga. Isso foi muito pessoal?

A Senhorita Miller acha que esse tópico de conversa nunca pertence a uma companhia educada. Nunca.

Corando a níveis de lagosta cozida, termino com: — Um preservativo é menos seguro, mas os dois combinados devem tornar impossível engravidar. — O que não menciono são os motivos de minha mãe para me comprar o DIU – para evitar que eu acabasse sendo uma mãe adolescente como ela. Em defesa de mamãe, ela nunca disse que eu arruinei sua vida, mas acho que é justo dizer que o DIU insinuava fortemente isso.

A ironia de eu ter permanecido virgem até agora não passou despercebida por mim ou minha mãe, mas isso também não é algo que eu compartilharia com Adrian.

Na verdade, se houvesse uma maneira de fazê-lo delicadamente, a Senhorita Miller se certificaria de que o cavalheiro estivesse ciente de sua virtude intacta.

Adrian olha ao redor do restaurante vazio e sussurra: — Cá entre nós, descobri mais tarde que o DIU era uma mentira.

— Ela mentiu? — Eu fico boquiaberta com ele, a enormidade do que ele disse chacoalhando meu cérebro virginal.

— Sim, e embora eu não tenha nenhuma prova de que ela fez um buraco em uma camisinha, espero que você entenda por que eu também poderia suspeitar disso.

— Por que ela faria isso? — Pergunto incrédula.

— Como descobri depois, ela quer que fiquemos juntos — diz ele com um suspiro. — Mas espero que você concorde, essa não era a maneira de fazer isso. Especialmente quando somos um par tão ruim.

— Não tenho certeza do que pensar — digo. — Ela quer o seu dinheiro?

Ele balança a cabeça. — Ela é uma herdeira. Acho

que ela gosta de como todos a veriam se ela se casasse comigo.

— Entendo — digo, embora não entenda. Não totalmente. — Ainda não entendo o que tudo isso tem a ver comigo. — A menos que seja um trabalho de babá, caso em que ele está compartilhando demais.

— Sydney não me deixaria ver Piper a menos que nos casássemos — diz Adrian. — Desde então, provei minha paternidade e posso ver Piper de forma limitada, mas quero custódia igual. Espero estar sendo razoável?

— Claro — digo no maior eufemismo de todos os tempos. Eu teria dado qualquer coisa para o doador de esperma que era meu pai querer isso. — Eu ainda não vejo...

— Os advogados dela farão tudo o que puderem para me fazer parecer inadequado em nossa próxima audiência — diz ele. — Meu chamado 'comportamento promíscuo' é algo que eles provavelmente usarão... que é onde você entraria.

— Ainda estou confusa. — Ele quer que eu o ensine a *não* dormir por aí? Minhas qualificações são que sou virgem?

— Se eu me casasse, e parecesse ao mundo estar felizmente apaixonado, isso me daria um ar de estabilidade — diz Adrian.

Não.

Ele não pode querer dizer isso.

Ele coloca seus pauzinhos na mesa. — A julgar pela sua expressão, você descobriu o que eu estou procurando — diz ele, com a voz cheia de preocupação. — E agora há nojo em seu rosto.

Eu coro novamente. — Não é nojo. É mortificação.

Seus ombros caem. — Isso não é muito melhor.

— Não estou dizendo não... não que você tenha perguntado alguma coisa ainda.

— Oh. — Ele se endireita, os olhos brilhando de esperança. — Nesse caso, deixe-me perguntar formalmente. — Ele se levanta da cadeira e se ajoelha. — Jane Miller, você me dará a honra de fingir que se casa comigo?

Sim. Eu estava certa, mas até que ele dissesse as palavras, havia a possibilidade de um mal-entendido.

Agora as coisas estão cristalinas.

Vou ter um casamento de conveniência... com um libertino.

CAPÍTULO 8
Adrian

É oficial. As emoções no rosto de Jane são mais difíceis de discernir do que as da Mona Lisa.

De repente, me sentindo idiota por estar ajoelhado, volto para a cadeira e faço o possível para saborear um pedaço de atum enquanto Jane organiza seus pensamentos.

— Olhe — diz ela, seus pauzinhos pairando logo acima de um pedaço de ahi. — Acho admirável que você queira estar na vida de sua filha...

— Mas? — digo com um suspiro.

— Mas por que você quer se casar *comigo*? — Ela fecha os pauzinhos sobre o pedaço de sushi e o coloca no prato. — Alguma modelo famosa não seria mais realista em tal papel? Seu pessoal não tem algo como um mercado de casamento?

Mercado de casamento? Parece o irmão obcecado por casamento do Walmart.

— Quando eu vi você vestindo aquele terninho na

butique, imaginei-a no tribunal e pensei que você seria perfeita — digo sinceramente. — Há algo respeitável em você. Algo adequado. Algo que não grita 'ela só está com ele pelo dinheiro'.

— Obrigada? — diz ela. — Eu acho.

Coloquei o pé na boca de novo? — Foi totalmente um elogio — Eu a tranquilizo. — Você é o tipo de mulher com quem nunca estive antes, então, vender às pessoas a ideia de que sosseguei com *você* deve ser mais fácil do que no caso de uma modelo ou atriz.

— Novamente, isso não soa totalmente como um elogio. — Ela separa sem pensar o peixe do arroz em seu sushi, e espero que o chef não veja o sacrilégio, ou então ele pode simplesmente me banir.

— Mais uma vez, garanto a você — digo. — Eu quero dizer tudo isso como um elogio. Juro.

— Certo. — Ela morde o lábio. — Não quero parecer indelicada, já que a custódia de sua filha está em jogo, pelo que sou solidária e tudo mais, mas... por que *eu* fingiria me casar com você? — Ela pergunta e finalmente enfia na boca o ahi que ela torturou.

Tudo bem. Agora estamos no meu território. — Você vai se casar comigo porque eu vou te pagar dez milhões de dólares.

Eu pensei que as pessoas só cuspiam comidas em filmes, mas ela o faz de forma grande, o peixe mastigado caindo de volta em seu prato.

Se o chef visse *isso*, ele poderia realmente cometer seppuku com seu yanagiba mais afiado.

— Desculpe por isso — Ela murmura. Enfia a

comida de volta na boca e engole sem mastigar mais. — Você me pegou desprevenida com esse número obsceno.

Eu dou de ombros. — Eu sei que estou pedindo para você fazer uma loucura, algo que também levaria três anos para ser resolvido.

— Ah — diz ela.

— Sim — digo. — Três anos em que você não pode namorar.

— Oh. — Ela pega sua água e toma um gole.

— É por isso que, se você quiser citar um número maior, estou bem com isso.

Eu posso ver que ela quase dá outra cusparada, mas se detém a tempo. — Esse número será suficiente — diz ela. — Supondo que concordemos com o que você quer dizer com 'fingir' no contexto desse casamento.

Atrevo-me a esperar que ela esteja considerando isso? — Como tentei dizer antes, nenhuma intimidade estaria envolvida — digo rapidamente. — Além, talvez, de algumas DPAs (demonstrações públicas de afeto) ocasionais para criar uma trilha digital.

Merda. Ela está corando de novo. Eu provavelmente deveria ter deixado esse assunto de DPA para mais tarde, depois que ela disser sim.

— Teríamos que concordar com antecedência sobre o que fazemos ou não fazemos — diz ela.

Ufa. — Claro. Estou pensando que teremos dois contratos entre nós. Um secreto, que vai delinear coisas como a DPA, e um acordo pré-nupcial padrão que o mundo pode conhecer, que vai afirmar que se nos divorciarmos depois de três anos de casamento, você sairia com dez milhões de dólares. A razão do nosso divórcio estará em nosso contrato secreto, algo que soaria plausível, como, digamos, valores diferentes quando se trata de paternidade ou algo assim.

— E sua custódia não mudará se nos divorciarmos? — Ela pergunta.

Eu balanço minha cabeça. — Assim que a criança estiver acostumada a estar perto de mim, os tribunais não vão mexer nesse vespeiro. Bob, meu advogado, achou que dois anos deveriam bastar, mas decidi fazer três só por segurança.

Ela cora novamente. — E só para esclarecer... não podemos namorar ninguém nesse período?

Merda. — Eu sinto muito. Esqueci totalmente de perguntar se você está solteira no momento. Se você não está e quer ver um namorado por fora, isso seria realmente um problema, então se isso for...

— Não é isso — diz ela. — O oposto, mais ou menos.

Eu observo seu rosto em confusão.

A cor que chamamos de vermelho é, na verdade, radiação eletromagnética em um comprimento de onda entre 625 e 740 nanômetros, e as bochechas de Jane parecem atravessar todo esse espectro antes que ela diga com uma voz embargada: — Tenho 23 anos e nunca fui tão fundo.

Uau. Estou sem palavras - além das soluções extremamente inadequadas que estão vindo de Yoda, como: "Resolver o problema, eu posso."

— Quinze milhões? — É o melhor que posso inventar.

Ela não parece me ouvir. Bochechas entrando em território infravermelho, ela acrescenta: — Em três anos, terei 26 anos – e espero ter meu GD até então.

— Acho que você não está falando sobre Gadolínio, o elemento de terra rara com o número atômico de sessenta e quatro? — O quê? Por que se incomodar em falar quando você diz bobagens como essa?

Jane cora um pouco mais – o que é uma reação estranha ao meu geek de curiosidades sobre química. — GD significa Grande Defloramento — Ela sussurra. — Não letras na tabela periódica.

Caralho. Yoda está se transformando no Hulk. — Vinte milhões? — Eu arrisco.

— Não acredito que acabei de contar sobre meu GD — diz Jane. — Nunca falo sobre isso com ninguém. Nunca.

— Olhe pelo lado bom — digo. — Falar sobre isso rendeu dez milhões a mais.

Ela balança a cabeça. — Não posso aceitar tanto dinheiro. Não quando você está apenas sendo um bom pai.

— Não aceitarei sua ajuda sem compensá-la adequadamente — digo com firmeza. — Vinte milhões para mim é como três meses de salário para uma pessoa comum.

— Mas é uma fortuna para mim — diz ela teimosamente.

— O que me fará sentir melhor por privá-la de seu

GD por mais três anos, bem como as outras dores de cabeça imprevistas que esse arranjo trará.

Ela se senta lá, imersa em pensamentos, e sem pensar pega um pedaço de sushi que tem um pedaço de salmão chinook por cima – que coincidentemente combina com o tom atual de suas bochechas em constante mudança.

— Ok — diz ela quando termina de engolir.

— Ok... como em *sim* para a minha proposta?

Ela sorri fracamente. — Você não vai se ajoelhar de novo, vai?

— Eu vou se isso ajudar. — Eu me levanto, pronto para entrar em posição.

— Não há necessidade — diz ela.

Eu me sento de volta. Então, por capricho, estendo a mão, agarro sua mão esguia e a seguro no ar à minha frente enquanto digo solenemente: — Jane Miller, você me daria a honra de se tornar minha esposa? — Desta vez, lembro-me de tirar a caixa do anel do bolso esquerdo, aquela que contém o anel de noivado que meu pai deu à minha mãe vinte e oito anos atrás.

Ao ver o anel, os olhos de Jane ficam enevoados, o que envia uma pontada de culpa no meu peito por colocar uma mulher inocente nisso. — Sim — diz ela em um suspiro.

Eu deslizo o anel em seu dedo – e em um sinal do universo, ele se encaixa perfeitamente, como se fosse feito sob medida para Jane.

CAPÍTULO 9
Jane

Eu encaro meu dedo, perplexa.

Eu estou comprometida.

Eu.

Com um bilionário.

Quem vai acreditar nisso? É tão plausível quanto uma copeira ficar noiva de um nobre do reino.

A Senhorita Miller está sofrendo de palpitações.

— O que eu digo às pessoas? — Pergunto, os olhos ainda no anel, que parece algo saído de um conto de fadas.

— Ótima pergunta — diz Adrian. — Precisamos concordar com nossa história de fundo e depois cumpri-la.

Finalmente olho para cima. — Uma história?

Ele sorri. — Por mais que as pessoas pensem que sou um bom partido, elas podem ficar desconfiadas se contarmos que você concordou em se casar comigo no mesmo dia em que nos conhecemos.

— Eu não tenho tanta certeza sobre isso — digo, minhas bochechas queimando. — Mas o inverso certamente não é tão plausível.

Na melhor das hipóteses, um membro da alta sociedade faz de alguém como uma criada sua amante, não sua esposa.

Adrian franze a testa. — Você não se dá crédito suficiente.

Meu peito parece leve e agitado. — É assim que libertinos como você costumam operar? Não admira que funcione.

— Você acabou de me chamar de ferramenta? — Ele pergunta com uma risada. — E uma ferramenta de jardinagem?

Eu zombo. — Um libertino é um termo de romances históricos. É um pouco semelhante a um prostituto, mas com mais estilo. Eu não disse 'ancinho'.

— Ah. Nesse caso, meus dias como libertino acabaram. O mesmo vale para ser um podador, uma espátula, uma tesoura e um cultivador. — Em contraste com suas palavras, ele sorri libertinamente e passa a mão pelos longos cabelos escuros, também libertinamente. — Na verdade, eu já sabia o que é um libertino — Acrescenta. — E você tem que admitir, um libertino de romance geralmente é uma ferramenta.

Sim. Certo. Claro que ele sabia. — De volta ao passado. — Seguro meus pauzinhos e pego um pedaço da gigantesca tábua de sushi, me sentindo orgulhosa por minhas mãos não estarem tremendo... muito.

— Certo. — Ele também pega um pedaço de sushi.

— Nós nos conhecemos do jeito que nos conhecemos hoje – para facilitar a lembrança – mas seis meses atrás. Por causa de tabloides estúpidos, você quis me namorar em segredo até sentir que eu estava realmente reformado e que as coisas entre nós eram sérias. Mas vamos deixar as pessoas saberem sobre nós agora, já que ficamos noivos e você está prestes a morar com...

— Eu o quê? — Meus pauzinhos e sushi caem no meu prato com um barulho.

— Bem, sim — diz ele. — Se vamos nos casar em breve, só faz sentido tentar morar juntos. Sinto muito, presumo que vamos morar na minha casa, mas...

— Não é o local que é chocante — digo. — É o fato de que vamos viver sob o mesmo teto. Isso é muito louco.

Ele inclina a cabeça. — Você pensou que estaríamos casados, mas viveríamos separados?

Eu solto um suspiro. — Acho que não pensei tão à frente.

Ele me olha preocupado. — Sua compensação ainda é negociável.

Eu cerro os dentes. — Você pode parar com isso? Não estou criticando você, estou apenas processando.

— Eu sei que é muito — diz ele. —, mas pelo que vale a pena, meu lugar é muito bom e o prédio tem ótimas comodidades.

— O luxuoso apartamento de um bilionário é bom? Que chocante. — Eu também não posso acreditar que me recusei a ir para a casa dele hoje cedo, e agora estou me mudando para lá, sem nem conhecer.

— Você pode vir dar uma olhada hoje — diz ele, como se estivesse lendo minha mente. — Certificar-se de que *não* será um impedimento.

Balanço a cabeça, mas isso não faz com que pareça mais claro. — Você realmente acha que as pessoas vão acreditar que somos um casal?

— Por que não? — Ele pergunta. — Só precisamos fazer a devida diligência necessária - aprender tudo o que há para saber um sobre o outro e resolver os detalhes de nosso 'namoro secreto'.

— Sobre isso — digo, esfregando minhas têmporas. —, você está esperando que eu minta para minha família?

Falando em família... ele pode ser louco o suficiente para querer se casar com alguém tão abaixo de sua posição, mas seus pais provavelmente terão um ataque.

Ele dá de ombros. — Você acha que eles acreditariam?

— De jeito nenhum — digo. — Minha mãe é minha melhor amiga e contamos tudo uma à outra, mesmo que eu desejasse que não contássemos.

— Isso deve ser bom. — Seu olhar se torna distante. — Podemos contar a verdade a ela então, mas deixe-me conhecê-la primeiro, ver se ela parece tão confiável quanto você.

— E os seus pais? — Eu pergunto.

O habitual brilho malandro desaparece de seus olhos prateados. — Eles morreram em um acidente.

Oh, meu Deus. Como pude ser tão burra? Os sinais estavam lá, agora que penso nisso. O pior é que sinto um alívio momentâneo por não ter que enfrentar a desaprovação de seus pais *crème de la crème*, e esse alívio é seguido por uma onda de culpa que mataria um cavalo de corrida. — Sinto muito.

— Você não fez meus pais entrarem naquela porra de iate — diz ele com voz monótona.

— Mesmo assim, sinto muito pelo que aconteceu com você — digo novamente e cubro sua mão com a minha no piloto automático.

— Pare de se desculpar — diz ele com firmeza. — Isso é algo que você precisava saber como parte do conhecimento sobre mim. Meus pais se foram há cinco anos. Eles me tiveram bem tarde em suas vidas, então, eu hipoteticamente sabia que os perderia mais cedo do que alguém com pais mais jovens, mas não esperava que isso acontecesse assim, ou tão cedo.

Eu gentilmente acarício sua mão. — Você não precisa ficar explicando agora.

Ele balança a cabeça. — Eu era filho único, o mesmo vale para meus pais. Os avós de ambos os lados morreram de velhice quando eu era muito jovem para entender isso. Piper é minha única família viva.

Meu coração aperta dolorosamente. Ele não está apenas tentando ser um bom pai para Piper. Ele quer ter acesso ao que resta de sua família.

— Vou fazer o que for necessário para ajudá-lo a tê-la — digo solenemente. — Qualquer coisa.

CAPÍTULO 10
Adrian

É preciso toda a minha força de vontade para não fazer algo estúpido, como tentar beijar Jane novamente. Culpo a tristeza que sinto sempre que falo sobre meus pais e a suavidade da mão pequena e tranquilizadora de Jane. Sem mencionar suas palavras sinceras.

Mas estou feliz por ter autocontrole. Beijá-la – ou fazer qualquer outra coisa nesse sentido – desfaria tudo o que conquistei aqui hoje. Todas as vezes que namorei alguém, terminamos assim que a mulher em questão me conheceu – e assim seria com Jane, mas um rompimento neste caso seria um desastre.

Sem mencionar que estou sendo presunçoso em minhas fantasias. Jane provavelmente nem iria me querer assim. Afinal, a palavra "libertino" não foi um elogio. E mesmo que ela goste de mim agora, ela perderá o interesse em mim quando descobrir como sou desfocado quando se trata de ter um plano para minha vida. Ao contrário de mim, ela estava focada em querer trabalhar naquela biblioteca – o que significa que isso é algo que ela claramente valoriza.

De qualquer forma, não tenho espaço para namorar ninguém até o final bem-sucedido da saga com Piper, e especialmente não uma mulher que deseja um Grande Defloramento. Eu não posso ser o cara para isso. Essa honra pertence a alguém por quem ela se apaixonará e que a amará de volta.

— Você quer saber algo sobre mim? — Jane sugere, trazendo-me de volta à Terra.

— Por favor. — Eu gentilmente libero minha mão. — Vamos falar sobre sua família. Até agora você mencionou sua mãe melhor amiga e sua irmã muito mais nova.

— Certo — diz ela. — Também tenho uma avó, mãe de mamãe, que mora na Flórida. Meu pai não está presente, então não posso contar nada sobre ele ou esse lado da família.

— Entendo. — Devo acrescentar que acho o pai dela um idiota?

— Pelo lado positivo, menos mentiras — diz ela. — Mary, minha irmã, vai acreditar que estamos namorando secretamente, e vovó também. Você pode fazer minha mãe assinar um AND. Ela tem pavor de advogados e, portanto, manterá a boca fechada. — Ela franze a testa. — Estou surpresa que você não me fez assinar um antes de me contar todo o plano.

— Você parece confiável — digo com uma piscadela. — Além disso, não achei que você assinaria nada sem uma explicação. Foi um milagre você não ter fugido quando viu o restaurante vazio.

Ela sorri. — Não é como se alguém fosse acreditar em mim se eu dissesse que você queria se casar comigo.

Eu suspiro. — Você continua não se dando crédito suficiente.

Ela acena com o dedo anelar. — Acho que as pessoas vão acreditar em mim quando você contar a todos que estamos noivos.

— Ok, você ganhou — digo. — Nosso contrato secreto terá uma seção de não divulgação.

— Obrigada — diz ela sarcasticamente. — Você também deveria me ameaçar com seus advogados chiques.

— Dizer que meus advogados são tubarões é fazê-los parecer mais bonitos e fofinhos do que realmente são — digo com uma cara séria. — E não me fale sobre Bob. Ele literalmente parece um texugo.

— Maravilhoso. A seguir, você me dirá que também pode pagar um assassino.

— Por que se preocupar com isso quando meus advogados podem fazer você desejar por um assassino?

Ela ri, mas nervosa, então eu digo: — Vou te dar um milhão antes de qualquer contrato ser assinado. Dessa forma, você pode conseguir que seu próprio advogado tubarão revise tudo.

Ela revira os olhos. — Você sempre escolhe a solução mais cara, não é?

— Não — digo. — Eu poderia ter comprado uma ilha particular para a refeição de hoje e feito você voar até lá em um jato particular que eu também comprei para a ocasião. Eu não fiz nada disso.

— Oh, quanto autodomínio — diz ela, segurando pérolas inexistentes com a mão.

Assim que abro a boca para responder, ouço um baque surdo nas portas do restaurante e, quando elas se abrem, Leo corre para dentro, com a coleira pendurada atrás dele.

Que merda é essa?

Ao me ver, Leo se aproxima correndo e tenta me fazer acariciá-lo, debaixo da nossa mesa.

Estou tão feliz em ver você. Não, em êxtase. Não, ardente. Meu rabo realmente dói de tanto balançar.

Merda.

A pequena mesa em cima, a tábua cai no chão e o sushi voa por toda parte.

Jane se levanta, sem dúvida preocupada em ser atingida novamente.

Ela não precisava se preocupar, no entanto. Quando Leo vê o sushi, ele se esquece dela e de mim e começa a comer como se estivesse morrendo de fome há um mês.

— Como você chegou aqui? — Questiono.

Leo levanta os olhos de sua tarefa árdua e tenta parecer inocente – uma proposta complicada quando seu focinho está coberto de arroz e peixe que ele acabou de derrubar.

Eu estava apenas passando. Senti seu cheiro. Pensei em dizer oi.

— Você esqueceu de alimentá-lo? — Jane pergunta.

— Claro, eu o alimentei — digo. — Assim como a babá do cachorro, tenho certeza.

Naquele momento, Itamae-san sai correndo da cozinha, e a fúria em seu rosto me lembra das máscaras menpō que os samurais usavam para causar medo nos corações de seus inimigos.

Ao ver essa expressão, Leo para de comer, choraminga e se esconde atrás de mim.

Eu não fiz nada. Fui enquadrado por um gato – daí todos os peixes.

— Eu já te disse muitas vezes: você não pode trazer um cachorro para o meu restaurante — Grita Itamae-san em japonês. — Eu não me importo o quão rico você é!

— Eu não o trouxe — digo. — Ele...

— Cale-se! — Itamae-san grita. — Pegue sua besta e saia!

CAPÍTULO 11
Jane

— Temos que ir — Adrian diz para mim depois que o chef para de gritar.

Sentindo-me envergonhada, embora nada disso tenha sido minha culpa, sigo para a saída – e esbarro em uma mulher que é linda o suficiente para ser modelo.

Vendo a mulher, Adrian estreita os olhos. — Você tinha um trabalho: cuidar do cachorro.

Esta é a babá do cachorro dele? Isso significa que ela está por perto com frequência? Não estou me perguntando isso porque estou com ciúmes. Parece algo que uma futura esposa deve estar ciente, certo?

— Sinto muito — diz a modelo. — Isso pode ter sido um ato premeditado. Ele me trouxe até aqui e então arrancou a coleira da minha mão.

O chef grita algo em um tom ainda mais irritado, então Adrian nos leva para fora. Uma vez fora, ele olha severamente para Leo. — Este é o meu lugar de sushi favorito. Agora, provavelmente estou banido.

Leo parece envergonhado – ou mais envergonhado do que o normal.

— Sinto muito — diz a linda mulher. — Eu...

— Jane, conheça Tiffany — Adrian diz. — Tiffany, Jane é minha noiva – a partir de hoje. — Ele olha para Tiffany incisivamente.

Tiffany suspira. — Era o seu jantar de noivado?

Sinto uma espécie de satisfação possessiva quando mostro a ela minha mão anelada – o que é bobagem, considerando que o noivado é falso e não tenho ideia se ela tem alguma intenção com Adrian, em primeiro lugar.

— Sinto muito — diz ela. — Se eu soubesse, nem o teria levado para passear.

Adrian suspira. — Está bem. Vá para casa. Eu cuido a partir daqui.

— Estou demitida? — Ela pergunta.

— Não — diz Adrian. — Mas você vai me ouvir reclamar muito se Itamae-san nunca me deixar voltar.

Ela abre um sorriso deslumbrante. — Justo. — Virando-se, ela faz barulho a cada passo, deixando-me imaginar por que qualquer pessoa sã levaria um cachorro para passear de salto alto.

— Então — Adrian diz quando estamos sozinhos. — Isso acabou de acontecer.

— Eu sei — digo. — Apenas um bilionário seria expulso do restaurante de sushi mais caro do mundo.

Adrian olha para a porta do restaurante com

saudade. — Eu posso ser forçado a comprar este prédio e depois aproveitar isso para convencer Itamae-san a pelo menos me deixar levar comida para viagem.

— Já vejo um grande problema em nosso relacionamento — digo. — Não tenho ideia se isso foi uma piada.

Adrian sorri e olha para Leo com uma expressão severa. — Você vai ser um bom menino pelo resto do dia?

Leo olha para seu humano com olhos tão inocentes que você pensaria que foi o gêmeo malvado do cachorro – ou alguma ovelha rebelde – que quase destruiu o restaurante um segundo atrás.

— Eu vou ficar bem — Adrian/Leo diz com aquela voz mais alta e acelerada. — E parabéns, Jane. Quando senti seu cheiro esta manhã, sabia que você e Adrian seriam o casal perfeito.

Eu me encolho com a memória. — Que tipo de cão é você? — Eu pergunto a Leo, então me sinto boba e me viro para Adrian.

— Eu sou um Lebroodle — Responde "Leo".

Eu rio. — Isso não pode ser uma raça real.

— Minha mãe era uma Lébrel Irlandesa — diz Leo. — E meu pai, um Poodle Rei – é por isso que não gosto dos britânicos e como grandes quantidades de batatas... gratinadas.

— Ah — digo. — Achei que Cockapoo era a mixagem com som mais engraçado. Eu estava claramente errada.

A Senhorita Miller acha que palavras como "cockapoo" não pertencem à boca de uma dama.

— Você não acha que Bossi-poo é pior? — Leo pergunta. — Ou pomapoo, ou peekapoo, ou shihpoo, ou Sheepadoodle?

— Acho que se alguém deveria ser chamado de Sheepadoodle, esse alguém deveria ser Leo — digo. — Vendo como ele se parece com uma ovelha.

— Meu favorito é Doodleman — Adrian interrompe. — O que parece um super-herói que pode combater o crime com seus rabiscos.

Eu sorrio. — O meu é Huskypoo. O que soa como algo que acontece quando você está muito, muito constipado.

A Senhorita Miller acabou de ter um acesso de raiva.

O estômago de Adrian ronca.

Meu sorriso se alarga. — Devemos pegar outra coisa para comer.

— Quer vir para a minha casa? — Adrian pergunta. — Tenho algumas sobras de uma refeição que fiz outro dia.

— Claro — Eu me choco ao dizer: — Vamos.

A Senhorita Miller considera ir à casa de um cavalheiro solteiro desacompanhada o equivalente a aceitar um emprego em um bordel.

— Eu amo a arquitetura de Nova York. — Adrian olha em volta com uma empolgação que eu esperaria ver no rosto de um menino em um parquinho.

— Ama? Por quê?

— É uma das melhores do mundo — diz ele com

reverência. — Como aquele prédio. — Ele aponta para o arranha-céu à nossa esquerda. — Foi construído logo após a Segunda Guerra Mundial e foi a primeira vez que algumas dessas técnicas foram usadas.

— Que técnicas?

Ele me diz, mas não entendo muito, pois o pouco que sei sobre arquitetura aprendi quando li *A Nascente*, de Ayn Rand, na época da escola. Obviamente, eu estava muito mais focada na subtrama de romance daquele livro do que em qualquer outra coisa.

Ainda assim, como ele gosta de explicar, eu aceno com a cabeça e o deixo falar enquanto ouço apenas pela metade.

A sensação que estou tentando afastar é que estou indo para a casa de um cara em nosso primeiro encontro.

Quero dizer, com minhas partes racionais (o cérebro), sei que isso não é um encontro e que Adrian não é apenas um cara. No entanto, o resto de mim (minhas partes pudendas?), ainda parece que estamos a caminho do meu GD – o que não poderia estar mais longe da verdade.

Sinos do inferno. Parte do motivo pelo qual não perdi minha virgindade é porque sou muito inteligente para confiar nos homens, especialmente com meu coração. Essa desconfiança vale em dobro para libertinos em geral, mas especialmente para aqueles que considero atraentes, como Adrian. Libertino é onde o romance histórico e a realidade mais divergem. Nos romances, os reformados são os melhores maridos, mas no mundo real, eles desaparecem da vida de suas filhas, para nunca mais serem vistos.

— Desculpe — diz Adrian. — Estou entediando você com todas essas curiosidades sobre arquitetura?

Eu balanço minha cabeça. — Não. É realmente interessante. Você também é arquiteto?

— Se com isso você quer dizer alguém que projetou alguns edifícios e garantiu que eles fossem construídos, então sim — diz Adrian. — Se você quer dizer alguém que ganha a vida projetando para construtores o tempo todo, então não.

— Idiomas, pintura, música, ventriloquismo — Olho para Leo — e, agora, arquitetura. O que mais? Você faz malabarismos no seu tempo livre? Cria sanguessugas medicinais? Ordenha leite de cobras?

Ele ri. — Ordenhar uma cobra é um eufemismo para alguma coisa?

Inundada por imagens perversas de Adrian segurando seu pau, fico vermelha.

— Qual é o seu prédio favorito? — Eu deixo escapar para encobrir isso.

— O Edifício Seagram — diz ele sem hesitação. — Isto é, se você não quis dizer meu próprio trabalho.

Eu olho em volta. — Cadê?

— O Seagram? Na Park Avenue — diz ele e pega o telefone. — Isto é o que parece.

— Ah — digo, sem me preocupar em disfarçar minha decepção. — Eu já vi isso antes. Como é diferente de outros arranha-céus?

Ele me conta, mas, mais uma vez, as sutilezas

arquitetônicas passam principalmente pela minha cabeça.

— Chegamos — diz Adrian quando nos aproximamos de um arranha-céu que, na minha opinião, é muito mais impressionante do que a foto que ele me mostrou. Tem uma estrutura de aço que parece muito masculina, embora eu tenha certeza de que há um termo arquitetônico melhor para isso. — Eu moro na cobertura.

Eu assobio. — Achei que fosse um prédio comercial, com escritórios e coisas do gênero.

Ele dá de ombros. — É isso também. Quando o projetei, eu...

— Espere. — Eu fico boquiaberta com ele. — *Você* projetou este edifício?

— Sim. — Uma expressão melancólica passa por suas feições. — Até ganhou uma rara aprovação do meu pai. Isto é, até ele saber que eu *não* ia me tornar arquiteto, nem abrir meu próprio escritório de arquitetura.

Parece haver mais nessa história, mas estou relutante em me intrometer.

Leo puxa Adrian em direção a um hidrante brilhante na calçada perto do prédio.

— Claro — Adrian diz com um sorriso. Para mim, ele explica: — Eu coloquei isso lá para ele.

Sim. Leo caminha até o hidrante, levanta a perna traseira quase até a minha altura e faz seus negócios com tanto orgulho que você pensaria que ele estava sendo nomeado cavaleiro pela Rainha.

— Uma refeição de sushi e depois drenar minha cobra. — Adrian acrescenta uma grande dose de contentamento à voz de "Leo". — Agora, se eu pudesse pegar um esquilo e namorar uma cadela poodle, minha vida estaria completa.

A Senhorita Miller está mortificada. Até o chamado cachorro do cavalheiro é um libertino.

— Vamos — diz Adrian e me leva para o saguão.

Por alguma razão desconhecida, mais da metade dos seguranças deste prédio são mulheres – o que eu acho que fala favoravelmente para quem está encarregado da contratação. O fato de a maioria delas ser linda é um pouco peculiar, e tenho certeza de que estou ficando paranoica quando vejo algumas delas olhando para Adrian com admiração.

— Oi — Adrian diz para todos. — Esta é Jane Miller. Por favor, adicione-a à lista permanente de visitantes aprovados.

A mais alta das mulheres digita algo em seu computador enquanto eu olho para as obras de arte que adornam as paredes – pinturas, estátuas, murais e assim por diante, cada uma mais bonita que a anterior.

— Essas são todas obras do Sr. Westfield — diz a mulher alta depois de erguer os olhos do computador.

Fico boquiaberta para Adrian.

Ele sorri. — Culpado da acusação – e graças a Susan, nem precisei me gabar disso.

— Então você também é escultor? — Eu pergunto. — E um muralista?

— Eu brinco — Adrian diz com falsa modéstia.

— Aqui. — Susan me entrega um cartão magnético. — Também precisaremos que você defina uma senha. — Ela vira o monitor para que eu possa ver, então desliza o teclado na minha frente.

Guardando a identidade, digito a senha que uso em todos os lugares desde que era adolescente: "DesejoA12AM". É baseado no meu romance favorito, *Desejo à Meia-noite*, de Lisa Kleypas e, portanto, não é algo que vou esquecer.

— Não é forte o suficiente — diz Susan quando vê o que escrevi. — Não deve haver palavras reconhecíveis em uma senha. Deve haver pelo menos um caractere especial, bem como...

— Que tal agora? — Substituo cada "E" da minha senha por um ponto de exclamação – um truque que uso sempre que sou forçada.

Ela franze a testa. — É melhor, mas...

— Para que serve isso, afinal? — Eu pergunto.

— Meu elevador particular — Adrian interrompe. — A equipe de segurança não está aqui à noite, mas com esse ID e a senha, você pode entrar e sair quando quiser. — Voltando-se para Susan, ele acrescenta: — Qualquer senha que ela escolher está adequada. Meu apartamento não é exatamente Fort Knox.

Ele coloca a mão suavemente na parte inferior das minhas costas e me leva em direção ao dispositivo de abertura.

Sem palavras por seu toque, passo meu novo cartão e testo minha nova senha com dedos trêmulos, depois me deixo ser conduzida para dentro do elevador elegante.

As portas se fecham e eu inalo o cheiro intoxicante de madeira, de mel e da colônia de tangerina de Adrian – isto é, até que também sinto um toque de algo parecido com um celeiro. Ovelhas molhadas? Vem de Leo.

— Quer ver meus estúdios? — Adrian pergunta, passando o dedo sobre o botão do segundo andar mais alto. — Ou deveríamos ir direto para os alojamentos? — Ele move o dedo para o botão da cobertura.

— Você é quem está faminto — digo. — Você decide.

Ele aperta o botão dos estúdios – plural – e o elevador chega lá com uma velocidade incrível.

— É aqui que eu pinto — diz Adrian quando saímos e viramos uma esquina.

Sim. O loft gigante está cheio de pincéis, cavaletes e outros itens diversos cujos nomes não sei. Um purificador de ar zumbe enquanto luta para limpar o ar, mas você ainda pode sentir o cheiro de tinta, cola e alguns outros produtos químicos que devem fazer parte do processo de pintura.

Na próxima sala é onde ele esculpe.

A seguinte parece uma garagem onde uma banda de metal ensaia.

— Você consegue tocar isso? — Aponto para o baixo.

Com um sorriso torto, Adrian pega o instrumento e começa a tocar. Soa bem para meus ouvidos não familiarizados com essa música – como algo de um álbum do Metallica.

A Senhorita Miller acha que esse é exatamente o tipo de música que os demônios apreciariam enquanto brincavam no inferno.

A sala ao lado está cheia de instrumentos musicais clássicos, dos quais reconheço o piano, o violoncelo, o violino e o oboé.

A meu pedido, Adrian toca uma música em cada um – e se fosse possível ter um orgasmo por ficar impressionada, estou quase lá agora.

— O que há lá? — Eu pergunto, apontando para uma entrada pela qual passamos sem que ele me mostrasse.

— Essa é minha galeria particular — Adrian diz e gesticula para que eu continue em um caminho que não parece incluir a dita galeria.

Eu estreito meus olhos para ele. — Você também é taxidermista?

— O quê? — Ele olha para Leo como se procurasse respostas.

Eu faço o meu melhor para manter uma cara séria. — Você mantém mulheres empalhados na galeria? Talvez as outras tolas que você atraiu para cá sob o pretexto de se tornarem sua esposa?

Adrian ri sem humor. — É apenas uma galeria privada. Algumas das peças não foram feitas para serem vistas por ninguém além de mim. Isso é tudo.

— Certo, certo, certo. Mas o Barba Azul também

não tinha uma sala secreta onde a nova esposa não deveria entrar?

Ele suspira. — Você concorda que isso seja coberto pelo acordo AND no contrato secreto que você vai assinar?

Eu assinto ansiosamente.

— Desligue o telefone — Ele ordena.

— Hum. Se esta fosse uma situação do Barba Azul, ele não me deixaria fazer isso também?

Ele revira os olhos. — Acho que o Barba Azul iria levar você para o prédio dele sem alertar a segurança.

Desligo meu telefone e sigo enquanto ele me leva para dentro.

No momento em que abrimos a porta, eu engasgo – mas não porque a sala está cheia de banheiras de sangue, com os cadáveres assassinados de suas seis esposas anteriores pendurados em ganchos, conforme a história do Barba Azul. (Nota lateral: a esposa número sete não teria sentido o cheiro dos cadáveres?) Não, meu suspiro se deve às obras de arte, cada uma mais notável que a anterior.

— Eles não são todos meus — Adrian diz quando me pega boquiaberta diante de uma armadura em exibição. — Algumas são peças que arrematei em leilões – para inspiração futura.

— E essa? — Aponto para uma estrutura de tecido em forma de pirâmide presa ao teto.

— Um paraquedas baseado no desenho de Leonardo da Vinci — diz com orgulho. — É feito com materiais que estavam disponíveis naquela época e realmente funciona.

— Uau. Você é fã dele porque ele também era um polímata?

Adrian assente. — Quanto mais aprendo sobre o homem, mais desejo poder inventar uma máquina do tempo e voltar para falar com ele.

Depois do que vi, se alguém fosse capaz de projetar e construir uma, seria Adrian, com certeza. — Você vai ter que me contar sobre ele em algum momento — digo. — O pouco que sei aprendi com O *Código Da Vinci*, de Dan Brown, que não é exatamente um livro didático.

Adrian aponta para longe. — Tenho uma primeira edição assinada desse livro em minha biblioteca – e todos os outros livros que mencionam ou retratam o grande gênio que foi Leonardo da Vinci. Mas ainda não li.

— Você deve. É divertido, mas sem romance.

Adrian se aproxima de mim, os olhos brilhando. — Qual é o seu livro favorito?

Ao contar a ele, meu coração palpita com sua proximidade e o assunto da conversa. — Eu também gosto muito de *More Than a Mistress*, de Mary Balogh — Continuo sem fôlego. — Assim como...

— E os livros nos quais o programa *Bridgerton* é baseado? — Ele murmura. — O show é ótimo, então eu...

— Espere — Suspiro. — Você assistiu ao *Bridgerton*?

É assim que uma overdose de Viagra deve ser para um cara.

— Todo mundo que tem Netflix não viu? — Ele pergunta. — E de que outra forma eu saberia o que é um libertino?

Então ele realmente sabia. Eu removo a pouca distância que resta entre nós. — Eu amo esses livros e tudo o mais que Julia Quinn escreveu.

— Ama, hein? — Seus lábios se curvam tentadoramente. — Essa é uma afirmação forte.

Eu não respondo. Qualquer que seja a força sobrenatural que estava nos unindo na butique, está trabalhando em mim mais uma vez. As curvas sensuais de seus lábios são como sereias, me atraindo...

Algo na minha visão periférica estoura a bolha momentânea de luxúria – ou seja lá o que for – como um balde de gelo no rosto.

Esse algo é uma estátua nua que parece muito familiar. Saindo do campo gravitacional de Adrian, aponto para a estátua de forma acusadora. — Essa é Susan, a segurança alta do andar de baixo?

Adrian se afasta de mim, parecendo sair de um transe hipnótico. — Eu estava prestes a avisá-la.

Virando-me, vou até a estátua e fico boquiaberta diante do rosto dela. Sim. É Susan. O rosto e a altura são uma combinação exata, embora eu não tenha ideia se os seios dela são realmente tão cheios e os mamilos tão duros, para não falar da...

— Há uma razão para manter esta galeria privada — diz Adrian.

Sem responder, examino o ambiente com mais cuidado.

Oh, cara. Na parede ao sul a nós há uma pintura de uma mulher nua que também reconheço. É Tiffany, a babá de cachorro de antes – e ela está tão nua quanto a segurança e com um corpo ainda mais perfeito.

— Elas sabem disso? — Questiono.

Desenhar ou esculpir mulheres nuas sem a permissão delas parece uma violação – e se ele for culpado disso, estamos acabados.

Adrian recua. — Por quem você me toma? Claro que elas sabem. Elas posaram alegremente para mim depois que eu lhes garanti que manteria o produto aqui, para nunca ser vendido.

— Elas posaram *alegremente* para você... nuas?

Ele dá de ombros. — Não é como se eu não as tivesse visto nuas antes disso.

Meu olho começa a tremer. — Por que você as viu nuas? — Uma parte de mim já pode adivinhar, é claro.

— Não escondi o fato de que dormi com alguém no passado — diz ele. — Durante esse período da minha vida, os encontros raramente eram de uma noite. Na maioria das vezes, eram relacionamentos curtos, e alguns duravam o suficiente para que elas quisessem posar para mim – e é isso que você está vendo.

Com a mente girando, observo as inúmeras mulheres nuas nas pinturas e, em alguns casos, alguns homens muito atraentes.

— A maioria é modelo profissional — Adrian diz, seguindo meu olhar. — E antes que você pergunte, nenhum dos meus casos foi com homens. Eu sou praticamente um zero na Escala Kinsey.

Como ainda estou sem palavras, continuo olhando os rostos expostos até encontrar outro que me pareça familiar.

— Essa é a minha motorista do Uber de hoje cedo — Declaro. — Com quantas mulheres você precisou dormir para que tal coincidência se tornasse possível?

Ele finalmente parece culpado. — Ela não é realmente uma motorista de Uber. Não gostei da ideia de um qualquer lhe dar carona, então pedi a um dos meus motoristas pessoais para levá-la.

Eu o encaro, franzindo a testa. — Ela *também* trabalha para você?

Ele concorda. — Sempre tentei terminar as coisas amigavelmente com as mulheres e muitas vezes continuamos amigos. E quando um amigo precisa de um emprego e suas habilidades se enquadram em algo que eu preciso, fico feliz em ajudar.

Não tenho certeza se quero bater palmas em aplausos ou em seu rosto. De certa forma, é admirável que ele não seja o tipo de sem-vergonha *vim-fodi-parti*. Mas, por outro lado, isso prova, sem sombra de dúvida, que ele é um libertino de proporções épicas e, por qualquer motivo, meu estômago se sente claramente inquieto ao pensar em todas aquelas mulheres ainda em sua órbita.

— Uma moeda por seus pensamentos — diz Adrian.

— Você ainda dorme com alguma delas? — Eu deixo escapar. E, ei, ainda melhor do que admitir que quero queimar todas as pinturas e derrubar todas as esculturas com um martelo antes de fazer o mesmo com as musas que as inspiraram.

— Eu te disse, desde Piper, sou celibatário — diz ele. — Mas mesmo que não fosse esse o caso, eu nunca dormiria com alguém que trabalha para mim. Nunca.

— Você fala sério? — Também estou me perguntando se ele me considerará "trabalhando para ele" quando nos casarmos, mas não tenho coragem de esclarecer *isso*.

— Eu não arriscaria a audiência de custódia por causa de sexo — diz ele.

Claro, mas, e depois disso? Nem me preocupo em perguntar isso porque a resposta não seria "serei celibatário por três anos". Ele obviamente vai voltar aos seus modos libertinos assim que for seguro – mas talvez seja mais discreto desta vez.

O estômago de Adrian ronca novamente.

— Ah. Certo. Vamos alimentá-lo — digo, feliz pela distração.

— Você tem certeza? — Ele pergunta. — Tem mais coisas que...

— Tenho certeza. A turnê estava começando a ficar entediante, de qualquer maneira. — Uma mentira, mas ele não precisa saber disso.

Com um suspiro, ele me diz para segui-lo e volta para o elevador.

CAPÍTULO 12
Adrian

Como pude ser tão estúpido? Por que não a convenci a não ir à porra da galeria? Por que fazê-la enfrentar manifestações físicas do meu passado de devassidão?

Ah, bem. É tarde demais agora. Eu mereço a expressão de desaprovação em seu rosto durante esta viagem de elevador. Mesmo que ela não fosse uma virgem saudável, eu deveria ter evitado dar a ela uma experiência tão estranha.

O elevador para e Leo entra correndo, ansioso para brincar com seus brinquedos, sem dúvida.

— Cozinha primeiro? — Eu pergunto a Jane.

Ela assente. — Acho que estou farta de turnês por enquanto, nem quero ouvir seu estômago fazer mais barulhos.

Certo. Eu a levo para a cozinha, pego a primeira coisa que vejo na geladeira, aqueço e coloco sobre a mesa. O tempo todo, o silêncio taciturno da parte de Jane me lembra do erro que cometi.

Quando me sento, pego Jane olhando confusa para o prato. — Isso é lagosta?

Eu balanço minha cabeça. — É lagostim.

— Hm... o quê?

— Também conhecida como lagosta norueguesa — Explico. — Ao contrário do caranguejo, é um crustáceo marinho – e você pode sentir a diferença.

— E isso? — Ela aponta para o outro prato.

— Panache de palmito — digo. — Caso não seja óbvio, eu estava me envolvendo com a culinária francesa.

Antes que meu estômago a irrite novamente, eu como minha comida e a observo fazer o mesmo.

Quando ela prova os frutos do mar, seus olhos se arregalam e outro gemido aparece claramente em seus lábios – fazendo Yoda se mexer.

— O que achou? — Eu pergunto.

Ela franze o nariz. — É sem graça. E tem que se mastigar demais.

Sim. Claro que é. É por isso que ela está devorando tudo como Leo faz com manteiga de amendoim.

— Podemos conversar sobre negócios por um segundo? — digo, imaginando que agora é um momento tão bom quanto qualquer outro para abordar tópicos desagradáveis.

Ela pega o panache com violência desnecessária. — Por que não?

— Vou precisar fazer uma verificação de antecedentes sobre você.

Ela revira os olhos. — Vá em frente, se for preciso.

Tudo correu tão bem quanto se poderia esperar. — Você quer dar uma olhada preliminar no contrato secreto?

— Morrendo de vontade. — Ela mastiga o panache com claro prazer, mas quando me vê olhando para ela, franze o nariz e diz: — Você exagerou no sal.

Devo dizer a ela que nem adicionei sal? Não. Em vez disso, estendo minha mão.

— Me passa seu telefone.

— Por quê? — Seus olhos âmbar ficam semicerrados.

Resisto à vontade de suspirar. — Por motivos de segurança – e para proteger as árvores – nunca utilizo contratos impressos. Preciso do seu telefone para instalar um aplicativo especial para você. Dessa forma, posso usar o mesmo aplicativo no meu telefone para compartilhar documentos legais com você.

O que não adiciono é que esse também é o método que usei para armazenar os formulários de consentimento sexual que sempre fiz questão de criar com as mulheres em meus relacionamentos anteriores. Dizer isso a ela seria como ver a galeria de novo.

Jane pega o telefone, mas não o entrega. — Qual é o nome do aplicativo?

Eu digo a ela, e ela me informa que "consegue baixar aplicativos com os dedos femininos, muito obrigada". Assim que o faz, explico que ela precisará fornecer ao aplicativo um endereço de e-mail que ela realmente verifique e que deve memorizar a senha que usará, porque redefini-la é uma grande dor de cabeça – como aprendi com a experiência.

— Sério, eu não sou uma idiota — Ela retruca. — Na verdade, uma das principais responsabilidades que eu teria na biblioteca seria ajudar as pessoas a navegar pela tecnologia, incluindo a leitura de aplicativos semelhantes a este.

Desta vez, o suspiro escapa dos meus lábios. — Desculpe. Eu estava tentando ser útil.

— Há uma linha tênue entre ser útil e condescendente — diz ela com condescendência. E estranhamente adorável.

— Acho que sua entrevista não foi bem? — Pergunto para me distrair das demandas contínuas de atenção de Yoda.

Eu provavelmente deveria ter perguntado isso antes, mas sua expressão quando ela saiu da biblioteca falou por si.

Não achei que ela pudesse parecer mais chateada, mas ela se mostrou muito boa nisso. — Foi um desastre. — Ela passa a me dar os pontos principais, e me sinto ainda pior agora – e me arrependo de ter levantado esse tópico logo após minha outra gafe.

— Existe algo que eu possa fazer para ajudar? — Pergunto. — Eu poderia doar dinheiro para a biblioteca, ou...

— Você já fez o suficiente — Ela diz bruscamente.

— Além disso, só quero conseguir o emprego com base no mérito.

Eu solto um suspiro. — Que tal eu lhe enviar o contrato?

Ela balança a cabeça, então eu faço exatamente isso.

Jane lê o documento surpreendentemente rápido, considerando todo o jargão jurídico.

— Parece bom, à primeira vista — diz ela, erguendo os olhos do telefone. — Obviamente, a palavra final será dos meus advogados.

— Deixe-me enviar-lhe o acordo pré-nupcial também — digo. — E o AND para sua mãe.

Mais uma vez, ela analisa tudo rapidamente e não acha que haja algo que levante bandeiras vermelhas para ela.

— Para onde devo enviar o dinheiro para o seu advogado? — Pergunto.

Ela me fala, e eu cuido disso ali mesmo.

Quando ela confirma que recebeu, vou até a geladeira. — Agora, vamos a assuntos mais agradáveis. Que tal sobremesa?

Ela empurra seu prato limpo e brilhante para longe. — O que você tem?

— Parfait — digo. — Île flottante e minha tentativa do macaron.

Ela coloca a mão na barriga. — Não tenho certeza se tenho espaço.

Pego o parfait e duas colheres. — Experimente isso.

Ela cuidadosamente pega a mistura de creme que eu fiz, mas quando ela enfia na boca, seus olhos reviram de prazer – tornando a situação com Yoda quase dolorosa.

— Como está? — Pergunto enquanto como uma colherada, fazendo o meu melhor para manter a rouquidão longe da minha voz.

— Muito chocolate — diz ela. — E os morangos não deviam ser frescos.

Desta vez, não posso deixar de me defender. — Isso é alfarroba, não chocolate, e os morangos eram em pó – feitos de morangos liofilizados que estavam com o frescor e a maturação perfeitos no momento da secagem.

Ela dá de ombros. — Gosto é muito subjetivo.

— Que tipo de comida *você* gosta? — Pergunto, decidindo não a pressionar ainda mais. — Acho que isso é algo que um marido deveria saber sobre sua esposa.

Vejo a colher dela se aproximando do parfait, mas ela se detém. — É dividido igualmente entre kedgeree, pudim de Yorkshire, tortas de geleia e bolinhos.

Eu sorrio. — O que eles comiam na Inglaterra Vitoriana?

Ela não retribui meu sorriso. — Eles não são *realmente* meus favoritos. Na verdade, nunca experimentei nenhum deles. É apenas uma lista que posso colocar na minha cabeça, então se você memorizar, estaremos em sincronia se houver um teste mais tarde.

Eu memorizo a lista e suspiro. — Vou facilitar ainda mais a sua vida: minha comida favorita é o sushi do lugar que visitamos esta noite – aquele onde não sou mais bem-vindo.

Ela inclina a cabeça. — Seu favorito é o lugar mais caro do planeta. Típico.

Empurro o parfait na direção dela. — Você se importa em terminar? Resta muito pouco para colocar de volta na geladeira.

— Se for preciso. — Ela termina a sobremesa e depois olha para mim com expectativa. — Verificação de antecedentes, contratos – você tem algum outro incômodo que deseja eliminar?

— Não que eu consiga pensar — digo. — Você gostaria de ver o resto da minha casa?

Ela franze o nariz. — Está ficando tarde.

— Você vai se mudar para cá — Eu a lembro. — Além disso, é uma boa maneira de aprender mais sobre mim.

— Eu descobri o suficiente. — Ela se levanta. — Mamãe está me esperando.

Merda. Espero que ela não esteja desistindo. Eu a levo até a porta. — Posso te arrumar uma carona?

— Não — Ela diz com veemência. — Vou pegar meu próprio Uber.

Caralho. Isso é sobre a pintura de Jennifer.

— Nesse caso, me mande uma mensagem quando chegar em casa.

— Certo. — Ela faz sua melhor representação de mártir e entra correndo no elevador sem sequer se despedir.

Ao som de garras no chão de granito, Leo se aproxima e me cutuca com o nariz molhado.

Onde está a dama que cheira bem?

— Ela foi embora — digo. — Eu realmente estraguei tudo ao mostrar a galeria a ela.

Leo abana o rabo.

Acho que ela vai voltar. Você pode comprar muita manteiga de amendoim por vinte milhões de dólares humanos.

— Eu realmente espero. — Porque se eu estraguei tudo, nunca vou me perdoar.

CAPÍTULO 13
Jane

Foi uma loucura ser rude com um cara que está me oferecendo vinte milhões de dólares?

Nem sei por que fiquei tão irritada com Adrian depois do fiasco na galeria. Ele me avisou sobre sua reputação, então, apenas tive uma ideia de como a salsicha é feita.

Céus. Agora estou pensando na salsicha de Adrian.

Para pensar em outra coisa, procuro um advogado, caso Adrian não decida cancelar todo o negócio, o que provavelmente fará.

Ao contrário de alguns, a Senhorita Miller é de opinião que os libertinos reformados realmente são os melhores maridos, e que este pode ser levado ao rapé usando artimanhas femininas rudimentares.

Quando volto para Staten Island, tenho uma reunião por vídeo com uma advogada e envio a ela todos os contratos de pré-requisito. Uma vez em casa, eu me esgueiro para o meu quarto antes de ser notada e interrogada, para que eu possa falar com a referida advogada.

Por uma taxa horária muito rígida, a advogada explica o que vou assinar, e sua interpretação é praticamente a mesma que a impressão que tive quando folheei os documentos. Em outras palavras, eu poderia ter economizado tempo jogando aquele dinheiro no vaso sanitário.

— Obrigada — digo a ela. — Parece que vou assinar tudo.

— Sem problemas — diz ela. — E me ligue se tiver alguma dúvida.

Desligo e vou localizar mamãe, que está organizando a despensa pela enésima vez.

— Quando você chegou em casa? — Ela pergunta assim que me vê. — Mais importante, como foi o encontro?

Seria inútil dizer a ela que não era um encontro.

— Onde está Mary? — Eu examino a cozinha no caso de falar do diabinho fazê-la aparecer.

— No telefone no quarto dela — diz mamãe. — Você pode ir em frente e me contar todos os detalhes, não importa o quão proibido seja. — Ela agarra minha mão e me arrasta até a sala, o que não me incomoda muito, porque fica razoavelmente longe do quarto de Mary.

Uma vez que estamos no sofá, solto um suspiro. — Isso tem que ficar entre nós. Na verdade, você precisará assinar um acordo de não divulgação antes que eu possa dizer uma palavra.

— Quão *Cinquenta Tons*. — Os olhos de mamãe brilham de entusiasmo. — Vou assinar o que você quiser, se isso significar que você vai falar.

Eu instalo o aplicativo especial em seu telefone e envio o AND, que ela assina na hora. Então, eu conto tudo a ela – ou tento. Quando chego aos vinte milhões de dólares, parece que ela está prestes a ficar acalorada.

— Você vai ficar rica! — Ela grita quando eu me pergunto se devo buscar os sais aromáticos.

— E famosa — digo com uma careta. — Lembra dos tabloides?

— Quem se importa? Mary e eu podemos morar na sua mansão?

— O que há de errado com esta casa? — Eu pergunto.

— As famílias dos milionários não moram em residências com 75 metros quadrados — diz ela com firmeza. — Eu não faço as regras.

— Pode não haver milhões — digo. — Deixe-me contar o resto da história. — Chego à parte sobre a galeria e como desrespeitei suas excelentes criações culinárias antes de fugir covardemente.

— Ah, eu não me preocuparia com isso — diz a mãe. — Ele não vai romper o noivado só porque você ficou com um pouco de ciúmes.

Dou a mamãe meu melhor olhar estreito. — Eu não estava com ciúmes.

— Oh? — Ela sorri. — Então, como você chamaria aquele sentimento verde de ansiedade, raiva e confusão que sentiu quando viu uma de suas ex nuas?

— Podemos ensaiar o que diremos a Mary? — Pergunto, desesperada para mudar de assunto.

Mamãe olha para a porta furtivamente. — Vamos chegar o mais perto possível da verdade: você acidentalmente conheceu o cara dos seus sonhos. Você não contou a ela imediatamente, mas agora que ele a pediu em casamento, não pode mais manter isso em segredo.

— O cara dos meus sonhos?

Mamãe sorri diabolicamente. — Como eu disse, tentando ficar o mais próximo possível da verdade. A mentira será o quando – e não muito mais.

— Sim, tanto faz — digo. — A parte principal é que você sabia sobre nosso relacionamento o tempo todo, mas não contamos a Mary porque ele tem uma má reputação, então eu queria esperar para ver.

— Exatamente — diz ela. — E direi à sua avó que você ficou noiva do cara de quem contei a ela.

— Como é?

— Lembra daquele idiota com quem você namorou por uma semana, alguns meses atrás? — Mamãe pergunta. — O cara com o moicano?

Estremecendo, eu assinto.

— Não tive coragem de contar à mamãe que você manteve a virgindade.

— Você o quê?! — Grito.

Senhorita Miller acredita que apenas pensar em matricídio é um pecado grave.

— Ei — Mamãe diz. — Eu facilitei nossas vidas. Você sabe como a vovó não se lembra de nenhum nome? Agora podemos dizer a ela que sempre foi Adrian.

— Certo. Acho que isso reduz as mentiras.

— Exatamente — Mamãe diz. — Agora vá em frente e assine seus documentos também.

Oh, sim. Faço isso e, um segundo depois, meu telefone toca.

Meu coração salta. — É ele.

Mamãe tenta arrancar meu telefone de mim. — Se é uma foto de pau, vou pegar para mim.

Tiro-o do alcance dela e verifico a mensagem.

Parece que começamos! Ligue-me quando estiver pronta para planejar as próximas etapas.

— Viu? — Mamãe diz. — Ele não desistiu, então ligue para ele.

— Amanhã. Deixe-me me acalmar um pouco. Porque estou seriamente tendo palpitações.

— Esperta — diz mamãe. — Por enquanto, vamos atualizar Mary.

Vamos para o quarto da minha irmã, conto a ela o que acabamos de discutir e mostro o anel.

— Não acredito — diz minha irmã quando termino.

Droga.

— Eu sei! — Mamãe diz. — Nossa Jane e um lindo noivo bilionário? Mas é verdade.

— Não é isso — diz Mary e se vira para mim. — Eu não acredito que mamãe poderia ter guardado um segredo tão grande.

Droga. Ela é boa.

— Eu mantive sua primeira edição de *Orgulho e Preconceito* como refém — digo presunçosamente.

Na verdade, estou muito cética de que o livro em questão, o maior bem de mamãe, seja realmente uma primeira edição. Mamãe nunca deixa ninguém o tocar, mas de longe o livro parece muito antigo – e vovó confirmou que está em nossa família há algumas gerações. Ainda assim, uma verdadeira primeira edição custa quase tanto quanto um Porsche, então imagino que mamãe já o teria vendido há muito tempo.

— Ah — diz Mary. — Isso sim. Acho que os parabéns estão em ordem.

— Obrigada. — Bagunço seu cabelo.

— Você contou para a vovó? — Mary pergunta.

— Ela sabe sobre o namorado — Mamãe diz. — Mas não que ele tenha proposto.

— Vamos ligar para ela. — Mary pega o telefone e começa a discar antes de mamãe, ou que eu consiga sugerir a fazer isso de manhã, porque agora está perigosamente perto da hora de dormir da vovó.

— Alô? — Vovó grita tanto que sua voz pode chegar a Nova York da Flórida, mesmo sem um telefone.

— Oi, mãe — Mamãe diz.

— Georgiana, é você? — Vovó grita ainda mais.

Ao contrário de todas as outras pessoas neste século, vovó utiliza um telefone fixo antigo, sem identificador de chamadas nem mesmo chamada em espera – algo que intrigou Mary, que é demasiado jovem para saber o que significa um sinal de ocupado.

— Mãe, ligue seus aparelhos auditivos, por favor.

Sim. Ela deve tê-los tirado antes de dormir.

— Mary? — Vovó diz. — Jane?

— Eu também estou aqui — digo.

— E eu — diz Mary.

— Espere — diz a vovó, e há algum tipo de barulho, o que indica que ela de fato ligou os referidos aparelhos auditivos.

— Você pode me ouvir agora? — Mamãe grita.

— Por que você está gritando? — Vovó pergunta. — Eu posso ouvir perfeitamente bem.

Certo. E Adrian é um escoteiro.

— Temos algumas novidades — diz mamãe. — Lembra do namorado de Jane?

— O curvado de Jane? — Vovó pergunta.

— Não, *namorado* — Mamãe enuncia.

— Você consegue se curvar para trás? — Mary sussurra.

— Para Adrian, ela consegue — Mamãe sussurra de volta.

— Ui — Sussurra Mary. — Nojo.

Como diabos uma criança de dez anos entende essa piada?

— Ah — diz a vovó. — Sim. Aquele que tirou a cerejinha de Jane?

— Ui de novo — Mary sussurra e sibila.

E como diabos uma criança de dez anos já sabe o que isso significa?

— Sim, esse — diz mamãe. — Ele é noivo de Jane agora.

— Ele notificou Jane afora?

Ela está apenas brincando com a gente?

Mamãe pega o telefone e o coloca bem perto da boca. — Eles vão se casar. Ele propôs *hoje*.

— Oh, Deus! — Vovó exclama. — Que surpresa maravilhosa! Acho que às vezes eles ainda compram a vaca, mesmo depois de receberem todo aquele leite de graça.

— Credo? — Mary sussurra.

— Adoro ser comparada a uma vaca, vovó, obrigada — digo revirando os olhos. — Ou sou o leite?

— Não seja ríspida comigo! — Vovó grita. — Georgiana deu e veja o que aconteceu. Duas vezes. Você e Mary deveriam saber melhor.

Parece que mamãe levou um tapa, e resisto à vontade de quebrar o telefone em pedaços. A vovó geralmente é gentil, o que torna ainda mais chocante quando ela deixa escapar essas merdas em voz alta – especialmente porque isso nem é verdade no caso de Jack, o pai de Mary. Ele e mamãe *se casaram*, mas se divorciaram em um ano, então, parafraseando o horrível provérbio, Jack comprou a vaca, mas a devolveu para receber o dinheiro de volta, independentemente de todo o leite.

— Bem — diz mamãe, com a voz exageradamente otimista. —, é melhor desligarmos. Há planos que precisamos fazer.

— Espere, quando é o casamento? — Vovó pergunta.

— Acabamos de ficar noivos hoje — digo. — Ainda não conversamos sobre a data do casamento.

— Bom — diz a vovó. —, isso significa que você não está grávida.

Senhorita Miller, graças a Deus, duas senhoras estão envolvidas nesta troca, ou então seriam pistolas ao amanhecer.

— Tudo bem — Mamãe diz. — Tenha uma boa noite. — E com isso, ela desliga.

Mary suspira e olha para mamãe. — Quanto tempo antes de você também ficar senil?

Eu a belisco. — Vovó não é senil. Ela é rude.

— Não diga isso — Mamãe diz severamente. — Só eu posso reclamar.

— Tudo bem — Mary e eu dizemos mal-humoradas em uníssono.

— Agora — diz mamãe. —, vamos comemorar o noivado de Jane.

CAPÍTULO 14
Adrian

Uma notificação de chamada de vídeo aparece no meu telefone.

É Sydney, então atendo imediatamente, já que geralmente é minha chance de ver Piper, mesmo que isso tenha o custo de interagir com a mãe dela.

Piper aparece na tela primeiro e, como sempre, quando vejo minha filhinha, sinto meu peito apertar de dor e encher de alegria, tudo ao mesmo tempo. É algo sobre os dedinhos dos pés e mãos. E as bochechas rechonchudas.

Sydney a puxa de volta e sorri, tirando um pouco da alegria do momento.

Ao ver minha ex-amante, quero me encolher, mas mantenho uma atitude amigável. Sydney herdou sua aparência de Barbie de duas gerações de esposas-troféu e, além disso, ela cuida de si mesma com uma obsessão motivada pela vaidade. Ela perdeu todo o peso do bebê mais rápido do que qualquer um pensava ser possível e está usando o que parece ser injeções nos lábios, o que provavelmente explica por que ela contratou uma ama de leite na outra semana. Objetivamente falando, ela parece bem. Infelizmente, ela é muito superficial para entender que não é sua aparência física que considero incompatível com o casamento – é o resto dela.

— Oi, papai — Ela diz docemente, expressando Piper na mesma brincadeira que eu faço com Leo.

— Oi — digo, determinado a permanecer cordial.

— Sobre a visita neste fim de semana — diz ela. —, não tenho certeza se vou conseguir. Podemos mudar para segunda-feira?

Meu queixo treme. — Tudo bem.

Na realidade, cada momento de atraso é como ser esfaqueado, mas agora, tenho que escolher minhas batalhas.

— Ótimo — Ela diz. — Você vai ao Baile?

Portanto, este é o verdadeiro motivo de sua ligação. — Quase esqueci disso, mas sim. Eu estarei lá. — Não que isso vá mudar alguma coisa. Não importa quantas vezes Sydney tente ficar perto de mim, isso não vai me fazer querer casar com ela. Muito pelo contrário, na verdade.

— Temos um encontro — Ela diz, e antes que eu possa responder, ela desliga.

Eu solto um suspiro cansado.

Se Jane desistir, precisarei encontrar outra pessoa para comparecer ao evento comigo, ou então Sydney terá ainda mais certeza de que é um encontro.

Leo entra na sala, abana o rabo e aponta o nariz para a tigela de água vazia.

— Desculpe. — Eu sirvo um pouco de água para ele enquanto meu telefone apita.

Quando verifico a notificação, meu batimento cardíaco dispara.

— Ela o fez. Ela assinou tudo — digo a Leo com entusiasmo.

Ele olha para cima de sua tigela de água, com o rosto todo encharcado, como sempre.

Viu? Você conseguiu. Apenas cheire a bunda dela muito gentilmente quando a vir da próxima vez, e tudo será perdoado e esquecido.

Minha euforia dura toda a minha caminhada noturna no parque com Leo. Entre a aceitação de Jane e a conclusão bem-sucedida da depuração da internet, posso ousar esperar que a audiência realmente aconteça do meu jeito, e eu estarei na vida de Piper.

Só uma coisa azeda meu humor. Não consigo me livrar da expressão no rosto de Jane quando ela viu aqueles nus estúpidos na galeria.

Hum. Se Jane teve uma reação negativa, outra pessoa também poderia. Um juiz pudico, por exemplo.

Merda. A galeria poderia ser usada contra mim?

Sydney não sabe sobre a arte, mas muitas pessoas sabem, então ela ou seus advogados poderiam descobrir. Sem mencionar que Sydney tem acesso ao meu prédio para facilitar as visitas de Piper, ela poderia teoricamente tropeçar na galeria, reconhecer uma das minhas funcionárias da mesma forma que

Jane fez, tirar algumas fotos e entregá-las aos advogados dela.

Não. Não vou correr nenhum risco no que diz respeito a Piper – sem falar que, dessa forma, Jane poderá voltar à galeria sem ficar chateada.

Tomando uma decisão precipitada, entro em contato com algumas pessoas até descobrir o local de depósito mais seguro e privado para a arte e organizo uma mudança. Dentro de alguns anos, talvez eu devolva as peças às mulheres que modelaram para elas, mas, por enquanto, é melhor que elas permaneçam fora de vista.

Mesmo assim, mesmo depois de fazer isso, sinto-me desconfortável – porque não creio ter resolvido o que mais incomodava Jane: o fato de minhas ex-amantes estarem trabalhando para mim.

Os advogados de Sydney poderiam usar isso contra mim? Torcer as coisas para fazer parecer que dormi com algumas das mulheres enquanto trabalhavam para mim ou em troca de seus empregos?

Não. Também não posso correr esse risco. Na verdade, me sinto idiota por não ter pensado nisso antes.

Sentado em um banco, digito um e-mail para Caroline e ligo para ela. Ela é outra pessoa cuja pintura vou guardar, e ela também é a headhunter mais talentosa de Nova York.

— Preciso que você encontre novos empregos para algumas pessoas — digo. — Pagamento mais alto do que o que eles têm agora.

— Quem? — Caroline pergunta.

— Os links para os perfis do LinkedIn estão na sua caixa de entrada — digo.

Espero até que ela revise todos eles.

— Uma passeadora de cães? — Ela exclama. — Você sabe que geralmente coloco executivos de nível C.

— Sei que sua compensação habitual é uma porcentagem do salário deles, mas pagarei diretamente por algumas dessas colocações mais incomuns — digo. — Ah, e vou precisar que você encontre substitutos para eles – onde, novamente, pagarei uma taxa.

— Que tipo de taxa? — Ela pergunta.

— Dê um número.

Ela o faz.

— Eu vou te dar o dobro disso — digo. — E há outra coisa, para a qual colocarei um zero próximo a esse número.

Sua voz fica sem fôlego. — O quê?

— Vou precisar que você me recomende um headhunter — digo. — Idealmente, alguém tão bom quanto você.

— Ninguém é tão bom quanto eu — Ela diz com confiança. — Mas posso fazer o meu melhor... se você me disser por quê.

Explico sobre a audiência e como minha antiga reputação pode melhorar.

— Ah — Caroline diz. — Vou repetir: Piper é uma garota de sorte.

— Obrigado. Você e eu ainda podemos ser amigos, é claro, e poderemos voltar a trabalhar juntos no futuro.

— A essa altura, terei minha própria empresa — diz ela. — E vou considerar aceitar você como cliente – ou não, depende de quão caridosa eu me sinto.

— Temos um acordo — digo. — E vou recomendá-la para algumas pessoas que irão mantê-la muito ocupada enquanto isso.

Ela me agradece e eu desligo. Continuo tendo uma conversa semelhante com as pessoas que estão prestes a encontrar outro emprego, e todas parecem concordar com isso, exceto talvez Susan, cujo marido também trabalha para mim.

— Que tal eu encontrar um emprego para você e seu marido juntos? — Eu ofereço.

— Você acha que pode? — Susan pergunta.

— Claro.

Isso parece acalmá-la, e volto com Caroline para dizer que ela tem mais um candidato para acrescentar à lista.

Ok, eu deveria me sentir mais calmo agora, mas não me sinto.

Acho que a perspectiva de me casar – com Jane – é como uma dose de café espresso.

Falando em Jane, quando volto para casa, pego meu Kindle e compro o primeiro dos livros de *Bridgerton*, em um esforço para entender melhor minha futura noiva.

Para minha grande surpresa, fico viciado no romance e não consigo parar de ler até terminar. Uau. Gostei muito, apesar de o público-alvo desse gênero parecer ser mulheres, e de saber o que aconteceria já que a primeira temporada da série foi fiel ao livro.

Bem, bastante fiel. O livro era mais bem-humorado, que é uma das razões pelas quais prefiro-o ao programa.

Acabo comprando a continuação, mas não começo porque já é tarde. Em vez disso, tomo banho e escovo os dentes antes de pular na cama.

Hora do treinamento diário da Força de Yoda – ou derrotar o bispo, como provavelmente chamavam nos tempos Vitorianos.

Graças a todas as ereções que Jane me deu, isso deve ser conseguido de maneira recorde.

Caralho.

Eu não deveria pensar em Jane quando faço isso. Eu prometi a ela que as coisas entre nós seriam platônicas, e isso viola essa promessa, assim como qualquer fantasia em que eu a violei.

Eu esvazio minha mente e apenas imagino peitos e bundas anônimos.

Não.

O rosto ao qual eles estão ligados é o de Jane.

Merda. Também percebo que posso ter mentido para Jane quando disse que era celibatário. Afogar o ganso faz com que você *não* seja celibatário?

Que seja. Até minhas reflexões epistemológicas estão relacionadas a Jane.

Devo pensar em peitos sem corpo. E bundas.

Eu falho mais uma vez porque uma imagem dos

lábios oh-tão-beijáveis de Jane invade minha mente – e eles estão enrolados firmemente em volta do meu pau.

    E assim, eu gozo.

CAPÍTULO 15
Jane

Acordo grogue e tenho certeza de que sonhei com Adrian me pintando nua enquanto eu estava coberta de chantilly. Ou será que ele desenhou em mim com chantilly? Não, entendi. Ele fez uma estátua minha... de marshmallows.

O que isso poderia significar? Acho que isso depende se ele comeu a estátua depois ou a transformou em *smores*.

— Acorde! — Mary grita e bate na minha porta. — Você tem que ver isso!

— Vá embora! — Eu grito de volta.

— É uma loucura — diz ela. — Vamos.

— Certo. — Eu me visto e tropeço para fora do meu quarto.

— Sala de estar — diz Mary.

Deixo que ela me leve até o andar de baixo, onde cumprimento mamãe – e quase tropeço em um vaso cheio de flores.

Espere um segundo. Há vasos com flores por toda parte: na mesa da cozinha, no chão, até no micro-ondas.

— Que diabos? — Eu pergunto.

Mamãe sorri para mim. — Parece que agora que seu namoro não é mais secreto, Adrian lhe enviou todas as flores que ele sempre quis lhe enviar, de uma só vez.

Sim. Acontece que a sala de estar é apenas a ponta do iceberg das flores. Nossa entrada de carro inteira está cheia de coisas.

— Você pode dar algumas dessas para os vizinhos? — Eu pergunto. — Não acho que possamos colocá-las dentro de casa, mesmo que cobríssemos cada centímetro do espaço.

— Sim — diz mamãe. — Ele não deve saber o quão pequeno é o nosso lugar. Mas se você o convidar aqui...

Teria que haver um frio ártico no inferno.

— Vou escovar os dentes — Anuncio. — Se alguém pudesse liberar espaço para minha cadeira e um prato na mesa, eu ficaria muito grata.

Eu faço como eu disse e lavo meu rosto também.

Durante o café da manhã, mamãe me enche de perguntas sobre Adrian, cujas respostas não sei.

Assim que estou terminando, meu telefone toca.

— É ele? — Mamãe pergunta.

Reviro os olhos e pego meu telefone enquanto vou para o meu quarto e tranco a porta.

— Oi — Adrian diz.

— Oi — digo, minha espinha formigando ao som de

sua voz profunda. — Acabamos de receber a avalanche de flores.

— Ah, bom — diz Adrian. — Você gosta delas?

— Há *muito* o que gostar. Quantas floriculturas você esvaziou?

— O que você quer dizer? — Ele pergunta.

Eu solto um suspiro frustrado. — Há flores suficientes aqui para dois casamentos e um funeral.

— Ah — Ele diz. — Sinto muito se peguei muitas. Nunca encomendei flores pessoalmente antes. Geralmente é algo que minha assistente cuida.

— Claro. Claro. Então você ligou para o local das flores e disse 'me dê um milhão de flores?'

— Não. Liguei, eles perguntaram se meu orçamento seria o de sempre, perguntei se eles poderiam fazer algo legal com esse orçamento e eles me garantiram que sim.

Se por "legal" eles queriam dizer "o suficiente para invadir minha casa com flores", então, eles estavam dizendo a verdade.

Encolhendo-me em antecipação, pergunto: — Qual foi o orçamento?

— Não acho que seria elegante da minha parte dizer.

— Mil? — Pergunto. — Dois? Três?

— Quanto seria demais? — Ele pergunta, parecendo envergonhado.

— Oh, Deus, você gastou *mais* do que isso?

— Cinco — diz ele. — Mas, como eu disse, esse é o

orçamento padrão quando minha assistente lida com a floricultura.

— Eles fornecem flores para casamentos? — Eu pergunto incisivamente.

— Normalmente, é para arrecadação de fundos. Falando nisso, é sobre isso que eu queria falar com você.

— Arrecadação de fundos? — Eu pergunto, e percebo que ele mudou de assunto com bastante habilidade.

— Uma arrecadação de fundos, singular. É um grande evento social. Eles chamam isso de O Baile.

— Nunca ouvi falar. — Mas parece chique.

— Bem, eu gostaria que você fosse comigo — diz ele formalmente. — Seria um ótimo lugar para sermos vistos juntos.

— Não posso ir a algo chamado O Baile. Não tenho nada para vestir.

— Isso será facilmente remediado por uma modista — diz ele.

Meus olhos se arregalam. — Como você conhece essa palavra?

Ele ri. — *Bridgerton*. Eu li o livro ontem à noite e já comprei a sequência.

O quê? Agora quero me casar com ele de verdade, o que não é bom.

— Quando é o evento? — Eu pergunto, tentando e falhando em não soar ofegante.

— Amanhã. Desculpe, eu não mencionei isso antes. Eu...

— Só nos conhecemos ontem — digo. — Não se preocupe.

Conheci-o ontem. Não posso acreditar. Parece que estou nessa louca jornada com ele há semanas.

— Isso significa que você vai? — Ele pergunta.

Eu mordo meu lábio. — Eu não tenho certeza. Eu teria que fazer maquiagem e cabelo, mais...

— Vou ter uma equipe de profissionais fazendo tudo isso para você. Diga sim.

— Não se esqueça de convidá-lo — Mamãe grita atrás da porta.

Droga. Ela estava escutando o tempo todo?

— Eu ouvi alguém dizer algo sobre um convite? — Adrian pergunta.

— Era minha mãe — digo com um revirar de olhos. — Eu disse a ela o que está acontecendo, então ela está naturalmente curiosa sobre meu noivo. Minha irmã também está morrendo de vontade de conhecê-lo.

— Eu adoraria passar por aí — diz Adrian. — Que tal em uma hora? Posso ajudá-la a lidar com a superabundância de flores.

Minha pulsação acelera e meu rosto parece que está prestes a pegar fogo. — É uma má ideia.

— Não, não é! — Mamãe grita atrás da porta.

Como ela ouviu o que Adrian disse? Ou ela adivinhou?

Eu mastigo o interior da minha bochecha. — Se você vier aqui, pode mudar de ideia sobre se casar comigo.

— Eu não vou — diz ele com grande confiança.

— Certo. Venha — digo a contragosto. —, mas você foi avisado.

Mamãe comemora atrás da porta.

A Senhorita Miller nunca pensou que precisaria expressar essa opinião, mas guinchar não é elegante, nem quaisquer outros sons tipicamente produzidos por animais de fazenda.

— Posso levar Leo? — Adrian pergunta. — Não tenho babá no momento.

— O que aconteceu com Tiffany? — Pergunto, fazendo o meu melhor para não parecer com ciúmes e provavelmente falhando.

— Longa história — diz ele. — As pinturas e estátuas que discutimos ontem já saíram da galeria e suas modelos têm um novo emprego. Hum. Acho que *não* é uma história tão longa.

— Por quê? — De jeito nenhum foi para mim.

— Percebi que as obras de arte poderiam ser usadas como arma contra mim na audiência. E o mesmo poderia acontecer com o fato de que suas modelos estavam trabalhando para mim — diz ele. — Tenho que agradecer a você por me fazer perceber isso e tomar medidas.

Como eu fiz isso, não tenho ideia. — De nada?

— Sério, obrigado — diz ele.

— Deixe pra lá. — Quanto mais cedo eu esquecer as mulheres com quem ele esteve, mais feliz será o nosso "casamento". — Pegue Leo e venha.

— Quem é Leo? — Mamãe grita atrás da porta.

— Vejo você em breve — Adrian diz e desliga.

Saio do meu quarto e dou um olhar mortal para mamãe. — Leo é o cachorro dele.

— Ah, ótimo. Quando os *dois* vêm?

— Em uma hora. — Catalogo mentalmente todas as minhas roupas, tentando desesperadamente descobrir o que vestir.

Mamãe empalidece. — Uma hora? Mas a casa está uma bagunça!

Inacreditável. — Convidá-lo foi ideia sua.

— Fique apresentável — Ordena mamãe e sai correndo, dando ordens para Mary no caminho.

Eu olho para o espelho do banheiro. Não estou apresentável? Não. Não em comparação com as mulheres na galeria.

Grr. Experimento algumas roupas até gostar de uma, e então faço a maquiagem e o cabelo da melhor maneira que posso – embora ache que poderia ter pedido ajuda à mamãe, já que ela trabalha em uma barbearia. Mas não. Não enquanto ela está arrumando uma tempestade.

No momento em que me considero apresentável, tocam na nossa porta da frente e recebo uma mensagem de Adrian:

Cheguei.

Eu saio voando do meu quarto – e não consigo acreditar no que vejo. Em primeiro lugar, as flores agora se resumem a um grande e lindo buquê, mas, mais incompreensivelmente, o lugar está impecável, o mais limpo que já vi.

— Quem é? — Ouço mamãe chamar lá de baixo.

— Espere por mim! — Grito e quase caio da escada enquanto desço correndo para me juntar a mamãe e Mary.

— É Adrian — Ele diz atrás da porta. — e Leo.

Eu abro.

Adrian nos cega a todas com seu sorriso.

Meu coração amotinado pula algumas batidas quando observo seu rosto barbeado, seus olhos prateados e...

— Olá, você — Mamãe diz coquete. — Eu sou Georgiana, irmã não muito mais velha de Jane.

Não é o cara que deveria fazer essa piada cafona?

— Prazer em conhecê-la. — Adrian pega a mão de mamãe e a leva aos lábios.

Uau. Eu herdei a coisa das bochechas vermelhas de mamãe? A dela parece a bunda de um babuíno. Quando está no cio. O babuíno, quero dizer.

Percebendo a reação de mamãe, Mary revira os olhos com tanta habilidade que me lembro dolorosamente do fato de que ela está prestes a se tornar uma adolescente, com toda a angústia e mensagens de texto que isso pode trazer... a menos que ela seja como eu, caso em que isso implicará muita leitura de livros e quantidades iguais de masturbação.

Hum. Parece que minha vida atual não é tão diferente da minha adolescência.

— E qual é o seu nome? — Adrian pergunta à minha irmãzinha.

— Mary — diz ela, um pouco tímida.

Claramente sob a influência do romance histórico

que leu, Adrian se curva para ela e faz mímica levantando um chapéu inexistente. — Prazer em conhecê-la, Mary.

Agora Mary também cora, o que é estranho, considerando sua falta de interesse pelos machos de nossa espécie. Ainda mais estranha é a expressão de adoração em seu rosto.

Alguém pode estar repensando todo o paradigma "meninos são eca".

— Deixe-me também apresentar Leo — Adrian diz e se afasta para mostrar seu companheiro ovelha, cuja cauda está imitando as hélices de um helicóptero. — Seja bonzinho — Adrian diz severamente e puxa Leo para mais perto antes que ele possa derrubar minha mãe.

— Ele é *tão* fofo — Mary grita.

— Ela está falando sobre o cachorro? — Mamãe sussurra para mim.

Eu também não sei.

— Entre. — Faço um gesto para dentro. — Por favor.

Adrian olha em volta. — Não seremos pisoteados por uma avalanche de flores?

A risada da mamãe é perturbadora. — Cobrei alguns favores aos vizinhos — Ela canta. —, e eles as levaram.

Tão rápido? Eram favores sexuais?

— Eu te devo uma — Adrian diz e entra, puxando Leo atrás dele.

— Venha para a cozinha — Mamãe diz e leva nossos convidados escada acima.

Mary e eu seguimos, comigo apreciando a bunda de Adrian e Mary pensando em qualquer coisa, menos nisso.

— Isto é para você. — Adrian entrega a Mary uma caixa de doces que eu nem percebi que ele carregava.

Segurando a caixa como um tesouro, Mary murmura um tímido "obrigada", baixinho - comportamento peculiar da criança mais extrovertida da Terra.

— Você quem fez? — Pergunto quando a caixa é aberta, revelando lindos chocolates. A caixa e os doces parecem muito chiques para serem feitos à mão, mas com Adrian nunca se sabe.

— Não — Ele diz. — Estes são chocolates To'ak. Um dos meus favoritos.

— Eu deveria fazer chá — diz mamãe. —, ou café.

— Eu prefiro café — diz Adrian. —, obrigado.

— Chá para mim — digo.

— Vou tomar café também — diz Mary.

Mamãe e eu olhamos para ela como se ela tivesse grãos de café nos olhos. Quando ela provou o café há um ano, ela disse, e cito: "Por que todo mundo é tão obcecado por uma substância tão amarga e nojenta?"

Enquanto mamãe prepara o café e o chá, Mary se senta à mesa da cozinha, espiando Adrian quando pensa que ninguém está olhando.

É oficial. Ela tem uma crush. Mas tem que ser por meu noivo?

Em defesa de Mary, Adrian é um homem muito apaixonante.

— Devo colocar algumas velas? — Mary deixa escapar.

— Que romântico — Mamãe diz. — Por favor, faça isso, querida.

Quando Mary vai embora, pergunto: — Devemos alimentar Leo?

Adrian olha para seu amigo peludo com um sorriso. — Ele comeu, mas nunca recusará mais comida.

Vou até a geladeira e procuro algo que um cachorro gostaria antes de encontrar. — Manteiga de amendoim?

As orelhas de Leo se animam, mas ele fica de costas para nós por algum motivo.

— A manteiga de amendoim é o elixir dos deuses caninos — diz Adrian na voz de "Leo".

Tiro a manteiga de amendoim e espalho em um prato de papel.

— Aqui. — Coloco o prato na mesa ao lado de Adrian. — Seu cachorro, você dá para ele.

— Ah, sim, minha guloseima favorita entregue pelo meu humano favorito — diz Leo com entusiasmo.

Antes que Adrian tenha a chance de colocar o prato no chão, Mary volta para a sala segurando as velas. Ela olha para o focinho do cachorro com uma expressão chocada.

— Era Adrian falando por Leo — Explico. — Você não está alucinando.

— Não é isso — diz Mary. — Ele está comendo uma das orquídeas da mamãe.

No momento em que todos o examinamos, é tarde demais. O vaso de plantas foi mastigado e engolido.

Uau. Ele até pasta como uma ovelha.

— Ele vai ficar doente? — Mamãe pergunta a Adrian preocupada.

Pegando o telefone, Adrian pergunta: — Que tipo de orquídea era essa?

— Mariposa — diz mamãe.

Ele faz uma busca rápida e exala de alívio. — É seguro para cães e gatos. — Olhando para Leo, ele acrescenta: — Mas você ainda está sendo um cachorro mau.

A expressão no rosto de Leo pode ser encontrada no dicionário em 'inocente'.

— Vou comprar uma orquídea substituta para você — Adrian diz à mãe.

— Apenas não um milhão — Eu interrompo.

— Não há necessidade — diz mamãe ao mesmo tempo. — Graças ao seu cachorro, Jane e você se conheceram. Uma orquídea é um pequeno preço a pagar pelos futuros netos.

Eu queria saber quanto tempo antes de minha família me fazer querer cair no chão. Acontece que demorou minutos inteiros.

O belo rosto de Adrian assume uma expressão afetuosa. — Faz meses desde o nosso encontro, mas eu me lembro como se fosse ontem.

Ele é tão bom em mentir. Você pensaria que ele

estava realmente falando sobre meses atrás, quando, na verdade, *foi* ontem que nos conhecemos.

A chaleira apita.

Adrian volta para seu lugar e começa a verificar algo em seu telefone. Mary acende as velas sobre o fogão, enquanto eu entrego a mamãe a caixa com saquinhos de chá e começo a despejar água na chaleira – o que leva uma eternidade graças aos nossos canos de água de baixa qualidade.

Um borrão branco chama minha atenção, então me viro em direção à mesa e fico boquiaberta, pois muitas coisas acontecem mais rápido do que posso piscar.

Leo avança, claramente indo atrás do prato com manteiga de amendoim que todos nós esquecemos durante o incidente da orquídea.

Ao mesmo tempo, Mary se aproxima de Leo e Adrian, carregando a vela acesa.

Oh, não! Na pressa de executar o pulo perfeito, o cachorro esbarra em Mary, o que faz com que ela perca o equilíbrio apenas o suficiente para que a vela entre em contato com o cabelo de Adrian.

Mate-me agora. O cheiro que lembra frango queimado me diz que não tive alucinações com o que acabei de ver.

— Oh, meu Deus! — Mary grita.

— Caralho! — Mamãe grita.

Sim, todas são avaliações muito razoáveis da situação.

Incrivelmente, apesar de ter o cabelo em chamas, o

homem ainda está perdido no esquecimento de seu telefone.

— Adrian! — Despejo toda a água que entrou na chaleira em um pano grosso que mamãe usa no lugar de toalhas de papel. — Você está pegando fogo!

Adrian finalmente se afasta de seu telefone, seus olhos se arregalando.

Eu atravesso a distância entre nós em um salto e bato em seu cabelo em chamas com o pano molhado.

O fogo parece ter parado, mas bato em Adrian com o pano molhado mais uma vez, só para ter certeza.

— Você está bem? — Pergunto a Adrian, que parece atordoado.

— Eu penso que sim. — Ele toca o local que estava pegando fogo. — O que aconteceu?

Eu encaro o cachorro – que já devorou a manteiga de amendoim e está mastigando o próprio prato de papel. — Alguém estava sendo um cachorro mau.

— Foi minha culpa — diz Mary timidamente. — Eu não deveria ter chegado tão perto de você com a vela.

— Ei — digo. — Fui eu quem tentou o cachorro com a manteiga de amendoim.

— Está tudo bem — diz Adrian. — Estou totalmente bem.

Aposto que esta é outra mentira, tão habilmente executada quanto a anterior. Sim. Teria sido irônico se, em vez de seu cabelo, suas calças estivessem pegando fogo.

— Sinto muito — Mary murmura tristemente.

Engolindo o último pedaço do prato, Leo finalmente percebe a tensão no cômodo e reclama.

— Eu posso consertar isso. — Mamãe se endireita e examina a parte carbonizada do cabelo de Adrian do jeito que o Super-Homem faria com um avião em queda. — Você vai acabar com um penteado mais curto.

Antes que alguém possa dizer uma palavra, mamãe leva Adrian até o banheiro, faz com que ele se sente no assento fechado do vaso sanitário e pega a tesoura e o aparelho de corte.

— Você pode querer tirar a camisa — diz mamãe. — Caso contrário, seu colarinho vai coçar.

Sério isso? Não tem como ele...

Adrian desabotoa a camisa e a tira como se não fosse nada.

Por baixo, ele não está usando nada, é claro, então meus olhos deleitam-se com seu peito duro e musculoso, seu tanquinho e seus braços tão lambíveis.

Deus me ajude. Talvez eu precise de uma muda de calcinha.

Há um suspiro por perto.

Oh, droga. Mary está olhando para os mesmos músculos dignos de babar que eu.

— Vá cuidar do cachorro — digo a ela, e então posiciono meu corpo na porta para bloquear sua visão. Uma criança de dez anos é inocente demais para ser exposta a algo assim. Ela estará arruinada para todos os outros homens.

Céus. A Senhorita Miller sente uma escandalosa condensação feminina em uma parte de sua anatomia que uma dama solteira nem deveria pensar.

Mamãe começa a ligar a máquina e o zumbido diminui minha libido... um pouco.

— Isso me lembra daquela cena horrível em *Thor: Ragnarok* — Mary sussurra atrás de mim. — Quando cortaram o cabelo de Chris Hemsworth com um dispositivo que parecia lâminas de um liquidificador.

Ignoro Mary porque estou irritada com o quão perto minha mãe está do meu falso noivo. Da mesma forma, ela precisa colocar os seios na cara dele ao aparar o topo da cabeça? Por que ela está cortando assim? O cabelo queimado está atrás.

Que seja.

Depois de quinze minutos que parecem um mês, o barulho da maquininha de cabelo de mamãe para.

— Dê uma olhada — Ela diz.

Sei que ela está conversando com Adrian, mas sou apenas humana, então, dou uma olhada nele e solto um suspiro de irritação.

Se alguém queimasse e depois cortasse meu cabelo, eu certamente ficaria horrível. Mas para Adrian, suas maçãs do rosto já afiadas agora parecem que poderiam cortar aço, e a angularidade de seu rosto tornou-se maior, de alguma forma, desafiando minhas pontas dos dedos a traçar suas feições e minha língua a...

— Ótimo, obrigado — Adrian diz com apenas um olhar para si mesmo no espelho.

— É isso? — Pergunto. — Você nem vai se incomodar em pedir outro espelho para ver como ficou atrás?

Parece incrível, é claro, mas ele não sabe disso.

— Eu confio em Georgiana. — Adrian aponta para o chuveiro próximo. — Você se importa se eu lavar o cabelo?

— Claro que não — Mamãe diz sem fôlego, mas não se mexe. Nem eu.

Depois de esperar por algumas batidas, Adrian sorri. — Eu posso precisar de um pouco mais de privacidade, se você não se importar.

Com as bochechas vermelhas, mamãe enfia uma grande toalha nas mãos dele e sai correndo do banheiro, quase me atropelando.

Ouço o clique de Adrian trancando a porta, o que é bom, porque quando o chuveiro começa, sinto-me muito tentada a entrar, caso ele precise de ajuda para passar sabonete nas costas, é claro.

— Como se parece? — Mary nos pergunta com a mesma entonação que ela usa quando pergunta coisas como: "Você acha que o desarmamento nuclear global acontecerá durante a minha vida?"

— Que tal esperarmos na mesa? — Eu sugiro.

Ela e mamãe acenam com a cabeça e nos sentamos. O chá e o café já esfriaram, então, mamãe os aquece no micro-ondas. Finalmente, a porta do banheiro se abre e Adrian se junta a nós, cheirando bem e parecendo que seu corte de cabelo custou mil dólares.

— Obrigado novamente, Georgiana — Ele diz enquanto se senta. — Entre o novo visual e minha linda noiva, todos no Baile vão morrer de inveja.

Socorro! Sou uma poça derretida e não consigo me levantar.

CAPÍTULO 16
Adrian

Jane pega um dos chocolates e faço o possível para não a cobiçar quando ela o coloca na boca. Há uma criança presente, então, preciso que Yoda se comporte da melhor maneira possível.

Jane geme de prazer.

Caramba. Como posso ficar *tão* excitado logo depois de ter meu cabelo pegado fogo?

Vendo a reação de Jane, Georgiana e Mary trocam olhares e cada uma pega um pedaço de chocolate.

— Isso é incrível — diz Georgiana depois de experimentar o dela. — Melhor do que s... — Ela olha para Mary — salada.

— Salada? — Mary exclama. — É melhor até do que o cheiro de livros antigos.

— Ei, você. — Jane pega outro pedaço de chocolate. — É bom, mas não se compara a cheiro de livros antigos. — Ela canaliza Leo na frente da manteiga de amendoim enquanto coloca o próximo pedaço de chocolate na boca e depois geme novamente.

Yoda sofre em silêncio.

— Esse chocolate foi feito de Nacional, uma variedade rara de grãos de cacau — digo, desesperado para colocar minha mente em algo além dos sons de prazer de Jane. — Foi envelhecido por muitos anos em um barril de madeira - daí as notas sutis que você provavelmente está provando.

Jane se impede de pegar outro pedaço. — Você está tentando nos fisgar com um chocolate supercaro, como uma espécie de traficante de drogas?

Encolhendo os ombros, pego um pedaço. — Não gosto de lidar com opções, então, quando algo é considerado o melhor, eu vou nessa.

— Certo — Jane diz revirando levemente os olhos. — Não esperamos que você se rebaixe comendo uma barra de Hershey's.

Eu pisco para ela. — Eu escolheria um daqueles Hershey's Kisses.

A mãe dela diz: "Oh", e o rubor de Jane está de volta com uma vingança vermelha.

Mary toma um gole de café e estremece como eu fazia na época em que minha mãe me obrigava a beber óleo de peixe. — Como é que esta é a primeira vez que Jane experimenta seu chocolate favorito? — Ela pergunta depois de fazer uma careta.

Merda. Este é um exemplo do tipo de coisa que poderia nos enganar na audiência.

— Ele é louco por saúde — diz Jane. — É por isso

que ele come chocolate muito raramente – e eu não queria provocá-lo comendo eu mesma.

Oh, verdade? — E não se esqueça: Jane é uma maluca por preços razoáveis — digo incisivamente. — É por isso que estive procurando uma maneira sutil de esconder esse chocolate 'caro demais' do radar dela – e claramente falhei.

— A palavra que você procura é 'barato' — diz Georgiana com um sorriso.

— Eu não sou barata — Jane bufa. — Sou econômica, o que aprendi com você, Sra. Use-aquele-pano-em-vez-de-toalhas-de-papel.

— Isso é para proteger as árvores — Georgiana diz defensivamente. — Se alguma vez fui frugal, foi por necessidade.

Essa necessidade acabou, agora que estou na vida delas, mesmo que Jane não fosse se casar comigo, mas não digo isso em voz alta.

Os olhos de Mary ainda estão estreitados em suspeita. — Qual foi o encontro mais estranho de vocês?

Cacete. Isto é um teste. Devo pensar rápido, fingir que esta é a audiência.

— Fomos a um funeral de gato no nosso segundo encontro — Deixo escapar. — Ele pertencia ao CEO de uma das minhas empresas, então tive que mostrar meu apoio.

Isso foi ruim, mas, ei, agora tenho algo preparado caso perguntem isso na audiência.

— Ah, sim — diz Jane. — Foi aquele gato malvado.

Os olhos de Mary se transformam em fendas. — Se o gato estava morto, como você sabe que ele era mau?

Acho que posso ser um mentiroso melhor do que Jane.

Jane dá de ombros. — Eu simplesmente acho. O nome dele era Purrtin.

Ou talvez ela não seja tão ruim afinal, mesmo que eu tivesse escolhido algo como Kitler.

— Isso é muito estranho — diz Mary, e sua suspeita parece diminuir. — Alguma coisa engraçada aconteceu durante algum de seus encontros?

— Jane foi atacada por um cisne — digo. —, mas eu a protegi.

— Que tipo de cisne? — Mary pergunta.

— Cisne-bravo — digo. — Lembro porque fiz uma piada sobre ele se tornar um cisne lutador, mas Jane não entendeu.

— Ah, entendi — Jane diz sarcasticamente. — Você esqueceu de mencionar que me protegeu deixando o cisne morder sua bunda.

Eu rio. — E Jane estava chateada com o quão caro era o jeans destroyer.

Jane franze a testa para mim. — Talvez devêssemos contar a todos como você foi mordido por uma vaca quando fomos a um zoológico?

Touché. — Talvez eu devesse contar a todos sobre aquela vez em que você se vestiu de unicórnio inflável no Halloween, só para fazer a fantasia estourar, como um balão?

— Pelo menos nunca fui ao banheiro em um arbusto de hera venenosa — diz Jane.

E essa é uma imagem que reprime os movimentos de Yoda de maneira bastante eficaz – a menos... ela quis dizer que foi minha bunda que fez contato com a hera venenosa imaginária? Precisamos resolver esses detalhes o mais rápido possível.

De repente, Mary grita como, bem, uma garotinha. Virando-se, ela solta um suspiro. — Foi o cachorro de novo — diz ela. — Seu nariz molhado tocou minha pele.

— Ele está implorando por chocolate — Explico. —, mas não dê nada a ele. É tóxico para cães. Além disso, as uvas são tóxicas – assim como seus subprodutos murchos, as passas, mas ele implora por todas também.

— Aqui. — Jane pega a manteiga de amendoim de antes, enfia o dedo no pote e o estende para Leo.

A guloseima acaba em um milissegundo e Leo lambe os beiços com satisfação.

— Você pode ser meu humano favorito agora — digo em sua voz. — Ainda bem que você vai se casar com minha antiga pessoa favorita.

A mãe sorri para Leo. — Depois que eles tiverem um bebê, *esse* deve ser o seu humano favorito.

— Mãe! — Jane diz severamente e fica com um delicioso tom de carmesim. — Ainda nem somos casados.

Hum. Um bebê com Jane. Não tenho certeza de como me sinto sobre essa piada – mas sei que preferia que Jane não agisse como se fosse o fim da civilização como a conhecemos.

— Você pode parar de dizer coisas nojentas para que possamos voltar às histórias deles? — Mary diz a Georgiana petulantemente. Virando-se para mim, ela pergunta: — Qual é o restaurante mais chique que você já levou Jane?

Essa é fácil, então Jane e eu nos revezamos contando a eles sobre a experiência do sushi da noite passada e como agora fomos banidos do lugar.

O interrogatório de Mary – quero dizer, perguntas amigáveis – continua.

Ela exige saber detalhes cada vez mais obscuros de nosso namoro imaginário, e nós inventamos à medida que avançamos.

Jane parece um pouco aborrecida ao responder à irmãzinha, mas sou grato. Graças a isso, ninguém poderá nos surpreender da mesma maneira. As histórias malucas que inventamos são muito memoráveis.

Estou no meio da história de como Jane ficou presa em uma máquina de lavar em minha casa durante uma brincadeira de esconde-esconde que deu errado quando recebo uma mensagem.

— Ah — digo, olhando para cima do telefone. — A modista de Jane está a caminho de minha casa.

Mary inclina a cabeça. — Isso significa que você tem que ir?

— Desculpe — digo.

Mary suspira. — Você vai ter que voltar. Eu tenho muito mais perguntas.

Ela tem? A essa altura, a única coisa que ela não sabe é meu número de seguro social, meus níveis de colesterol e a posição de Mercúrio quando Jane e eu demos nosso primeiro (e bastante fictício) beijo.

— Talvez ele volte, talvez não — diz Jane. — Você sempre pode *me* fazer todas as perguntas.

Mary revira os olhos. — Você só vai me contar as histórias que fazem você parecer bem.

Jane me lança um olhar sofrido que parece dizer: "Vê com o que eu tenho que lidar?"

Georgiana se levanta de um salto. — Muito obrigada por vir nos conhecer.

— O prazer foi meu. — Pego Leo, coloco a guia de volta na coleira e pergunto a Jane: — Quanto tempo você precisa para se preparar?

— Eu posso ir agora — diz Jane. — Especialmente considerando que vou ter uma roupa nova.

Georgiana e Mary nos enchem de perguntas sobre o evento desta noite durante todo o caminho escada abaixo e enquanto caminhamos até a limusine.

Quando nos afastamos, finalmente sozinhos, Jane diz: — Sinto muito por tudo isso.

— Eu não. Amei sua família. — É verdade – e não apenas porque não tenho nenhuma. Elas claramente se amam muito e gostam da presença uma da outra, o que não acontecia na minha família, mesmo quando meus pais estavam vivos.

Jane põe a mão na minha coxa. — Quanto tempo se passou... desde o acidente?

— Sou tão transparente? — Eu pergunto, fazendo uma careta.

— Você não precisa me dizer se for muito particular — diz ela.

Eu suspiro. — Se vamos nos casar, você deveria saber coisas assim. Eu simplesmente odeio falar sobre isso.

Ela aperta minha coxa. — Sinto muito por ter tocado no assunto.

— Não. Estou feliz que você o fez. Já se passaram cinco anos. Ainda sinto muita falta deles, mas me sinto culpado porque sinto muito mais falta de mamãe. Papai e eu tínhamos um relacionamento complexo.

Então, novamente, é complexo quando você é a decepção de alguém ou é tragicamente simples? Ao contrário de papai, mamãe tinha orgulho de todas as coisas diferentes em que eu estava interessado, sem precisar que eu me tornasse mestre em nenhum ofício.

— Nada de se sentir culpado — Jane diz suavemente. — Eu nem conheço meu pai, então só me preocupo com o que acontece com minha mãe.

Forço um sorriso, embora fraco. — Entre isso e as perguntas de sua irmã, acho que podemos passar por um namoro de seis meses.

Ela puxa a mão. — Eu sei, certo? Só precisamos ensaiar todas as coisas que inventamos para Mary, e seremos perfeitos.

Fazemos exatamente isso pelo resto do caminho.

Quando chegamos ao meu prédio, observo a expressão de Jane quando passamos pelo segurança porque, embora Susan tenha ido embora, ainda há várias mulheres atraentes trabalhando na recepção, com quem nunca tive nenhum relacionamento.

Hum. Tirando o rosto avermelhado, Jane daria uma ótima jogadora de pôquer. Seus pensamentos são ilegíveis enquanto nos dirigimos para minha casa.

Quando saímos do elevador, Jane olha ao redor do hall de entrada. — A modista já está aqui?

Eu verifico meu telefone. — Não. A Sra. Dubois estará aqui em cerca de dez minutos, os outros, ainda mais tarde.

Jane arqueia uma sobrancelha. — A 'modista' tem até sobrenome francês?

— E um sotaque para acompanhar — digo com um sorriso. — Achei que você apreciaria isso.

Ela balança a cabeça. — Não quero nem saber quanto a mais você teve que pagar pela versão francesa.

— Enquanto esperamos pela Sra. Dubois, você gostaria de fazer uma turnê pela cobertura?

Opa. A palavra 'turnê' parece ser um gatilho para o desastre da galeria – porque posso ver Jane estremecer antes de colocar sua feição de blefe novamente.

— Claro — Ela diz, embora com um pouco de relutância. — Eu sei que você está morrendo de vontade de mostrar tudo.

CAPÍTULO 17

Jane

Assim que começamos a nos dar bem, lembro-me da galeria estúpida e das mulheres lá, e o monstro verde dentro de mim desperta novamente.

É estúpido também, porque ele já se livrou das pinturas e de suas musas, então, o que mais posso querer? Uma política sexista de contratação de seguranças que não permita mulheres atraentes? Adrian usando um saco na cabeça para que as mulheres não flertem com ele? Como ele está em boa forma, elas podem flertar apesar do saco.

— Esta é a sala de estar — diz Adrian.

— Não me diga.

Ela tem uma TV tão grande que poderia substituir a tela de um cinema. E fica de frente para o sofá de aparência mais confortável que já vi, bem como um exército de cadeiras/espreguiçadeiras de massagem supercaras e sofisticadas. Há também consoles de jogos, pingue-pongue e mesa de bilhar, um bar e inúmeros outros meios que meus romances chamam de "atividades masculinas".

Vejo uma estante de livros, então não posso deixar de dar uma olhada. Acontece que não contém apenas livros. Há também filmes, quadrinhos e videogames.

Eu examino todos eles com meu olhar de bibliotecária. Muitos itens são sobre Da Vinci, mas muitos são filmes, jogos e quadrinhos da Marvel com o Homem de Ferro.

Hum. Há também um pôster do Homem de Ferro na parede – assinado por Robert Downey Jr.

— Tony Stark é meu personagem favorito de ficção — diz Adrian, seguindo meu olhar.

— É porque ele é um exibicionista vaidoso, como você?

O sorriso de Adrian é francamente arrogante. — Você esqueceu que ele também é arrogante, confiante demais e narcisista?

— Por que chutar cachorro morto? — digo, impassível.

— Tony Stark é bom em muitas coisas — diz Adrian. — E ele conseguiu encontrar algo em que focar tudo: ser o Homem de Ferro. Ainda não encontrei minha versão disso.

Sua expressão, uma mistura de saudade e humor autodepreciativo, aperta algo em meu peito, me fazendo querer chegar mais perto.

A Senhorita Miller acha que uma dama adequada deve

manter distância, especialmente na companhia de um libertino.

— Você não acha isso ingrato? — Eu pergunto. — As pessoas venderiam suas almas ao diabo para pintar o melhor que puderem ou para escrever música - e assim por diante.

Ele dá de ombros. — Eu trocaria tudo isso se isso significasse encontrar algo parecido com a sua paixão pelos livros. Ou são bibliotecas?

— Livros — digo, definitivamente. — Você já pensou em buscar algo multidisciplinar?

Seus olhos se iluminam. — Como?

— Talvez se tornar um jornalista que cobre vários assuntos? Ou um engenheiro de software que escreve aplicativos para diferentes áreas? Ou um professor de muitas disciplinas?

A excitação de Adrian diminui. — Nada disso parece bom para mim. Quando escrevo, escrevo apenas ficção. Quando eu codifico, é apenas como um meio para atingir o fim de algum projeto. Nunca tentei dar aulas, mas não acho que isso seja para mim. Além disso, requer diplomas avançados, enquanto sou autodidata na maioria das áreas que me interessam.

— Você escreve? — Exclamo, me agarrando ao que é mais importante para mim. — Qual gênero?

Ele pisca para mim. — Não é romance histórico, desculpe.

— Eu não esperaria que você escrevesse isso. Acho que não conseguiria, mesmo que quisesse.

Ele inclina a cabeça. — Isso parece um desafio.

Reviro os olhos. — Você está se esquivando da minha pergunta de propósito?

— Estou escrevendo um livro infantil — Admite. — Para Piper.

— Está? — Estou prestes a desmaiar, ou este é o infame ataque dos calores? — Isso é incrível.

— Você acha? — Seus olhos brilham com um tom prateado mais brilhante. — Eu estava pensando que, se der certo, também faria um desenho animado – e criaria tudo sozinho: a música, a história, a animação desenhada à mão e o CGI.

— Aqui — digo. —, se esse projeto for bem, talvez isso possa ser o seu lugar. Você poderia começar com desenhos animados e depois tentar filmes. O céu é o limite, sério, e tudo isso é extremamente multidisciplinar.

Adrian esfrega o queixo, pensativo. — Eu não odeio essa ideia.

O telefone dele toca.

— Ah — Ele diz depois de olhar para ele. — A modista está lá embaixo.

Eu sorrio. — Parece que a turnê precisará ser adiada mais uma vez.

— Mas eu quero muito me exibir — diz Adrian. — Talvez possamos fazer uma versão rápida? — Ele estende a mão para mim, sua expressão diabólica.

Eu pego sua mão, meus dedos formigando. O que eu tenho a perder?

A Senhorita Miller poderia citar algumas coisas que uma

dama poderia perder em circunstâncias como estas: virtude, honra, dignidade e bom senso.

Sorrindo, Adrian corre por um corredor, recitando os nomes dos cômodos. Metade deles parece que está inventando clichês de gente rica, como a sala de bilhar, a adega, a academia, o spa etc.

Quando ele diz "a biblioteca", eu paro e verifico se ele está dizendo a verdade. Afinal, já havia livros na sala.

— Oh, que coisa — Eu suspiro enquanto espio pelas portas duplas.

É uma biblioteca maior do que toda a minha casa – uma que poderia conter duas vezes a biblioteca da *Bela e a Fera*.

— Tenho certeza de que você passará muito tempo lá — Adrian diz, apertando suavemente minha mão. — Afinal, você vai se mudar... amanhã.

CAPÍTULO 18
Adrian

Jane se vira em minha direção, os cílios batendo como asas de um beija-flor.

— Amanhã?

— Se for tudo bem para você — digo.

Originalmente, eu iria levar as coisas um pouco mais devagar, mas agora que vejo como ela é perfeita, não quero perder um segundo.

Perfeita para fins de audiência, é claro.

Ela franze a testa, depois dá de ombros. — É o seu show. Tem certeza de que não quer confirmar se eu vou bem neste baile primeiro?

— Não. Isso é apenas uma festa boba. Falando nisso... — Eu, brincando, bati na minha testa. — Esquecemo-nos totalmente da Sra. Dubois.

Jane sorri e corremos para o elevador, onde a modista brilhante como um pavão já está esperando, junto com as equipes de maquiagem e cabelo.

— Olá — diz a Sra. Dubois com desaprovação, sua

voz misturada com um forte sotaque francês. — Eu confundi o horário marcado?

— Sinto muito — diz Jane, parecendo estranhamente abatida – talvez porque este seja um lembrete indesejável da entrevista de ontem.

A Sra. Dubois a olha de cima a baixo. — Não sinto tanto quanto deveria por essa roupa.

Que porra é essa? Ela acha que é tão boa em seu trabalho que pode ser rude com uma cliente? Estou tentado a demiti-la na hora, mas estamos muito perto do evento, então terei que me contentar em colocá-la em seu lugar, o que não é difícil, já que tudo que tenho a fazer é canalizar meu falecido pai.

— Achei que estava pagando aos seus empregados pelo seu tempo — digo imperiosamente. — Estou enganado sobre isso? Isso não inclui o tempo de espera?

Os olhos da Sra. Dubois se arregalam quando ela balança a cabeça.

— Então você deve estar ciente de que, se eu quisesse, poderia pagá-los por um ano e apenas deixá-la esperando no elevador o tempo todo.

A Sra. Dubois dá um passo para trás. — Eu não quis desrespeitar — diz ela, seu sotaque francês desaparecendo e um sotaque de Boston se infiltrando.

— Perfeito — digo. — Faça o seu melhor com a minha noiva, e tudo ficará bem.

— Noiva? — A Sra. Dubois reexamina Jane e, desta vez, há um respeito inegável em seu olhar. — Ela vai brilhar, eu juro.

Eu olho para os outros. — O mesmo vale para vocês, certo?

Todos concordam profusamente, e um deles até me faz uma saudação militar.

Papai ficaria orgulhoso, então me sinto um merda.

— Montem o ateliê na sala de estar — digo em um tom mais gentil. — Jane conhece o caminho. — Eu pisco para ela. — Enquanto isso, vou cuidar de alguns negócios.

Todos vão para a sala e eu vou para o meu estúdio, onde começo a trabalhar em um novo projeto: um filme de animação para quando Piper tiver idade suficiente para querer assistir essas coisas.

E sim, admito, fui inspirado pela conversa com Jane. O enredo do filme será um riff de *Sexta-feira Muito Louca* e outros filmes de troca de corpos, só que nesta versão não é um humano que a heroína encarna, mas um cachorro. À medida que digito o roteiro e desenho alguns esboços dos personagens, entro em um estado de fluxo onde o tempo voa e o mundo exterior parece desaparecer. A heroína se chama Piper, é claro, e o cachorro é Leo, o que torna fácil desenhá-los: apenas imagino minha filha alguns anos mais velha e como um desenho animado, e meu cachorro exatamente como é.

Estou tão perdido no trabalho que, quando meu telefone toca, fico olhando confuso por um segundo antes de atender.

— Estou pronta — diz Jane.

Merda. Temos que sair logo.

— Já vou — digo, e graças a Deus cortei o cabelo e tomei banho na casa de Jane, então, tudo que preciso fazer é vestir um terno.

Correndo para o meu quarto, ando pelo meu armário até chegar à seção de ternos, que fica no canto mais distante, porque pedi à minha assistente para organizar tudo de acordo com a frequência de uso.

Uma vez que estou vestido, sigo em direção à biblioteca, mas quando passo pela cozinha, Leo trota até mim, abanando o rabo.

— Ei, amigo — digo. — Você está com fome?

Ele abana o rabo com mais força.

Se algum dia eu disser 'não' a essa pergunta, jogarei cabo de guerra com um leão, cairei sobre uma espada ou comerei uma passa com cobertura de chocolate, o que for mais conveniente para terminar as coisas.

Eu o alimento e verifico meu telefone para ver quando a babá recém-contratada está chegando. Acontece que ele está aqui há uma hora, esperando no elevador.

Eu levo uma guloseima para ele para ter certeza de que ele e Leo se encaixam antes de eu ir para a biblioteca.

Entrando, percebo que posso ter trabalhado naquele filme de animação por muito tempo porque, quando vejo Jane, sinto como se estivesse me transformando em um lobo de desenho animado – meu queixo caindo, olhos boquiabertos, língua pendurada e Yoda duro como pedra.

Ao me ver, Jane cora. — O que você acha?

Ah, caralho. Eu estive olhando, sem palavras. — Você está magnífica — digo e ainda sinto que isso é um eufemismo.

O vestido preto que ela usa abraça cada curva da maneira certa, e o penteado extravagante me faz querer desembaraçar tudo e correr meus dedos pelos fios castanhos sedosos enquanto eu...

— Você parece um libertino — Afirma Jane, mas não acho que seja um insulto desta vez. — E soa como um também.

Ah, então talvez um pouco de insulto, afinal.

Um dos cabeleireiros se aproxima de mim, parecendo envergonhado. — Gostaria que eu penteasse seu cabelo, senhor?

Olho interrogativamente para Jane.

— Ele sabe do que está falando — diz ela.

Eu me viro para o cara. — Faça isso rápido.

Enquanto faz suas coisas, ele me pergunta se meu terno é Ermenegildo Zegna e os sapatos Scafora, e eu digo a ele que honestamente não sei – são o que meu estilista escolheu. Tudo o que sei é que foram feitos para mim, o que envolveu uma irritante perda de tempo com todas as medições. Desde então, tenho comprado o mesmo terno e sapatos, para evitar que isso se repita.

— Ok, pronto — diz o cara depois de alguns minutos.

Ao olhar no espelho, não vejo muita diferença, mas não sou um grande especialista nesse tipo de coisa.

— O que acha? — Eu pergunto a Jane.

— Ainda mais libertino — diz ela com um suspiro.

— Ótimo. É melhor corrermos. — Virando-me para a equipe, digo: — Bom trabalho a todos — Para a modista, eu digo: — Podemos esquecer o aborrecimento anterior?

— Que aborrecimento? — Ela pergunta, o sotaque francês de volta ao jogo.

Com um sorriso, pego a mão de Jane e arrasto-a para a limusine, embora meu quarto pareça um destino muito mais tentador.

— O lugar é longe? — Jane pergunta enquanto descemos o elevador.

Desvio meu olhar de seu decote. — É perto. Mas como você está de salto alto, vamos de limusine.

Falando em salto, nunca percebi como as bundas das mulheres ficam ainda mais chamativas quando usam essas coisas, ou o quanto...

— Uma limusine? — Jane limpa a poeira imaginária do meu ombro. — Por que desistir de pegar o helicóptero?

Eu dou de ombros. — O local não tem heliporto?

Ela zomba. — A parte assustadora é que não tenho certeza se você está brincando.

— Eu estava brincando. Mas *há* um heliporto no meu telhado e eu tenho um helicóptero - e até sei pilotá-lo.

O elevador para e faço um gesto para Jane sair antes que ela possa me repreender por ser um clichê rico.

— Você disse que esse baile era para arrecadar

fundos — Jane diz quando a limusine se afasta. — Qual é a causa?

— WSW — digo.

Ela franze a testa para mim. — Por favor, me diga que você não doa para a World Series Wrestling, sobre lutas.

— O quê? WSW significa Whales Save Whales. Doadores muito ricos, também chamados de baleias, doam seu dinheiro para, bem, salvar as baleias oceânicas.

— Huh — diz ela. — Eu gosto de baleias. Do tipo oceânica.

A limusine para.

Jane olha para mim interrogativamente. — Já chegamos?

Eu concordo.

Ela sorri. — Nós realmente *estávamos* a uma curta distância.

Com um encolher de ombros, eu saio e seguro a porta para ela.

Quando ela sai, sinto o cheiro de goiaba com um toque de begônia – e não tenho ideia se isso é algo que a equipe de transformação borrifou nela ou se é a própria Jane.

— Por aqui. — Ofereço a ela meu braço direito.

— Que cavalheiro. — Ela desliza a mão pela dobra do meu cotovelo.

Conforme passamos por meus colegas baleias dentro do local, começo a entender algo que antes achava abominável – bilionários superficiais que arranjam esposas-troféu. Jane é tão linda que tenho orgulho de desfilar com ela no meu braço, mesmo que eu não mereça esse orgulho. Então, novamente, uma esposa troféu pode ser uma analogia ruim aqui. As pessoas pensam estereotipadamente que não têm inteligência (embora eu saiba que nem sempre é verdade – caso em questão, minha mãe), mas no caso de Jane, ela é a pessoa mais perspicaz que já conheci, e esse fato me deixa ainda mais orgulhoso de me casar com ela... ou melhor, *fingir* me casar com ela.

— Oh, que coisa — Jane engasga quando entramos no corredor. — Isso é o mais próximo que se pode chegar de um baile de um dos meus romances.

CAPÍTULO 19
Jane

Eu olho para os meus arredores com admiração.

Se o local parecido com um palácio tivesse um tema, seria algo como 'sangue azul'. Até o manobrista e os garçons parecem mais ricos do que os de sempre. As baleias reais exalam riqueza – e me fazem perceber que Adrian é bastante pé no chão a esse respeito... em comparação com seus colegas, é claro.

— O que acha? — Adrian sussurra.

— Esta é basicamente a *alta sociedade* — Sussurro de volta. —, e eu sou uma leiteira.

Ele revira os olhos. — Você é um diamante de primeira ordem.

— É água, não ordem — digo enquanto borboletas dão uma cambalhota na minha barriga.

— Água? — Ele pergunta com uma sobrancelha levantada.

— O brilho de um diamante é chamado de água.

Antes que ele possa responder, Adrian franze a testa para algo atrás de mim. Quando me viro, vejo uma mulher sorrindo para nós como um tubarão.

Com seus olhos âmbar, cabelo preto sedoso e rosto pequeno, ela me lembra como eu poderia ter crescido se tivesse comido caviar o dia todo desde o jardim de infância, tivesse um personal trainer desde a escola primária e tivesse nadado em uma piscina de moedas de ouro desde o nascimento.

Mas não. Em nenhum universo alternativo eu conseguiria parecer tão arrogante. Se é verdade que leva dez mil horas para dominar uma tarefa, deve ser o tempo que ela teve que encarar as pessoas com desdém para ficar tão boa nisso.

— Adrian — Ela diz, sua voz cheia de arrogância. — Por que você traria sua assistente para O Baile?

Sua assistente? Ei, ela poderia ter me chamado de sua faxineira.

A Senhorita Miller acha o termo 'faxineira' bastante enganador – empregadas domésticas senhoras cuidam da casa. Dito isso, ainda mais incongruente seria o termo 'cavalheiro da limpeza'. Ah, e já que estamos no assunto, o termo 'a louca dos gatos' também levanta muitas questões, como: Por que ela não está em Bedlam ou trancada em um sótão? Todos os gatos estão lá para livrá-la dos ratos no dito sótão, ou ela é louca de tal forma que os usa como uma fonte distante de proteína?

— Jane, conheça Sydney — Adrian diz, soando mais formal do que eu já ouvi. — Sydney, conheça Jane. — Ele se vira para mim. — Sydney é a mãe de Piper.

Oh, droga.

Ele se vira para Sydney. — Jane e eu namoramos secretamente nos últimos seis meses e, desde ontem, estamos noivos.

Porcaria dupla.

Até este momento, Sydney não tinha realmente olhado para mim, mas agora que ela voltou aqueles intensos olhos âmbar para mim, prefiro voltar aos bons velhos tempos, quando ela não me considerava digna de sua atenção.

Ela se vira para Adrian, e sua risada falsa me lembra da vez em que mamãe tentou praticar ioga do riso, que parecia muito com a representação de Jack Nicholson do Coringa. — Espero que *nossa* filha herde seu maravilhoso senso de humor.

Adrian suspira. — Por que eu estaria brincando sobre isso?

Sentindo-me um pouco insignificante, mostro a Sydney o anel em meu dedo.

Sua falsa jovialidade se foi sem deixar vestígios. — Você vai se casar — diz ela, enunciando cada palavra.

Adrian cruza os braços sobre o peito. — O casamento é um passo comum depois de ficar noivo.

Seus olhos se estreitam. — Então agora você *pode* se casar?

Ela quer que ele diga abertamente que está tudo bem em se casar, mas não com ela?

Franzindo a testa, Adrian se vira em minha direção. — Sydney e eu vamos conversar em particular por um momento.

Concordo com a cabeça porque, o que mais posso fazer? Mesmo que o que Adrian e eu tenhamos fosse real, Sydney ainda estaria em sua vida para sempre, ou pelo menos até que sua filha se mudasse. Ele precisa falar com essa mulher e, pelos próximos três anos, eu também devo.

Assim que eles se afastam, um homem desconhecido de meia-idade se aproxima de mim, com uma taça de champanhe na mão.

— Olá. — Ele levanta a taça de champanhe. — Sou Tristan Astor. — Com isso, ele estende a mão para mim.

Eu aperto a mão estendida. — Eu sou Jane Miller. Sinto muito... A maneira como você disse seu nome fez parecer que eu deveria conhecer, mas não conheço.

— Oh. — Suas bochechas coram. — Eu sou o pai de Sydney.

Ah. Agora que ele diz isso, posso ver alguma semelhança – seu cabelo é do mesmo tom de preto e seus olhos são âmbar. Então, o sobrenome de Sydney é Astor. Isso pode ser útil caso eu queira persegui-la na internet.

— Eu vi você conversando com ela há pouco — Ele continua. — Então eu presumi que você fazia parte do mesmo círculo.

Ele acha que eu faço parte da alta sociedade? Eu vou aceitar isso como um elogio.

— Não faço parte do círculo deles — digo. — No entanto, como você é o avô de Piper, nossos caminhos podem se cruzar novamente, então é melhor nos conhecermos.

Ele parece confuso. — Como você está conectada a Piper?

Antes que eu possa responder, uma voz ainda mais arrogante que a de Sydney diz: — Tristan, querido, essa é uma candidata a ser a esposa número quatro? Ou seria a cinco?

Viro-me para verificar quem está falando, uma senhora de meia-idade que parece ter uma equipe de cirurgiões plásticos na discagem rápida. Ela também poderia facilmente interpretar uma má baronesa viúva em um show sobre a Inglaterra Vitoriana.

— Juliet — diz Tristan entre dentes. — Já está cansada do seu brinquedo juvenil?

Juliet olha para um cara mais ou menos da idade de Adrian, então se volta para Tristan. — Na verdade, não estou aqui para brigar. — Ela aponta para Adrian e Sydney à distância. — Você acha que eles estão se reconciliando?

Tristan encolhe os ombros e gesticula para mim. — Talvez Jane tenha uma pista?

Juliet olha para mim e força uma de suas sobrancelhas perfeitamente estilizadas em um simulacro de ponto de interrogação. — Você conhece minha filha?

Ah. Então esta é a mãe de Sydney, e parece que ela e Tristan não estão juntos. Provavelmente porque o nome dela não é Isolda e o nome dele não é Romeu.

— Conheci Sydney há pouco — digo, e não

acrescento que não foi nem um pouco prazeroso. — Eu vim com Adrian.

— Oh — Ambas as unidades parentais de Sydney dizem em uníssono antes de me examinarem como se eu fosse uma bactéria e eles tivessem acabado de inventar o microscópio.

— *Você* veio com Adrian? — Juliet continua me olhando. — Como um encontro?

— Sou a noiva dele — digo, imaginando que é melhor tratar isso como arrancar um Band-aid.

Ambos ficam boquiabertos para mim em estado de choque, especialmente Juliet.

— Eu pensei que seria apenas uma questão de tempo até que ele acordasse e se casasse com Sydney — Juliet diz, mais para Tristan do que para mim.

— E eu pensei que ele não queria se casar com ela porque tinha medo do compromisso — diz Tristan. — Mas ele vai se casar com outra pessoa?

Preciso fazer parte dessa conversa?

Os olhos de Juliet se concentram em mim. — Você também tem um filho com ele?

— Não que eu saiba. — *Grr*. Afinal, o que isso quer dizer?

— Então, por quê? — Eles perguntam em uníssono.

— Você vai ter que perguntar a Adrian — digo, e agradeço a minha estrela da sorte porque naquele momento, eu o vejo vindo em nossa direção.

Pobre rapaz.

Ele acabou de sair triturado de Sydney, apenas para ser jogado no fogo de Tristan e Juliet.

CAPÍTULO 20
Adrian

— Que porra é essa? — Sydney exige assim que estamos apenas fora do alcance da voz de Jane.

— Como é? Isso deveria ser algo que eu sou capaz de responder?

— Você está me provocando? — Ela exige.

— Mais uma vez, não tenho certeza do que você está falando — digo.

Ela parece pronta para disparar raios com os olhos. — Eu te convido para uma festa e você traz uma qualquer.

Eu suspiro. — Jane não é uma qualquer. Como eu disse, estamos namorando há seis meses.

— Besteira. Eu saberia se fosse o caso.

— Com o quê, seus poderes 'psíquicos'?

Ela estreita os olhos em pequenas fendas. — Você *sabe* que eu sou uma intuitiva.

— Intuitivo não é um substantivo. — Se ela tivesse

alguma intuição, diria a ela como nossa vida de casada seria horrível. E que os cristais não funcionam.

Ela respira fundo. — Olha, quando você a conheceu não é importante. O importante é que *nós* temos um bebê juntos.

Eu faço o meu melhor para me acalmar também. Pelo amor de Piper, nós dois precisamos aprender a nos dar bem... de alguma forma. — Ela não quer que nos casemos. Confie em mim.

Sydney dá um passo em minha direção, os olhos brilhando. — Ter uma mãe *e* um pai é o que ela mais deseja. Você não saberia nada diferente porque seus pais ficaram juntos. Os meus se separaram quando fiz cinco anos. Foi terrível.

Esta é uma conversa que tivemos um milhão de vezes. Sydney realmente sofreu quando Tristan e Juliet se divorciaram, mas ela não se importa quando eu digo que minha situação era exatamente oposta. Minha mãe *deveria* ter deixado meu pai e todos teriam ficado mais felizes, mas ela não o fez.

— Piper *terá* uma mamãe e um papai — digo conciliadoramente. — Eu pretendo estar na vida dela. Esse é o ponto de...

— Não — Sydney sibila. — Ela ficará melhor se nem souber o seu nome.

Com isso, ela sai pisando duro.

Caralho. Uma parte de mim esperava que, quando Sydney soubesse que eu segui em frente, ela fizesse o mesmo e abandonasse suas ilusões de se casar comigo.

E, claro, parasse de brigar comigo pela custódia. Eu acho que teria sido muito fácil.

De qualquer forma, deixei Jane sozinha por muito tempo. Viro-me para ela e não consigo acreditar no que vejo. Os pais de Sydney a encurralaram como um bando de hienas raivosas.

Enquanto corro, o rosto de Jane se ilumina de alívio, então sei que cheguei bem na hora.

— Vocês não se reconciliaram, não é? — Tristan diz, ignorando as gentilezas habituais.

Dos dois, eu gosto mais de Tristan, então escolho minhas palavras com cuidado.

— Receio que sua filha e eu tenhamos diferenças irreconciliáveis.

Pronto. Isso é muito melhor do que dizer que sua filha é insípida, superficial e vaidosa – e que ele e sua ex-mulher a bagunçaram tanto que ela preferia privar Piper de seu pai do que ter um acordo amigável de custódia compartilhada.

— Que pena — diz Tristan. — Se você nunca mais tiver a chance de falar com Piper, você vai se arrepender.

Minhas mãos se fecham em punhos e dou um passo à frente sem querer. — Isso foi uma ameaça?

Tristan dá um passo para trás. — Uma declaração de fato. Não há garantia de que você conseguirá a custódia.

Eu relaxo minhas mãos. A última coisa que quero é bater no avô de Piper. Algo assim selaria o caso de custódia com certeza. — Eu vou ficar com a custódia —

digo uniformemente. — O juiz verá que quero o melhor para Piper.

— Não, você não vai — diz Juliet desagradável. — Os juízes sempre favorecem a mãe.

Ela tem razão. Embora devam considerar ambos os pais igualmente, os juízes são humanos e têm preconceitos humanos, por isso muitas vezes favorecem a mãe, apesar da lei.

Eu tomo uma respiração calmante assim que Jane coloca uma mão reconfortante no meu ombro. Seu toque ajuda tremendamente. Meu tom é quase agradável quando me dirijo aos pais de Sydney. — Você pode ajudar Sydney a perceber que o melhor para Piper é que ela conheça seu pai?

Juliet zomba. — Nada vai te ajudar depois desse insulto. — Ela olha para Jane.

Isso, bem aí, é apenas uma amostra do motivo pelo qual Tristan deve ter fugido dela.

— Eu não entendo o que você quer dizer — digo friamente. —, nem me importo.

Juliet coloca as mãos nos quadris. — O insulto é você anunciar que vai se casar com uma mulher que parece uma imitação barata daquela que lhe deu uma filha.

— Jane não poderia ser mais diferente de Sydney se alguém a tivesse modificado geneticamente para ser assim — Afirmo. Virando-me para Jane, acrescento: — Quero dizer isso como um elogio.

Jane cora enquanto os olhos de Juliet ficam como um laser. Sim, foi de onde Sydney herdou isso.

Eu a encontro olhar por olhar. — Agora, você vai ter que nos desculpar. — Eu me viro para Jane e estendo minha mão. — Concede-me esta dança?

Claramente extasiada por estar fora desta situação desagradável, Jane sorri para mim. — Eu adoraria.

Enquanto eu a levo embora, ela sussurra: — Uma dança sem música?

Piscando para ela, passo até a mesa do DJ, dou algumas centenas de dólares para ele, envio-lhe um arquivo e me reencontro com Jane.

— Problema de música resolvido — digo. — O DJ iria começar em cerca de meia hora, então eu apenas apressei as coisas.

A música começa a tocar.

Os olhos de Jane se arregalam. — Este é um remix do tema de *Bridgerton*?

Eu sorrio. — Não exatamente. É algo que escrevi – fortemente inspirado nisso.

Ela morde o lábio. — Você escreveu isso?

— Tive a sensação de que você poderia gostar de dançar. — E agora, tenho a sensação de que seus lábios carnudos e suculentos seriam muito divertidos de mordiscar.

— Certo. — Ela olha em volta para algumas pessoas que já estão conosco na pista de dança. — Devemos?

Caralho. Entre a mordida do lábio e nossa aproximação, o sabre de luz de Yoda está se estendendo. Então, novamente, devemos ser vistos como um casal, e a dança fala muito.

Pego suas mãos nas minhas e começo a valsar, mas

mantenho distância para garantir que ela não sinta o efeito que está causando em mim.

A próxima música é mais rápida, então, dançamos separados, e eu posso vê-la balançar os quadris enquanto seus seios redondos perfeitos sobem e descem com a música – em outras palavras, não é uma melhoria em relação a estar muito perto, assim como inapropriado aonde vão os pensamentos e impulsos.

Na música cinco, é oficial.

Se eu continuar dançando com Jane, minhas bolas vão se parecer com ovos de um tordo azul.

CAPÍTULO 21
Jane

Não acredito que a mosca espanhola seja um afrodisíaco que transforma as mulheres em ninfomaníacas, mas se fosse, seria muito parecido com o que dançar com Adrian me faz sentir. Não tenho certeza se é a proximidade, seu terno sob medida ou a intensidade em seus olhos prateados, mas meus óculos continuam embaçando, assim como minha calcinha encharca. Da mesma forma, ele se move com tanto ritmo e precisão que pode adicionar 'dançarino' à sua já longa lista de coisas em que é incrível.

A Senhorita Miller acredita que a dança em geral – e a valsa em particular – não é algo que uma dama solteira deva se permitir. Nem uma dama deve dançar com o mesmo cavalheiro tantas vezes seguidas. Nem...

A música para. Eu reprimo minha decepção esmagadora. Acontece que sou uma daquelas garotas que poderia dançar a noite toda – quem diria?

— As pessoas estão prestes a fazer suas doações — Explica Adrian. — Muita exibição está prestes a acontecer.

Eu aceno com conhecimento de causa. — Isso significa que você *tem* que estar lá.

Ele sorri. — Na verdade, eu já doei online.

— Acho que quando você é rico o *suficiente* e todo mundo sabe disso, não precisa exibir sua riqueza publicamente. Você não tem nada a provar.

Seu sorriso se alarga. — Não deixe que os outros membros do um por cento te ouçam - você pode começar uma nova tendência.

Por que meu peito está tão leve? — Isso fica entre nós — digo conspirativamente. — O que devemos fazer agora?

Exemplo: ir a algum clube para dançar.

— Quer conversar na área do lounge? — Ele estende o braço para mim.

Como não tenho coragem de insistir em mais dança, aceito seu braço e passeamos até a área em questão, onde um garçom nos tenta com uma bandeja de champanhe.

Adrian pega uma bebida, então, eu sigo seu exemplo.

— O que você achou do evento até agora? — Adrian pergunta.

Bebo o champanhe - e é divino, claro. — Nos meus livros favoritos, eles chamariam isso de 'a sensação da temporada'.

Ele ri. — Parece que estamos falando de comida.

Tomo outro gole de champanhe e me surpreendo ao perguntar: — Então, qual é o problema entre você e Sydney?

Por que não se casar com ela de verdade? Ela é atraente e rica, e apenas um pouco mal-intencionada.

Adrian solta um suspiro. — Ela e eu estudamos juntos na escola preparatória – insira aqui uma piada sobre crianças ricas.

Eu bufo. — Se alguém zomba das escolas preparatórias, é porque está com ciúmes de não conseguir colocar seus filhos nelas, ou de si mesmos. Isso ou eles assistiram muito *Gossip Girl*.

— Certo — diz ele. — Sydney era uma das garotas malvadas na escola, o que eu achava repugnante naquela época – e minha opinião sobre isso só piorou com o passar dos anos. Nós dois éramos jovens populares, então, ela decidiu que me queria como um troféu, mas eu não estava interessado, então ela desistiu da perseguição. — Ele suspira. — Corta para cerca de um ano atrás, quando eu estava em uma fase da minha vida em que festejava demais. Eu estava em um clube tomando molly – a droga, não uma mulher – e esbarrei em Sydney. Começou quando perguntávamos um ao outro sobre o que aconteceu com fulano de nossos tempos de escola, e então o resto se desenrolou como um anúncio 'Apenas diga não': eu fodi uma mulher que eu desprezo, a engravidei, e aqui estamos.

Minha cabeça gira, e não apenas por causa do magnífico champanhe. Ele me disse antes que ela mentiu sobre ter um DIU – e que ela pode ter feito um buraco na camisinha que eles usaram, o que significa que ela nunca desistiu de sua ambição de escola preparatória.

Eu coloquei a mão em sua perna, um gesto tranquilizador que não tem nada a ver com o desejo de sentir o músculo poderoso sob meus dedos. — Eu entendo por que você não quer se casar com ela.

— Se eu achasse que me casar com ela realmente beneficiaria Piper, eu faria esse sacrifício — diz ele. — Mas isso só prejudicaria nossa filha. Mesmo os casamentos baseados no amor terminam em divórcio na metade das vezes, então, que chance eu teria com uma mulher que é como o óleo na minha água?

Aperto sua perna – de novo, não porque sou uma pervertida. — Eu não estava julgando você por não querer.

— O mais louco é que, mesmo que existisse uma máquina do tempo, eu não mudaria nada daquela noite, não depois de conhecer Piper.

— Eu entendo — digo enquanto meu coração aperta no meu peito.

Fico feliz que Piper tenha um pai que a ama tanto, mas também estou com inveja e curiosa para saber como deve ser.

Adrian cobre minha mão com a dele. — Nós dois nos conhecemos há apenas dois dias, mas estou confiante de que, se nosso casamento fosse real, teríamos uma chance muito melhor do que eu e a mãe da minha filha. Quão triste é isso?

Eu o encaro, meu coração agora palpitando em

algum lugar perto da minha úvula. Ele acabou de dizer que seríamos bons juntos de verdade? Não, não pode ser. Ele está apenas me comparando com a mulher que ele despreza, então, naturalmente, saio vencedora.

Afastando minha mão da dele, bebo meu champanhe e sinto bolhas assaltando meu nariz.

— Desculpe — Ele diz e acena para o garçom próximo para me trazer outra taça. — Eu não quero ser deprimente esta noite.

— Você não é deprimente — digo, aceitando a bebida. — Além disso, fui eu quem perguntou.

— Foi — diz ele. — O que significa que agora é a sua vez.

— Para quê?

Seus olhos prateados parecem penetrar em minha alma e descer até meu cóccix enquanto ele diz: — Fale-me sobre você. Do que você gosta?

Eu inclino minha cabeça. — Você quer dizer além dos livros?

Bebendo sua bebida, ele balança a cabeça.

— Eu gosto de música clássica. — Eu movo meus óculos mais para cima no meu nariz. — E você já sabe que eu assisto filmes com minha mãe, assim como...

— Não — diz ele com um aceno de cabeça. —, diga-me algo mais íntimo.

Um rubor se espalha sobre minhas bochechas. — Se você quer dizer relacionamentos anteriores, não há muito o que contar. No colégio, tive alguns encontros, mas estava muito ocupada na faculdade estudando. Meu plano era entrar em algo como o Tinder quando me tornasse bibliotecária. — Nesse ponto, eu teria meu GD - mas não há como eu trazer isso à tona novamente, especialmente quando o champanhe está me fazendo sentir que quero que Adrian cuide dessa tarefa específica.

— Lamento que você não tenha a chance de namorar nos próximos anos — diz ele, mas não parece estar falando sério.

Na verdade, há um brilho quase satisfeito em seus olhos prateados.

Eu franzo a testa, então decido que estou imaginando. — Tudo bem. Entrar no Tinder não significa que eu realmente conheceria alguém.

Ele revira os olhos. — Você teria que golpear os homens com um pedaço de pau. Confie em mim.

São as bolhas de champanhe de novo ou estou com frio na barriga?

— Conte-me um segredo embaraçoso — diz ele.

Eu sorrio fracamente. — Você quer dizer além de ser virgem?

— Sim, esse não é nem um pouco embaraçoso.

— Tudo bem — digo –, e não posso acreditar que estou prestes a admitir isso. — Costumo pensar em mim mesma na terceira pessoa, onde interpreto uma dama Vitoriana chamada Senhorita Miller. — Ele já está sorrindo, mas eu continuo: — Eu também sempre me visto como Senhorita Miller para o Halloween e tenho mais espartilhos do que uma dominatrix.

Seu sorriso se torna diabólico. — Apenas no Halloween? Seja honesta.

Meu rosto está tão quente que deve ser um tom de rosa que só as abelhas podem ver. — Às vezes eu me visto assim apenas para me exibir.

Seus olhos ficam encapuzados. — Depois que você se mudar amanhã, pode desfilar pelo meu apartamento em cosplay sempre que quiser. Na verdade, pagarei um milhão de dólares a mais se você fizer isso.

— Oh, Deus. Esqueci-me completamente da mudança.

Ele acena com a mão com desdém. — Contratei as melhores empresas de mudanças que o dinheiro pode comprar. Eles cuidarão de tudo. Você não precisa se preocupar.

É, não. A logística da mudança não é o que me preocupa. É viver com o proverbial sexo no palito.

A partir de agora, a Senhorita Miller deixará de comer qualquer coisa em palitos novamente, incluindo, mas não se limitando a: sorvete, kebabs e – apenas no caso – um sanduíche se estiver preso por um palitinho.

— Acho que você está tentando me enganar — digo como uma forma de mudar o assunto para algo menos digno de corar. — Eu contei a você meu segredo embaraçoso. Você tem que me contar o seu.

— Certo — diz ele. — Mas antes disso, preciso lembrá-la sobre o AND.

Eu mordo meu lábio. — Você faz parecer suculento.

Ele respira fundo e deixa escapar: — Não sei nadar.

Eu espero por algum tipo de piada, mas ela nunca vem. — Você não sabe nadar?

— Eu sei como. Eu simplesmente não consigo.

— Isso não faz sentido. — Eu engulo minha bebida, mas isso só torna toda a questão mais obscura.

A Senhorita Miller não acha que se embriagar com champanhe melhorará as habilidades de conversação de uma dama.

Adrian dá de ombros. — Os gatos podem nadar instintivamente, mas poucos gostam de se molhar.

— Mas você tem uma piscina em sua casa — digo. —, ou era uma piada?

— Oh, eu tenho uma piscina — diz ele. — Mas desde aquela coisa com meus pais, não entro em piscinas ou em qualquer outro corpo d'água maior que uma banheira. Da mesma forma, não entro em boias de piscina, barcos, navios de cruzeiro, balsas, patos gigantes - ou qualquer outra coisa que ultrapasse a superfície da água.

Eu estava prestes a provocá-lo impiedosamente sobre isso, mas se tiver a ver com a morte de seus pais, nem vou sorrir.

— A piscina agora é uma piscina de bolinhas — continua ele. — Mas o nome do aposento meio que pegou.

Agora eu sorrio. — Você tem uma piscina de bolinhas do tamanho de uma piscina?

— Na verdade, é muito divertido e tenho certeza de que Piper vai gostar quando for mais velha.

Eu sinto aquela atração por ele novamente. Acho que é a forma como seus olhos brilharam quando ele mencionou o nome de sua filha. Ele deve sentir isso também porque seus olhos brilham e escurecem, e ele se inclina para mim.

Céus. Nossos lábios estão próximos. Tão perto que sinto o calor vindo dele.

E então a maldita música começa de novo.

Adrian sai de qualquer feitiço que caiu sobre nós e se endireita. — Parece que os lances foram dados. Você gostaria de dançar?

Eu gostaria, mas não deveria. Isso já parece muito com um encontro. Se dançarmos mais, meu coração ficará ainda mais confuso.

Eu me afasto dele no sofá. — É melhor eu ir para casa para que eu possa dormir bem esta noite. Antes da mudança e tudo mais.

— Ah. Claro. Vou levar você agora.

Devo ficar lisonjeada com o quão desapontado ele parece e soa?

— Peça para a limusine me levar — digo, me sentindo uma covarde. — Não há razão para você ir pessoalmente a Staten Island e voltar.

Seu rosto é difícil de ler. — Se é o que você quer.

— É — Minto.

Levantando-se, ele me oferece o cotovelo novamente e caminhamos até o carro. Conforme nos aproximamos, meu batimento cardíaco dispara. A noite parecia tanto um encontro que se ele tentasse me beijar no final, não me surpreenderia nem um pouco. Isso me daria palpitações, mas não me surpreenderia.

Ele abre a porta. — Faça uma boa viagem.

Ele se inclina.

LIBERTINO DE BILHÕES

Quase tenho um ataque cardíaco.

Ele me dá um beijo na testa – porque é claro que ele o faz.

Entro no carro, minhas bochechas estão tão quentes que você poderia fritar uma omelete nelas.

Na viagem de volta, repasso tudo o que aconteceu desde que conheci Adrian, e parece um sonho.

E amanhã vou morar com ele. Esse fato é difícil de entender – mas eu tento, durante todo o caminho para casa.

Quando entro em casa, mamãe e Mary exigem cada detalhe, então conto a elas e, quando termino, começo a bocejar.

— Vá dormir — Mamãe diz quando Mary corresponde ao meu bocejo.

Boa ideia. Realizo todos os meus rituais noturnos e vou para a cama – que é quando o sono decide se tornar indescritível.

Certo. Parece que estou muito conectada e tenho muito Adrian girando em minha mente ocupada.

Que assim seja. Começo um novo romance, e isso me mantém ocupada até chegar à cena muito devassa em que o duque libertino arranca o corpcte da heroína.

Eu fecho o livro.

Tenho uma ideia de como ficar com sono e liberar um pouco da tensão que Adrian causou.

A Senhorita Miller pode prever o que está por vir e deve procurar profilaticamente os sais aromáticos.

Sim. Só porque sou virgem não significa que não

me masturbo, que é exatamente o que preciso se quiser dormir esta noite.

Enfio a mão debaixo do cobertor e começo a passar os dedos pelo clitóris – e, ao fazer isso, imagino Adrian como o duque do livro e eu como a dama sem corpete.

Bum. O orgasmo explode através de mim como uma rolha de uma garrafa de champanhe bem agitada.

Finalmente satisfeita, adormeço e Adrian me aparece em sonho, nu e duro. Naturalmente, ele me deflora, e só há uma palavra que pode descrever o ato.

Grande.

CAPÍTULO 22
Adrian

Acordo com um único pensamento em mente: Jane vai se mudar em poucas horas.

Trabalhando com minha faxineira, certifico-me de que a casa esteja impecável, principalmente o maior dos quartos de hóspedes, doravante conhecido como quarto de Jane.

Seus carregadores estão aqui, Jane me informa por mensagem de texto. *Você pagou a mais para garantir que eu não levantasse um dedo? Porque eu não fiz nada.*

Eu sorrio.

Não, mas vou pagar a mais agora. Gosto da ideia de que a mudança será fácil para você.

Mandamos mensagens assim durante a mudança dela, e então a mudança chega ao meu apartamento como uma praga de gafanhotos muito educados e diligentes.

Eles não apenas trazem as coisas, mas perguntam a Jane onde ela quer que tudo esteja organizado, e então fazem o que ela diz de uma forma tão organizada que até Marie Kondo aprovaria.

— Bem — digo a Jane quando a invasão termina. —, quero oficialmente recebê-la em minha humilde morada.

Ela olha ao redor em seu novo quarto – que é mais ou menos do tamanho de sua casa em Staten Island. — Humilde. Claro.

Leo entra e começa a cheirar as coisas de Jane.

— Viu? — digo na voz dele. — Quando tropecei na dama cheirosa, eu sabia o que estava fazendo.

Jane ri e bagunça o pelo da cabeça de Leo.

— Deixe-me mostrar o lugar para você — digo. — Não acho que você tenha entrado na maioria dos cômodos durante a turnê anterior.

Ela concorda, e eu a levo para todos os cômodos, sendo o último a área da piscina/piscina de bolinhas.

— É exatamente como imaginei — diz ela após examinar as milhões e uma bolas multicoloridas. — E ainda cheira um pouco a cloro.

Estreito os olhos para Leo. — Alguém baba excessivamente nas bolas quando brinca na quadra, então o pessoal da limpeza é obrigado a usar cloro para desinfetar o local de vez em quando.

Não tenho certeza do que Leo imagina que eu disse a ele naquele momento, mas por alguma razão, ele corre em minha direção, abanando o rabo loucamente.

Eu não me importo com o que você diz – você é o melhor. E você cheira bem. E...

Caralho. Estou na beira da piscina, agitando os

braços como um espantalho em um furacão, rezando para que isso me ajude a recuperar o equilíbrio.

Jane salta em minha direção e agarra minha mão.

Não. Tudo o que ela consegue é arrastar-se comigo enquanto eu finalmente caio.

Ploft.

A queda não dói, claro. Na verdade, é divertido, especialmente a parte em que Jane acaba em cima de mim, com a respiração frenética e os olhos selvagens.

— Sinto muito — digo assim que recupero o *meu* fôlego.

— Eu não — diz ela, depois sai de cima de mim e mergulha nas bolas.

Sorrindo, eu mergulho também, e Leo pula atrás de nós.

Os próximos dez minutos são o tipo de diversão que você só pode ter na infância. Rimos tanto que meu queixo dói, e a maquiagem de Jane escorre de lágrimas de felicidade. Para Leo, esta é uma segunda-feira normal, é claro.

— Assim que Piper tiver idade suficiente, você terá que deixá-la fazer isso — Jane diz depois que saímos e descansamos nas espreguiçadeiras próximas.

— Definitivamente — digo, e sinto uma pontada de ansiedade ao lembrar que eu poderia perder minha batalha pela custódia e nunca mais ter a chance de brincar com Piper aqui ou em qualquer outro lugar.

Leo sai da piscina de bolinhas com uma bola amarela na boca – que é sua cor favorita.

— Eu também gosto de brincar com Piper — diz

Leo. — E cheirá-la. E lambê-la. Ela é superior a Adrian em todos os sentidos.

Jane ri, e então seu estômago ronca, ao que ela responde ficando mais vermelha do que qualquer uma das bolas na piscina.

— Desculpe — Ela diz. — Acho que estou com um pouco de fome.

Levo-a para a cozinha e sirvo-lhe um sanduíche de bolo de caranguejo com o que afirmo ser sobras. Na verdade, fiz tudo fresco para ela hoje cedo.

Quando ela dá uma mordida, seus olhos rolam para trás, o que causa uma agitação na minha região de Yoda, porque provavelmente é assim que o rosto orgástico de Jane se parece.

Yoda não se sente melhor quando ela engole.

Ou quando ela dá outra mordida.

E outra.

Mesmo quando ela bebe um gole d'água, ela faz com que pareça erótico.

— Então — Ela diz quando o sanduíche acaba. —, o que você vai fazer hoje?

Ah. Certo. Voltar ao mundano é uma boa maneira de acalmar as coisas no departamento da libido.

Espero.

— Piper vem me visitar amanhã — digo. — Então, eu estava pensando em montar mais algumas decorações no berçário.

Jane estreita os olhos teatralmente. — Você não me mostrou o berçário.

— É um aposento grande — digo, fazendo o

possível para não parecer muito culpado. A verdade é que, de todos os meus projetos recentes, o berçário é o que me deixa mais inseguro. Eu sou um cara, e Piper é meu primeiro bebê, então, o que eu sei sobre como preparar um quarto para um bebê em geral, quanto mais para uma garotinha?

Jane fica de pé. — Mostre-me. Agora.

CAPÍTULO 23
Jane

Ao entrarmos no berçário, o espanto me faz esquecer de respirar por um segundo.

O quarto é magnífico de uma forma fofa, adorável e exagerada.

Em vez de um teto normal, há uma cúpula que lembra um planetário, com estrelas e uma lua que parecem mais realistas do que qualquer coisa que você possa ver no céu de Nova York. Também há planetas voando por ali, e eles parecem tão tridimensionais que pergunto a Adrian se são hologramas.

— São réplicas de globos de papel pendurados em fios muito finos — Explica. — Eu configurei um sistema de polias mecânicas para que eles se movam exatamente como no mundo real.

— Claro que sim — digo enquanto fico boquiaberta um pouco mais. A parede sul do quarto está coberta de borboletas de aparência real, de aparentemente todas as espécies e cores imagináveis. Ah, e elas estão batendo as asas, é claro. Da mesma forma, a parede norte está repleta de pássaros, a parede oeste tem animais (com efeitos sonoros) e a parede leste está florida com mais flores do que um jardim botânico.

— Como? — Eu pergunto, apontando para as paredes.

— Telas de última geração — diz ele. — Patenteei algumas das invenções deste cômodo, para que outros países possam fazer isso em alguns anos.

— Uau. — Observo *algo* elegantemente futurista no canto. — Esse é o berço?

Ele concorda. — É inteligente, por isso monitora todos os sinais vitais e ajusta coisas como a temperatura do ambiente e a firmeza do colchão para seu máximo conforto. Além disso, isso irá automaticamente embalá-la para dormir assim que ela começar a acordar à noite.

Nunca vi uma manifestação física tão evidente de amor parental.

— Piper é um bebê de sorte — digo com reverência.

Ele se vira para mim, os olhos brilhando. — Você realmente acha isso? Eu me sinto péssimo por ela ficar oscilando entre Sydney e eu.

— Ela é uma criança — digo. — Na verdade, pode ser uma aventura divertida passar um tempo aqui e ali. Eu adorava ir para a casa dos meus avós quando era criança. Isso será semelhante.

— Espero que você esteja certa — diz ele.

— Ela vai adorar isso — digo com confiança. — Basta olhar em volta.

Ele o faz e seus olhos brilham. — Acabei de ter uma ideia. Vou adicionar estrelas cadentes ao céu, para que ela possa fazer desejos.

Eu sorrio. — Que tal você implementar isso? Enquanto isso, vou me instalar no meu quarto.

— Ótima ideia — Ele diz e sai correndo.

Examino o berçário novamente, suspiro de espanto e vou até meu quarto.

No caminho, avisto a porta de um quarto que ele nunca me mostrou.

Eu espio.

Ah. É o quarto dele.

Quão errado seria se eu entrasse, desse uma olhada nas gavetas e – embora não saiba por que – cheirasse seu travesseiro?

A Senhorita Miller considera essa questão – esperançosamente retórica – questionável por muitos motivos, sendo a moral apenas o auge deles.

Meu telefone toca.

É Mary.

— Oi, mana — digo.

Renunciando a qualquer gentileza, Mary ataca meus ouvidos com uma avalanche de perguntas, das quais só ouço: — O quanto você gosta do lugar? É incrível? Você desempacotou todas as suas coisas?

— Vá mais devagar — digo, e começo a responder da melhor maneira que posso. Assim que abordo algumas das questões, Mary produz outro monte.

No meio de tudo isso, recebo outra ligação.

É a mamãe.

— Ei — digo a Mary. — Ligo para você daqui a pouco.

Quando atendo a ligação de mamãe, ela me faz quase as mesmas perguntas, mas com mais insinuações, ou pelo menos, presumo que seja por isso que ela pergunta: — O quão *grande* é?

— Coloque-me no viva-voz para que eu não tenha que me repetir para Mary — Resmungo.

— Não estou perto dela no momento — diz mamãe.

Reviro os olhos. — Então isso pode esperar até você estar?

— Sem chance — diz mamãe. — Agora, solta tudo.

Certo. Eu permito o interrogatório. Assim que desligo, meu telefone toca novamente.

Deve ser Mary. Esqueci de ligar de volta para ela. Irritada demais, aceito a ligação e, no meu tom mais sarcástico, digo: — Se continuar assim, quando crescer, você se tornará uma fofoqueira ainda maior do que sua mãe.

Alguém que não se parece em nada com Mary pigarreia do outro lado da linha.

— Minha mãe faleceu e, infelizmente, já faz muitos anos que cansei de crescer.

Ah, merda.

Por que essa voz é familiar?

— Agora — Continua a pessoa —, estou com o número errado ou você achou que eu era outra pessoa?

Finalmente reconheço quem está falando e meus pés congelam no chão.

— Sra. Corsica? — Tipo, a mulher do show de terror que foi minha entrevista na biblioteca?

— Ah, então *é* Jane Miller — diz a Sra. Corsica com um tom frio que combina perfeitamente com a situação do meu pé.

— Sinto muito — digo. — Achei que você fosse minha irmã mais nova e aceitei a ligação sem olhar.

— Entendo — Ela diz, seu tom nem um pouco mais quente. — Isso explicaria o que você disse, presumindo que sua mãe *seja* uma fofoqueira.

— Mais uma vez, sinto muito — digo enquanto uma pergunta gira em meu cérebro.

Em primeiro lugar, por que a Sra. Corsica está me ligando?

Só pode haver uma explicação. Apesar de meu desempenho ruim na entrevista, ela queria me oferecer o emprego dos meus sonhos, afinal. Queria – pretérito – porque depois do que acabei de dizer, a oferta deve ser *caput*.

— Minha falecida mãe também era fofoqueira — diz a Sra. Corsica, que me choca. — Muito antes do Facebook, se eu quisesse uma atualização sobre alguém, tudo que eu precisava fazer era mencioná-lo perto dela. Ela sempre tinha o status de relacionamento mais recente e outras notícias interessantes.

Afasto o telefone do ouvido para ter certeza de que não é uma pegadinha. Não. A biblioteca está listada como quem ligou, o que significa que a própria rainha do gelo acabou de compartilhar um detalhe pessoal comigo.

— Você deve sentir falta dela — digo com cautela.

— Muito — diz a Sra. Corsica, seu tom um pouco acima do congelamento. — De qualquer forma... — Ela limpa a garganta mais uma vez. — Vamos voltar ao meu motivo para ligar.

Atrevo-me a ter esperança? Depois de tudo isso?

— Analisamos sua inscrição cuidadosamente — diz a Sra. Corsica rigidamente. —, e decidimos estender a você uma oferta de emprego.

Eu sei que provavelmente estou arriscando o trabalho mais uma vez, mas grito como uma adolescente ao ver seu ídolo de boy band.

A Sra. Corsica suspira mal-humorada. — Seu entusiasmo pelo papel foi na verdade um dos fatores decisivos. Mas tenha em mente que, ao enfrentar o público, espera-se que você aja com decoro e equilíbrio.

A Sra. Corsica seria a acompanhante ideal para a Senhorita Miller, ou para qualquer jovem de boa educação e temperamento gentil.

Endireito minha coluna e mordo a língua para evitar mais gritos. — Claro. Decoro será meu lema. Equilíbrio também.

— Bom — Ela diz. — Quando você pode começar?

— Amanhã — Eu deixo escapar com entusiasmo. Num tom muito mais calmo, acrescento: —, ou sempre que for conveniente para você.

— Amanhã está bom — diz ela. — Agora vamos falar de números.

— Claro.

Ela indica um salário e eu faço algo que todos os livros de autoajuda sobre procura de emprego *não* recomendam: aceitar a oferta na hora. E, ei, por que não? Graças ao meu futuro casamento falso, não preciso me preocupar em pagar minhas contas.

— Estou feliz por termos chegado a um acordo mutuamente aceitável — diz a Sra. Corsica. — Venha amanhã para o seu primeiro dia e você poderá assinar toda a papelada ao mesmo tempo.

— Eu estarei lá. — Embora a Sra. Corsica não possa me ver, eu a saúdo, como um soldado faria com um general.

— Ah, e eu sei que é evidente neste momento, mas tenha em mente que a pontualidade é extremamente importante para o trabalho — diz a Sra. —, assim como parecer apresentável.

— Chegarei cedo — digo solenemente. —, e trarei uma roupa extra para o caso de outro cachorro me empurrar na lama.

— É possível que você *não* me faça me arrepender desta decisão — diz a Sra. Corsica. — Vejo você amanhã.

Ao ouvir o tom de fim da ligação, me pergunto quão grande deve ser um elogio para a Sra. Corsica dizer que talvez *não* se arrependa de me contratar.

Quando se trata de um dragão como esse, a Senhorita Miller considera isso um grande elogio.

Tonta de excitação, deixo meus pés me levarem até a cozinha, onde esbarro em Leo, que está bebendo água de sua tigela.

— Consegui o emprego — digo ao cachorro. — Você acredita nisso?

Leo inclina a cabeça e abana o rabo.

— Onde está Adrian? Ou você pensa nele como pai?

As orelhas de Leo se animam e ele sai correndo da cozinha. Eu sigo. Quando chegamos ao elevador, observo fascinada Leo apertar o botão do elevador com sua pata peluda.

Huh. Esta criatura parecida com uma ovelha é mais esperta do que eu imaginava.

Quando o elevador chega, Leo entra nele e aperta o botão do estúdio de Adrian.

Seriamente inteligente.

Assim que chegamos ao nosso destino, Leo abana o rabo e sai correndo para o corredor. Corro atrás dele. Logo chegamos à sala onde Adrian está trabalhando em alguma coisa.

— Desculpe interromper — digo quando Adrian tira os fones de ouvido.

— Eu estava quase terminando — diz ele. — O que aconteceu? Você está brilhando.

— Consegui o emprego — Deixo escapar. Então, dominada por emoções positivas, corro até meu futuro marido e dou um beijo em sua bochecha.

Adrian segura a bochecha como se eu a tivesse queimado ou dado um tapa. — Que emprego?

Caramba. Eu não deveria ter invadido seu espaço pessoal desse jeito.

— A biblioteca ligou — digo, meu rosto sem dúvida vermelho. — e me fez uma oferta.

Ele franze a testa. — O trabalho que Leo supostamente arruinou para você?

Eu bagunçei o pelo da cabeça do cachorro. — Acho que ele não estragou tudo, afinal. Desculpe por isso.

A carranca de Adrian se transforma em um sorriso. — Isso é maravilhoso.

— Eu sei, não? — Resisto à vontade de beijá-lo novamente, ou mais.

— Temos que comemorar — Afirma Adrian.

Eu balanço minha cabeça. — Definitivamente. Mas sem exagero – amanhã é meu primeiro dia.

Ele mostra seus dentes brancos em um sorriso. — Faremos o que você quiser.

Ah, as imagens. Num piscar de olhos, nos vejo comemorando na cama, com velas ao redor e ele realizando todas as minhas fantasias.

Ele inclina a cabeça, vagamente como Leo. — Você tem algo específico em mente, não tem?

— Sim. — Meu rosto agora parece que pegou fogo com uma das velas imaginárias.

Ele parece particularmente malandro ao perguntar: — O que você gostaria de fazer?

— *Bridgerton* — digo.

Obviamente, de jeito nenhum eu diria a ele o que acabei de perceber que 'realmente quero'.

Quero que ele me ajude a me livrar da virgindade.

Mais especificamente, quero que seja ele quem realize o GD.

CAPÍTULO 24
Adrian

— Bridgerton? — Eu olho para Jane, confuso.
— Sim.
— Mas... o que sobre isso? — Lembro-me de sua admissão sobre possuir - e usar - espartilhos, para consternação de Yoda.

— Eu quero assistir — Ela esclarece.

— Você quer assistir Netflix — digo lentamente. — para celebrar?

Por ser virgem, duvido que ela conheça sobre Netflix e relaxar, muito menos escolher isso como sua celebração preferida.

Ela coloca as mãos nos quadris. — Por que não?

— Porque você já viu? — E porque há uma infinidade de atividades que são mais comemorativas, como comer bolo, lagosta ou a doce bocetinha de Jane.

— Só vi a segunda temporada quatro vezes — diz Jane. — Para acompanhar a primeira temporada, ainda tenho mais cinco vezes pela frente.

Eu coço minha cabeça. — Se é o que você quer. Deveríamos abrir uma garrafa de vinho?

Acho que tenho a safra certa para uma ocasião tão especial.

— Vinho seria bom — diz ela. —, e talvez um prato de queijo.

— Vou fazer um prato para você — digo. — A única coisa é que atualmente não tenho nenhum queijo feito de leite de vaca.

— Não? De que animal vem o seu queijo?

— Burro, alce e búfalo. Tudo saboroso.

— Ah, com certeza. Todos parecem *muito* apetitosos. — Ela olha para Leo. — E o queijo feito de ovelha?

— Você quer dizer queijo Feta?

Ela pisca para mim. — É disso que é feito?

Eu concordo. — Os melhores têm setenta por cento de leite de ovelha e o restante de cabra. — Depois de uma pausa, acrescento: — Em inglês, *ewe* é a ovelha fêmea.

— *Ui*, de fato. — Ela faz uma careta. — Eu me pergunto quem teve a ideia de ordenhar animais aleatórios e depois beber?

Eu sorrio. — Não se esqueça de esperar o leite coalhar no caso do queijo. Isso parece ainda mais louco.

Ela sorri. — Aposto que foi alguém como você.

— Vou considerar isso um elogio — digo, embora não tenha certeza se deveria. — Vamos.

Passamos pela adega e pegamos a garrafa que eu tinha em mente.

— Romanée-Conti — Jane lê na garrafa. — É muito caro?

— Para mim, não — digo com um aceno de mão e vou até a geladeira.

Acontece que estamos com sorte. Não apenas localizo os queijos que mencionei, mas também tenho um pequeno pedaço de queijo de vaca de Pearl Hyman, uma talentosa queijeira local.

Nós nos acomodamos no sofá, com taças de vinho na mão, e eu ligo a TV.

Jane toma um gole de vinho e suspira. — Isso é tão bom! Como o vinho pode ser tão bom?

— Experimente o queijo. — Ou não. Se aquele suspiro sexy continuar, Yoda pode simplesmente perder a cabeça.

Jane pega cuidadosamente um pedaço de queijo e geme de prazer – como eu temia que ela fizesse.

— Uau — Ela diz. — Eu não me importo se eles tiveram que ordenhar ratos do metrô para fazer isso. É delicioso.

Ela prova um queijo diferente e geme também.

Perturbador para Yoda, esse gemido é.

Para abafar, eu começo o show.

Isso não ajuda. Durante a primeira metade do primeiro episódio, o prazer de Jane pelo vinho e pelo queijo me mantém em constante estado de excitação. Depois que a comida acaba, também não tenho descanso. Ela se aproxima de mim, perto o suficiente para eu sentir seu cheiro, e então ela enfia os pezinhos sob a bunda bem torneada.

Ah, e eu mencionei como ela umedece os lábios sempre que há um beijo na tela? Ou quão quente fica seu ombro delicado quando toca o meu?

Quando não aguento mais um minuto disso, pauso o show. — Está ficando tarde.

Ainda abraçada a mim, Jane vira a cabeça e até seus olhos parecem atraentes – pupilas dilatadas, pálpebras pesadas. — *Tenho* que acordar cedo para meu primeiro dia no novo emprego.

— Aí está — digo, e antes de fazer qualquer coisa da qual me arrependeria mais tarde, pulo de pé – um erro, no que diz respeito a Yoda.

Se Jane nota minha calça armada como uma barraca, ela não demonstra. Em vez disso, ela me deseja boa-noite e vai embora, balançando os quadris de forma enlouquecedora.

Conto até quatro Mississippi, depois corro para o meu quarto, onde coço vigorosamente a parte de trás das orelhas de Yoda.

CAPÍTULO 25

Jane

Nos romances históricos, as heroínas às vezes sentem uma pulsação no baixo ventre, o que sempre achei uma forma fantasiosa de dizer "tesão". Esta noite, naquele sofá, foi exatamente isso que aconteceu comigo. Isso, e meus seios ficaram sensíveis, e havia um vazio torturante em meu âmago.

No final do primeiro episódio, quase implorei a Adrian para me dar um GD, mas obviamente me acovardei.

Ainda assim, sempre há amanhã. Ou no dia seguinte.

Tudo o que sei é que Adrian parece ser um homem que sabe o que está fazendo nesse departamento, e sempre sonhei em ter um orgasmo na primeira vez, o que provavelmente é difícil por causa da dor e do desconforto geralmente associados ao ato. Imagino que, como já vou me lembrar de Adrian pelo resto da vida como o homem que me deu segurança financeira, por que não lembrar desse fato extra sobre ele: que ele era meu deflorador? Aposto que será uma lembrança que guardarei com carinho.

Quanto mais penso nisso, menos maluca parece a ideia.

Partes iguais animadas e inquietas, vou para a cama. Naturalmente, o sono não vem. Entre a nova cama, o novo emprego e Adrian, estou quase cheia de adrenalina.

É por isso que tenho que autoadministrar três orgasmos para ter a menor chance de dormir.

Eu pulo como uma criança no meu trajeto para o trabalho, que consiste em uma caminhada de cinco minutos, cortesia do meu novo domicílio. Se eu estivesse vindo de Staten Island, seria uma provação de duas horas envolvendo um ônibus, uma balsa e alguns trens.

Para minha surpresa, a Sra. Corsica sorri quando me cumprimenta. É verdade que é apenas por um milissegundo e apenas com os cantos dos olhos, mas, ainda assim, um milagre.

Ela me faz começar com uma burocracia chata, mas quando termino, meu primeiro dia de trabalho transcorre tão bem que quase tenho vontade de me beliscar. Especialmente quando ela me faz classificar a coleção de romances históricos que me interessou por esta biblioteca em particular.

À medida que meu dia de trabalho chega ao fim, quase não quero ir embora.

Quando devo sair?

Espero até que todos tenham ido embora antes de ir para o escritório da Sra. Corsica, onde a porta está entreaberta.

A Sra. Corsica está focada em sua tela.

Este é, provavelmente, um momento ruim.

Viro-me para sair, mas ela limpa a garganta.

— Oi — digo com culpa, me virando. — Eu queria saber se há mais alguma coisa que eu preciso fazer?

— Não. Você pode ir para casa. Bom trabalho.

Eu não simplesmente vou para casa – eu flutuo para lá, impulsionada por aquele "bom trabalho".

Quando entro na cobertura de Adrian – correção, *nossa* cobertura, temporariamente – lembro que hoje é a primeira vez que vou encontrar Piper. Isso significa que provavelmente não deveria perguntar a ele sobre meu GD ainda.

Seus deveres de pai parecem mais importantes.

— Ei — Adrian diz, virando a esquina. — Como foi?

— Incrível — digo. — Onde está Piper?

Ele olha para o telefone. — Sydney está atrasada, como sempre.

Posso dizer que isso o incomoda muito mais do que ele deixa transparecer.

Pobre homem.

Para distraí-lo, sugiro que jantemos juntos e, assim que nos sentamos à mesa da cozinha, falo com ele sobre meu novo emprego.

— E você? — Pergunto, enfiando a última vieira na boca. — O que você estava fazendo?

— Comecei a proteger alguns cômodos para bebês — diz ele e olha para o telefone novamente.

Eu sorrio. — Piper já está engatinhando?

— Ainda não, mas queria me adiantar.

O telefone de Adrian toca. Ele verifica e parece aliviado. — Sydney acabou de mandar uma mensagem — diz ele. — Elas estão aqui.

Ele corre para o elevador, e não sei se devo segui-lo, mas Leo me pastoreia como faria com outras ovelhas, então não tenho escolha.

Quando chegamos ao nosso destino, Sydney está sorrindo coquetemente para Adrian. Quando ela me vê, seus olhos se estreitam e seus lábios se curvam em uma carranca.

— O que ela está fazendo aqui? — Ela questiona.

Adrian suspira. — Já repassamos isso. Jane é minha noiva. Obviamente, moramos juntos.

Sydney agarra o guidão do carrinho com tanta força que os nós dos dedos ficam brancos. — Se ela vai ficar perto da minha filha, preciso fazer uma verificação de antecedentes.

— *Nossa* filha — Adrian diz enquanto pega o telefone e desliza alguns dedos. Olhando de volta para Sydney, ele diz: — Fiz uma verificação de antecedentes de Jane depois que ficamos a sério. Os resultados estão na sua caixa de entrada. Algo mais?

Ela lê tudo o que ele lhe enviou e murmura algo sobre fazer sua própria investigação assim que tiver a chance, mas suas mãos relaxam o aperto mortal no guidão.

— Aqui. — Ela tira uma mochila e entrega para Adrian de forma que seus dedos se toquem.

As verificações de antecedentes dizem alguma coisa sobre os impulsos assassinos que às vezes sentimos quando a mãe de um bebê toca no noivo falso?

— Há um lote de leite materno aqui — diz Sydney. — Aqueça exatamente a noventa e oito graus Fahrenheit e certifique-se de que não ferva.

Pela primeira vez, a fachada fria de Adrian se quebra. — Não se preocupe, Syd — Ele diz suavemente. — Piper ficou bem comigo da última vez e ela ficará bem hoje. Eu sei o que estou fazendo. Li todos os livros e fiz todas as aulas. Apenas relaxe.

Os olhos de Sydney ficam gelados. — Não me diga como me sinto. Você não é mãe. Você não tem ideia de como é se separar do seu bebê.

A mandíbula de Adrian flexiona. — Tenho equipamento de laboratório para o leite que o aquece até 36,6 graus Celsius – temperatura corporal exatamente normal. Você quer inspecionar? Testar?

— Não — diz ela. —, mas prometa que vai me ligar se algo acontecer.

— Nada vai acontecer — diz Adrian. —, mas se alguma coisa acontecer, você será a primeira a saber.

— Tchau, querida — Sydney diz no carrinho com tanta ternura que a perdoo pela maldade de antes... mas não por tocar em Adrian. Eu não sou uma santa.

Uma parte de mim estava preocupada que Sydney visse esse bebê apenas como uma forma de prender Adrian. Agora, parece que mesmo que esse tenha sido o ponto de partida, Sydney ama a filha como uma mãe deveria.

Quando Sydney levanta os olhos do carrinho, seu olhar está gelado novamente.

— Tchau — Ela diz para Adrian. Para mim, ela nem se digna a dizer nada, o que é bom.

Girando nos calcanhares, ela entra no elevador.

À medida que as portas se fecham atrás dela, Adrian relaxa visivelmente. Ele se aproxima do carrinho e, quando põe os olhos em Piper, a expressão em seu rosto é quase de adoração.

Desta vez, não sinto ciúmes do bebê. Estou feliz que ela tenha tanto amor em sua vida.

Além disso, estou muito curiosa, então, vou na ponta dos pés e dou uma espiada nela por cima do ombro de Adrian.

— Linda, não é? — Ele sussurra.

— Ah, eu direi. — Eu sorrio para as bochechas rechonchudas em exibição. — Ela é o tipo de pessoa fofa que eles usam em comerciais de fraldas e fórmulas para bebês.

— Vou levá-la para o berçário — Adrian sussurra e empurra lentamente o carrinho.

Assim que entramos no berçário, Piper abre os olhos e começa a se agitar.

— Está tudo bem — Adrian canta. — Papai está bem aqui.

Sinto uma pressão no peito e meus olhos ficam subitamente lacrimejantes.

Enquanto isso, Adrian tira Piper do carrinho e a balança de um lado para o outro, sussurrando palavras tranquilizadoras para ela.

Se eu estiver ovulando, posso processar os fabricantes do meu DIU?

— Você quer segurá-la? — Adrian oferece de uma forma que me lembra quando Mary diz que está disposta a compartilhar o resto do sorvete de chocolate.

— Só por um segundo — digo e gentilmente pego o bebê.

Cacete. Ela é tão fofa e cheira tão bem. Já sinto que estou me apaixonando por seus encantos desdentados. Quão louco é isso? A única outra vez que senti isso fortemente em relação a um bebê foi quando minha irmã nasceu.

É como se uma parte do meu cérebro já a visse como família. Talvez seja porque Adrian é meu futuro marido. O que quer que se passe pelo meu sentido de aranha teve seus sinais cruzados e não percebe que esse casamento não é real.

Adrian tira o leite da mochila, aquece e traz.

Piper começa a se agitar novamente.

— Acho que ela quer você — digo.

E quem pode culpá-la, certo?

— Acho que ela quer o leite — diz Adrian enquanto toma sua filha de volta ansiosamente.

Com um sorriso terno, ele beija a bochecha rechonchuda de Piper – o que a acalma imediatamente.

Novamente, você pode culpá-la? Além disso, é possível uma overdose de adorabilidade?

Ele se senta na cadeira de balanço próxima e coloca a mamadeira nos pequenos lábios de Piper.

Sim, overdose de adorabilidade chegando – especialmente quando ele ajuda a criaturinha a arrotar.

— Você pode me ajudar a lavá-la? — Adrian me diz quando a refeição termina.

— Claro. — A oferta enche meu peito com tanto orgulho que você pensaria que ele me pediu para ajudá-lo a construir um foguete para Marte.

Quando entramos no banheiro, Adrian tira a camisa.

A Senhorita Miller geralmente não tolera linguagem chula, mas, diabos, aceite! Um cavalheiro não deveria submeter o autocontrole de uma dama a um teste tão rigoroso.

Eu engulo uma superabundância de saliva. O torso esculpido de Adrian me deixa sem palavras e incapaz de operar máquinas pesadas, o que espero que uma banheira de bebê não seja.

— Gosto de segurar pele com pele nela antes da lavagem — Explica ele ao ver um pouco do meu desconforto. — Se você quiser esperar até...

— Não — De alguma forma consigo dizer. — Está

tudo bem. — E por "tudo bem", quero dizer que meu útero está ativamente descobrindo como cuspir o DIU.

Parecendo contente, Adrian embala o corpinho rosado de Piper contra seu peito duro.

É oficial. Agora entendo verdadeiramente o significado dos termos "desmaio" e "ataque de calores". Na verdade, é necessária uma força de vontade considerável para não sucumbir a ambas as condições ao mesmo tempo.

No momento em que Adrian está pronto para o banho começar, meus joelhos estão trêmulos e sou forçada a respirar fundo para me recompor. Para Piper estar segura, devo estar em alerta total.

O banho começa.

Acontece que Adrian tem uma banheira de bebê especial e sofisticada, que só distribui água purificada a uma temperatura perfeita de trinta e sete graus. Isso facilita um pouco o processo, assim como o fato de Adrian ser tão bom nisso quanto em todo o resto.

Falando em ele ser bom, não é uma boa hora para pedir meu GD?

Quando Piper está vestida e deitada no berço, Adrian pergunta se ela quer ouvir uma história.

Pode ser minha imaginação, mas acho que ela sorri em resposta. *Sim*. Ela definitivamente está fazendo isso. Há um flash de covinhas e tudo mais.

Adrian começa a ler – e fica óbvio que esta é uma história que ele escreveu só para ela. Uma ótima história, na verdade, e algo que ela certamente irá gostar ainda mais quando for um pouco mais velha. Se ela for parecida com Mary nesta fase, ele poderia ler um livro de contabilidade para ela e ela iria gostar da mesma forma.

Logo, Piper está dormindo profundamente, então, Adrian pega seu telefone e faz a mímica para colocá-lo no modo silencioso.

Faço o que ele diz e ele me manda uma mensagem.

Vou ficar aqui o resto da noite.

Ele acena para a cama de adulto próxima antes de acrescentar:

Sinta-se à vontade para fazer suas próprias coisas.

E se o meu objetivo for vê-lo dormir? Ou dormir com ele?

Corando, eu mando uma mensagem para ele dizendo que explorarei sua biblioteca se ele precisar de mim, então vou embora.

Uau. Se alguém me dissesse que Adrian gastou cem milhões de dólares para abastecer esta biblioteca, eu não contrariaria essa pessoa. À primeira vista, vejo as primeiras edições de O *Último dos Moicanos, Ragged Dick, Mulherzinhas* e *As Vinhas da Ira*.

Infelizmente, a seleção de romances históricos é negligentemente pequena. Existem alguns clássicos aleatórios dos maiores autores, incluindo a série *Bridgerton* que ele claramente comprou depois que nos conhecemos.

Mas, ei. É um começo.

Folheio um livro de romance que não me lembro de ter lido. Parece familiar, então devo ter lido, afinal. É aquele em que o visconde descobre que é um bastardo e, portanto, não pode se casar com a heroína – mesmo que a tenha engravidado.

Enquanto vou começar minha rotina noturna, continuo pensando na ideia de perguntar a Adrian do meu GD. Talvez seja por isso que, quando adormeço, sonho com Adrian fazendo exatamente isso, o que me deixa grávida, apesar do DIU. Seu esperma é tão forte que um deles até balança o rabo para mim.

O bebê resultante se parece muito com Piper, exceto que ela fala desde o nascimento e o que ela diz é: "Continue a nadar", na voz de Ellen DeGeneres.

— Isso significa que eu deveria te chamar de Dori? — Eu pergunto a ela.

Antes que ela possa responder, meu alarme me acorda.

CAPÍTULO 26
Adrian

A visita de Piper acabou muito, muito cedo, e devolvê-la a Sydney à tarde é uma tortura. Gostaria que Jane estivesse aqui, mas ela está no trabalho.

Como se sentisse meu humor, Leo entra na sala de estar, pula no sofá e se aconchega em mim.

— Será muito melhor depois da audiência — digo a ele. — Piper passará metade do tempo aqui.

Leo boceja.

Piper cheira ainda melhor do que bacon, e não faço essa comparação levianamente.

Eu o abraço e coço atrás de suas orelhas, o que me faz sentir um pouco melhor.

Nós ficamos assim um pouco antes de eu receber uma mensagem de Jane.

Volto para casa em breve. Quer que eu pegue alguma coisa no caminho?

Olho para Leo. — Quer dar um passeio?

Os olhos de Leo brilham de excitação. Ele pula do sofá e corre para o elevador.

Digo a Jane que Leo e eu a encontraremos no caminho, e então preparo comida suficiente para um pequeno piquenique, mando uma mensagem para uma assistente para marcar meu lugar favorito no parque e saio.

Como sempre, Leo marca as primeiras árvores como se o destino do mundo dependesse disso. A partir daí, caminhamos rapidamente e alcançamos Jane no momento em que ela sai da biblioteca.

— Oi — Ela diz com um sorriso que melhora meu humor e me faz querer beijar seus lábios docemente curvados.

O rabo de Leo balança com tanta força que quase espero que seu traseiro se levante da calçada, como um helicóptero.

— Senti falta do seu cheiro gostoso — Leo diz a Jane.

Ela inclina a cabeça. — Isso é uma dica? Devo usar mais desodorante?

Eu sorrio. — Está com fome? — Mostro a cesta para ela.

— Um piquenique?! — Ela exclama. — Que coisa Vitoriana! Eu amo isso.

Meu humor melhora ainda mais e ofereço meu braço a ela. — Vamos. Conheço um ótimo lugar.

Caminhamos sem pressa e Jane me conta como foi seu dia. Quando ela pergunta sobre o meu, sinto um pouco da melancolia anterior retornar. — A visita foi muito curta — digo.

Jane aperta meu cotovelo. — Você sente muita falta dela, não?

Eu concordo.

— Bem, ela é um bebê especial — diz Jane. — Acabei de conhecê-la e já sinto falta dela. Na verdade, se não fosse meu segundo dia no novo emprego, eu teria ficado totalmente com vocês.

— Nem se preocupe com isso — digo. — Mas já que você mencionou o quão ocupada está com o novo emprego, eu queria te perguntar... Você acha que poderia sair por uma hora durante o almoço?

— Acho que sim — diz ela. — Ir aonde?

— Prefeitura — digo. — Para obter a certidão de casamento, o casal deve estar pessoalmente.

Ela solta meu braço e me encara com os olhos arregalados. — Já é hora disso?

— Isso é só para tirar a licença, que tem validade de sessenta dias — Explico. — Dessa forma, temos uma janela maior para realmente nos unirmos.

Ela parece sobrecarregada. — Quando você quer fazer essa parte?

— Estou pensando em logo — digo suavemente. — Só estou esperando o conselho dos meus advogados e da empresa de relações públicas.

Ela revira os olhos. — Que romântico.

A palavra "romântico" – ou foi o "que"? – desencadeia algo no cérebro canino de Leo, e ele puxa a coleira com toda a força, fazendo-a escapar do meu controle.

— Oh, não! — Jane exclama. — Alguém está prestes a ser empurrado para a lama!

Caralho. Isso não. Já tenho uma candidata a esposa; não preciso que Leo me escolha outra.

Começo a correr, mas Leo acelera.

— Pare! — Eu grito. — Senta!

O cachorro não me ouve ou ignora os comandos.

Talvez eu devesse investir naquelas coleiras de aparência desumana que têm pontas? Sem chance. Mas eu *poderia* contratar uma equipe de caçadores de cães – supondo que isso exista – para que eles possam caminhar por perto e interceptar Leo quando ele fizer isso.

Pelo menos ele está indo em direção ao local de piquenique que escolhi, só que muito mais rápido do que o razoável.

— Aonde ele está indo? — Jane ofega a cerca de trinta centímetros de distância.

Huh. Ela nos acompanhou? — Não tenho ideia — Respondo por cima do ombro.

Logo, porém, tenho uma ideia e não gosto nem um pouco.

Há uma senhora passeando com uma fêmea Poodle Rei ao longe. Pelo menos, presumo que ela seja fêmea com base na coleira rosa do cachorro e no laço ainda mais rosado. A cadela – me refiro ao cachorro, é claro – recebeu recentemente um daqueles cortes de cabelo com pompadour característicos que expõem a bunda, e eu suspeito fortemente que essa parte traseira seja o destino de Leo. Não que eu esteja dizendo que uma mulher com a bunda exposta está "pedindo" ou algo parecido. Além disso, Leo provavelmente se sente atraído pelo cheiro dela, não pela aparência.

— Leo, pare! — Eu grito.

Não.

Ele alcança a fêmea, ignora os protestos barulhentos da senhora humana e dá uma boa fungada na bunda do poodle com pedigree.

— Socorro! — A senhora grita.

Acelero porque o poodle parece estar "sinalizando" o interesse de Leo – pelo menos presumo que seja por isso que ela está mostrando sua bunda para ele de forma tão incisiva.

Assim que Leo se prepara para montar, chego ao local, pego sua coleira e o puxo.

Leo me lança um olhar traído que parece dizer: "Cara, tinha que ser empata-foda?"

O poodle também me encara, e o significado do seu olhar é praticamente o mesmo do de Leo, mas em francês.

A fêmea humana agarra suas pérolas – sim, ela as está usando – e grita coisas como "Atrocidade" e "Vira-lata doente" e "Eu mesma vou castrá-lo!"

— Ninguém vai castrar ninguém — digo com firmeza. — Leo sente muito, e eu também.

Leo parece arrependido... por eu ter chegado a tempo de detê-lo.

— Sente muito? — A senhora grita. — Ele quase estuprou minha Sissi.

Olho para Jane em busca de ajuda. A última coisa

que quero fazer como homem é dar desculpas quando se trata de consentimento sexual, mesmo que estejamos falando de cães.

Jane espia o poodle. — Acho que ela está no cio.

— Como você ousa? — A senhora estala.

— Vê como a cauda dela está enrolada para o lado? — Jane aponta para o apêndice em questão. — Antes de ela ser curada, isso acontecia com Lassie também. — Voltando-se para mim, Jane acrescenta: — Ela era o cachorro que tínhamos quando eu era criança.

— O rabo dela faz isso de vez em quando — diz a senhora, parecendo insegura. — Quando ela está menstruada.

— Que vem a cada seis meses ou mais? — Jane pergunta.

Franzindo a testa, a senhora assente.

— Sissi é castrada? — Jane continua.

A senhora levanta o queixo. — Ela está além dessas coisas.

Posso dizer que Jane está tendo dificuldade em manter o rosto calmo. — Mesmo que Sissi esteja além dessas coisas, ela está no cio, o que significa que seus feromônios terão efeito sobre os cães machos com quem ela entra em contato.

A senhora puxa a coleira de Sissi. — Não vou ficar aqui e continuar essa conversa vulgar. — Com isso, ela se afasta, com Sissi se virando de vez em quando para lançar olhares compridos para Leo - embora essa última parte possa ser apenas minha imaginação.

Leo choraminga.

Pelo amor das bundas nuas, apenas uma cheirada, por favor. Por favor.

— Desculpe, amigo — digo. — Talvez a manteiga de amendoim faça você se sentir melhor?

A choradeira para.

Eu sorrio. — Se o diabo quisesse as almas dos cães, a de Leo lhe custaria um pote de manteiga de amendoim.

Jane sorri de volta. — A maioria dos outros cães também.

Aponto para meu local de piquenique favorito. — O que você acha?

Jane examina. — Alguém já não está sentado aí?

— Sim. Nós — digo. — Mandei minha assistente segurar tudo.

Jane corre até o cobertor com evidente entusiasmo, enquanto eu ando até o poste no chão e prendo a coleira de Leo nele completamente – não quero persegui-lo novamente.

Assim que Leo está seguro, dou a ele seu brinquedo oco favorito, com aparência de plug anal, que contém manteiga de amendoim congelada.

— Agora todo mundo tem algo para mastigar — digo a Jane, depois abro a cesta e retiro a comida para nós, humanos.

— Sanduíches de pepino? — Jane exclama. — Você também tem chá?

— O que eu sou, um bárbaro? — Pegando uma garrafa térmica, sirvo uma xícara para cada um de nós.

Quando Jane prova o dela, a expressão de felicidade

em seu rosto faz comigo o que os feromônios de poodle devem ter feito com Leo – exceto que eu tenho mais autocontrole.

Eu acho.

— Há especiarias neste chá? — Jane pergunta, lambendo os lábios. — Como no chai?

Balanço a cabeça, tentando não pensar no que eu gostaria que aquela língua lambesse.

— E melaço?

— Não. — Minha voz está um pouco rouca.

— Que tipo de chá é então?

Eu me esforço para lembrar. — Da Hong Pao, eu acho.

— Acho que agora é o meu favorito — diz ela. — Nunca tomei um chá com cheiro de orquídea antes.

— É um bom chá — digo, finalmente afirmando meu controle sobre Yoda. E para manter esse controle, acrescento: — Também tenho um chá que é fertilizado com esterco de urso panda, mas resolvi avisar você antes de preparar algo assim.

Pronto. O estrume não é nada sexy e os pandas recusam-se a propagar a sua espécie – o que também é um assassino do humor.

O nariz de Jane enruga. — Por que você usaria isso como fertilizante?

Eu dou de ombros. — Algo sobre os ursos digerirem apenas trinta por cento dos nutrientes do bambu selvagem. Ou talvez seja uma jogada de marketing.

— Estranho — diz Jane, depois lança um olhar para Leo e cora.

Eu verifico qual é o problema.

Terminando de comer, Leo decidiu dar um banho de língua em uma certa parte de sua anatomia para aliviar a tensão de seu encontro não consumado.

Eu limpo minha garganta. — Espero que você não se importe — digo a Jane. — Não quero envergonhá-lo por fazer isso.

— Está tudo bem — diz Jane, mantendo o olhar em qualquer coisa, menos na língua de Leo. — Ele está apenas fazendo o que todos os homens fantasiam.

Eu não consigo me segurar. — Minhas fantasias envolvem outras pessoas.

Como eu poderia ter previsto, seu rubor se aprofunda. — Leo alguma vez realmente fez sexo? — Jane pergunta em uma clara tentativa de mudar de assunto.

Eu balanço minha cabeça, Yoda de volta à ação. Não pensando em Leo fazendo sexo, é claro, mas em uma certa fêmea pequena e fofa da espécie humana fazendo isso.

— Então, por que ele está intacto? — Jane pressiona.

Ok, esse tópico também mata o humor, felizmente. — Você também nunca fez isso, mas ninguém está sugerindo que você se castre, certo?

Impossivelmente, suas bochechas ficam ainda mais vermelhas. — Acho que quando mamãe me convenceu a colocar meu DIU, o sentimento foi semelhante ao dos donos de cachorros.

Eu rio. — Eu sei que é bobagem, mas sempre me imaginei sob a faca e decidi que não poderia fazer isso com Leo. Depois de hoje, porém, posso considerar fazer uma vasectomia nele.

Jane inclina a cabeça. — Não há cachorrinhos parecidos com ovelhas para ele?

— Não. — Eu coço minha cabeça. — Eu nem tenho certeza se ele algum dia conseguirá fazer sexo. Sempre imaginei que, a menos que eu tivesse uma cadela sempre disponível para ele, deixá-lo experimentar sexo apenas o deixaria infeliz na maior parte do tempo, quando não tiver disponível.

— Oh? — Jane diz. — Isso é o seu celibato autoimposto falando?

— Talvez. — Eu suspiro. — Mas ainda assim, não se pode sentir falta do que nunca se experimentou.

As bochechas de Jane alcançam a zona infravermelha mais uma vez. — Acho que alguém *pode* sentir falta sem ter tentado.

Ela tem razão. Quando eu era adolescente, estava morrendo de vontade de fazer sexo muito antes de qualquer garota estar disposta a fazer isso comigo. Além disso, voltamos ao assunto que realmente não deveríamos abordar... por causa do Yoda.

— Acho que terei que encontrar para Leo uma cadela disposta como namorada — digo, tentando voltar aos caninos. — Tenho certeza de que existem agências que podem me ajudar.

— Certo — Jane diz timidamente. — E já que

estamos falando de desvirginização, queria te pedir um grande favor...

Não.

Não tem como ela...

— Adrian — Ela diz, olhando para baixo e corando ainda mais intensamente. — Você me defloraria grandiosamente?

CAPÍTULO 27
Jane

Não. Posso. Acreditar. Que. Acabei de. Perguntar. A. Ele.

A culpa é do piquenique, a atividade mais romântica já inventada. Ah, e a corrida anterior fez meu coração bater mais forte e meu cérebro deve ter ficado privado de oxigênio.

Até o chá celestial é cúmplice.

E a...

Espere um segundo. Por que Adrian não respondeu?

Por Júpiter! Um verdadeiro cavalheiro ficaria surdo – ou pelo menos fingiria – em vez de reconhecer que a Senhorita Miller faria uma pergunta tão indecorosa.

Sentindo como se meu coração estivesse caindo no estômago, levanto os olhos para encontrar o olhar de Adrian.

Não. Ele me ouviu *e* entendeu. Ele está apenas pensando em uma resposta.

Por que não estamos na Flórida? Um buraco no chão seria muito bem-vindo agora.

No momento em que penso em resfriar o rosto com as fatias de pepino de um dos sanduíches – ou talvez enfiar tudo goela abaixo para engasgar e morrer –, Adrian finalmente abre a boca.

— Estou muito honrado — diz ele com voz rouca. — Dito isto... não acho que seja uma boa ideia.

Suas palavras são como um chute no estômago.

De alguma forma, me encontro de pé.

— Espere — diz Adrian.

Eu não espero. Em vez disso, estou correndo. Não sei onde e não sei por quê.

Ao me aproximar do lago próximo, uma mão agarra meu ombro.

Eu me viro. — Não me toque!

— Desculpe — Adrian diz, olhando com grande preocupação para algo atrás de mim. — Por favor. Não faça nada precipitado.

Meu coração quase para quando sigo seu olhar... até um barco alugado.

Huh? — Você acha que pretendo entrar no lago? Por quê? Porque você se considera tanto assim?

Ele dá um passo para trás. — Tanto assim? O que você quer dizer?

Reviro os olhos. — Você se acha tão especial que uma rejeição sua me faria querer me afogar no corpo de água mais próximo? Devo evitar telhados também?

Ele suspira profundamente. — Eu simplesmente pensei... O lago é um lugar onde não posso seguir você.

Ah. Certo. Ele tem problemas com água. — Eu nem estava pensando em chegar perto disso.

— Bom — diz ele.

O alívio em seu rosto significa que ele se preocupa com o que acontece comigo?

Não. Ele está feliz por não ter que procurar outra candidata falsa a esposa depois que eu me afogar.

— Eu quero ficar sozinha — digo. — Eu não deveria precisar ir ao lago para conseguir isso.

— Olha, eu pedi desculpas — diz ele. — Eu não tive a intenção de ferir seus sentimentos. Só não quero comprometer nosso acordo. Nem me sinto digno de fazer o que você pediu.

— Você acertou a última — digo. — Você não é digno.

Pronto. Eu me viro e fujo novamente, e desta vez ele não me segue.

Em vez disso, ele me liga, e deixo ir para o correio de voz.

Ele também manda alguma mensagem, mas eu não leio.

Ainda estou furiosa por ele ter dito não.

Ele não entende que perguntar a ele foi o momento mais corajoso da minha vida?

Então, novamente, talvez eu não devesse ter perguntado a ele.

Isso traz o risco de bagunçar as coisas entre nós.

Inferno, nem fizemos nada e as coisas estão tensas.

Enquanto ando, sinto vergonha suficiente para matar um peixe-bolha. Da mesma forma, também me sinto *como* um peixe-bolha, ou um tamboril – ou qualquer outra coisa que vive nas profundezas mais escuras do oceano e, portanto, pode parecer tão horrível quanto quiser.

Meu telefone toca.

Ele é persistente, não é?

Tento enviar a ligação para o correio de voz quando vejo que é minha mãe quem está ligando.

Hesitando por um momento, eu atendo.

— Alô? — digo.

— O que aconteceu? — Mamãe pergunta, parecendo preocupada.

Droga, ela é boa. — O que você quer dizer?

— Você parece chateada — Ela diz.

— Eu? — Pergunto, forçando jovialidade em minha voz.

— Sim — diz mamãe. — Como naquela vez em que aquele idiota nunca te buscou para o baile.

Certo. Ela vem desempenhando o papel de minha melhor amiga há muitos anos, então, conto a ela o que aconteceu, mesmo que me sinta mais envergonhada no processo.

— Isso é um enigma — diz mamãe quando termino.

— Um enigma?

Ela suspira. — Muitas maneiras de ver as coisas, é o que quero dizer.

— Como?

— Para começar, não é legal ser tão cruel com alguém por não querer fazer sexo com você. Quando os homens fazem isso comigo, eu odeio.

— Eu não pedi apenas para ele fazer sexo — digo, ofendida. — Além disso, como estou sendo má?

— Você está recusando as ligações dele — diz ela. — E já que você é fundamental nos planos dele para a filha, ele provavelmente está muito preocupado.

Merda. Eu odeio quando mamãe tem razão.

— Vou mandar uma mensagem de volta para ele logo depois disso — digo. —, e é melhor você ter outras maneiras de encarar esse chamado enigma.

— A parte em que ele disse que não se sente digno — diz ela. — Isso é algo que apenas alguém digno diria... antes de ter certeza sobre o que sente por você.

Recebo outra mensagem de Adrian, o que aumenta a culpa que mamãe despertou em mim.

— Essa última parte não faz sentido — digo à mamãe. —, mas é melhor eu ir.

— Não se esqueça do dinheiro que está em jogo — Grita minha mãe antes que eu possa desligar.

Ótimo. Agora, ao responder, sentirei que estou fazendo isso por dinheiro.

Independentemente disso, clico em responder à sua última mensagem:

Podemos fingir que nunca perguntei nada?

Ele responde imediatamente:

Perguntou o quê?

Com um suspiro, mando uma mensagem dizendo que o verei em casa.

A Senhorita Miller notificaria o cavalheiro de que está pronta para aceitar um pedido de desculpas devidamente formulado.

Então, novamente, com base na minha conversa com mamãe, não tenho certeza se não deveria ser eu quem deveria pedir desculpas.

Não que isso fosse acontecer.

Prefiro perder todos esses milhões.

Uma nova mensagem chega, e é de mamãe – embora, dado o que ela diz, eu gostaria que o chamado conselho que ela contém viesse de outra pessoa. Qualquer outra pessoa, exceto possivelmente de Mary.

Vista-se como uma sacana em casa, é a pérola de sabedoria madura de mamãe. *Isso fará com que ele se arrependa de sua escolha – e possivelmente mude de ideia.*

As mães de outras pessoas já deram esse tipo de conselho? De alguma forma, eu duvido. Talvez nem mesmo amigos da sua idade.

O maior problema com a ideia de mamãe é que Adrian talvez não se importasse se eu andasse pela casa dele completamente nua. Claramente, sou um suporte assexuado para ele, algo que ele pode apresentar na corte. Algo que grita "Não gosto tanto de dormir com ninguém que me casei com uma esposa *não-fodível*... basta olhar para ela".

Ainda. Não é como se eu tivesse algo a perder. Na verdade, ele queria ver meu cosplay Vitoriano. Não seria necessário muito esforço para transformar uma roupa de dama em uma cortesã.

Sim. Será um pouco como o Halloween, quando minhas parceiras, mulheres, fazem todos os tipos de fantasias sensuais, de enfermeiras a gambás.

Meu humor melhora enquanto continuo pensando

nessa direção. Quando não estiver fazendo cosplay, eu poderia usar aqueles shorts que considerei muito pequenos e justos alguns anos atrás – que foi quando meu traseiro decidiu ter um surto de crescimento. Também tenho muitos sutiãs esportivos fofos e calças de ioga que posso usar.

Além disso, eu poderia ir às compras. Afinal, agora tenho um emprego e estou prestes a me tornar uma milionária.

Assim decidido, pego um Uber para a Forever 21 e compro roupas sensuais. Até compro uma lingerie rendada, caso eu me sinta ousada o suficiente para esbarrar "acidentalmente" em Adrian enquanto a uso, digamos, na cozinha à noite.

Este pode ser um pensamento pouco caridoso, mas a Senhorita Miller não consideraria algumas dessas chamadas roupas íntimas condizentes com uma mulher de moral ainda mais frouxa.

A boa notícia é que me sinto quase feliz quando termino a farra. É por isso que as mulheres acham esta atividade tão divertida? Até agora, eu só achava divertido fazer compras quando era em livrarias.

Carregada de sacolas, volto para a casa de Adrian, onde Leo me encontra e cheira todas as minhas sacolas como se tudo o que comprei fosse obviamente para ele. Enquanto vou para o meu quarto para guardar as coisas, Leo continua me cheirando.

Ah, bem. Acho que estou vestindo minha roupa Vitoriana de sacanagem na frente do cachorro.

Demora um pouco, mas Leo me observa como se eu fosse um programa de TV que ele está comendo.

— Onde está o seu pai? — Pergunto a ele quando minha roupa maligna está completa.

Nenhuma reação.

— Adrian — digo ao cachorro. — Ele está em casa?

Ao som do nome de seu humano, os ouvidos de Leo ficam animados. Ele sai trotando do meu quarto e eu o sigo até a academia.

— Ei — digo enquanto entro... e então fico boquiaberta com a vista em exibição, com água na boca – junto com outros lugares mais inomináveis.

Vestindo apenas short, Adrian está fazendo flexões.

À medida que os músculos das costas desafiam a gravidade, eles flexionam e endurecem – e o rosto é tão excitante que penso em correr para o meu quarto para poder tocar meu violino rosa. Antes que eu possa fazer isso, porém, Leo late.

Adrian termina sua flexão e se vira.

Oh, meu Deus. Ele parece ainda mais arrebatador visto de frente – e está me vencendo total e inequivocamente em meu próprio jogo, um jogo que ele nem sabia que estava jogando.

Há gotas de suor escorrendo por seu torso que quero lamber, e se alguém quisesse estudar anatomia, seus músculos brilhantes seriam a ferramenta perfeita.

Correndo o risco de parecer monótona e pouco aventureira, a Senhorita Miller ousaria dizer que toda esta situação é a própria definição de inapropriado.

— Oi — Adrian diz, e até sua voz está ainda mais

gostosa por algum motivo, rouca e lembrando chocolate To'ak.

— Oi — Respondo, tropeçando em todas aquelas letras. — O tempo estava bom no seu caminho do piquenique para casa?

— Sim. Estava bom e quente. Eu vi algumas nuvens. Uma delas tinha a forma de um homem vitruviano. — Ele me examina da cabeça aos pés. — Esta é uma das roupas Vitorianas que você mencionou?

Eu assinto.

Ele inclina a cabeça. — Eles não tinham nada parecido em *Bridgerton*.

Certo, mas eles tinham algo parecido em outro programa.

Harlots.

CAPÍTULO 28
Adrian

Não sei como chamam as peças de roupa que Jane usa, mas quero rasgar cada uma delas em pedacinhos e depois fazer com ela exatamente o que ela sugeriu há algumas horas.

Mas não posso.

Não deveria.

Tive bons motivos quando recusei, e se Yoda algum dia deixar o sangue retornar ao meu cérebro, tenho certeza de que me lembrarei quais foram esses motivos.

— Falando em *Bridgerton* — Jane diz. —, devíamos assistir mais tarde.

Espero que isso signifique que ela não está mais brava comigo. Por outro lado, ela gosta daquele programa o suficiente para assisti-lo com Hitler. De qualquer forma, eu concordo. Então, muito casualmente, pergunto: — Você ainda usará essa roupa quando nós assistirmos?

Nesse caso, é melhor eu preparar Yoda e tomar um banho frio, só para garantir.

Isso é um sorriso malicioso no rosto de Jane quando ela considera minha pergunta?

Não. Isso não faria sentido.

Finalmente, ela balança a cabeça. — Essa roupa é muito engomada para entrar, quanto mais para se sentar no sofá.

Graças à Força, Yoda vencerá.

— Eu me vesti assim porque queria ganhar aquele milhão de dólares extra — Acrescenta Jane, parecendo estranhamente culpada.

— Você receberá seu dinheiro — Eu a tranquilizo. Será bem gasto porque não é todo dia que você muda de paradigma. Até este momento, eu não achava que as mulheres Vitorianas pudessem ser sensuais. Além de serem afetadas e pudicas, elas não tomavam banho e cobriam cada centímetro de seus corpos. Agora, porém, gostaria que Jane e eu pudéssemos interpretar um pouco, com ela como uma dama e eu como...

— Tudo bem — diz Jane. — Volte ao seu treino.

Encolho os ombros, mas vejo no espelho que ela não vai embora, provavelmente porque quer saber como usar todo o equipamento quando chegar a hora de fazer exercícios. Para esse fim, sei que seria educado me oferecer para malharmos juntos, mas não acho que conseguirei fazer isso sem um caso sério de bolas azuis.

Então, eu trabalho minhas costas como normalmente faria, depois tríceps, e assim que termino a última série, Jane foge.

Hum. Olho para Leo, que acorda da vigésima soneca do dia.

— Jane achou que eu não sabia que ela estava lá o tempo todo? — Pergunto-lhe.

Leo inclina a cabeça.

Os humanos complicam demais as coisas. Finja que ela é uma poodle no cio e monte nela. Suave como manteiga de amendoim não crocante.

Entro no chuveiro e pratico Yoda ioga para o caso de Jane esquecer de se trocar. E, cara, estou feliz por ter tomado essa precaução, porque quando encontro Jane na sala, ela está usando uma roupa ainda mais sexy que a anterior, com muita pele clara e lambível exposta.

— Eu me troquei — diz ela quando percebe que estou olhando para ela. — como você pediu.

Não exatamente como pedi, mas não posso dizer isso a ela.

— Vamos assistir — digo e me jogo no sofá.

Ela se senta ao meu lado e começamos a assistir à Netflix – comigo estando tudo, menos tranquilo. Na verdade, estar com Jane assim é muito difícil – em muitos sentidos da palavra. Mal posso esperar até o show acabar para poder passar algum tempo a sós com Yoda. De novo.

— O que você acha? — Jane pergunta quando os créditos aparecem na segunda temporada.

— Acho que sei por que os Vitorianos tinham todas aquelas regras rígidas relacionadas ao sexo.

Merda. Tópico ruim.

— Religião? — Jane pergunta, concentrando toda a sua atenção em mim.

Eu balanço minha cabeça. — Falta de internet e, portanto, de pornografia.

Opa. Sério, geralmente tenho um filtro entre minha boca e meu cérebro.

Jane estreita ligeiramente os olhos e forma um ponto de interrogação na sobrancelha esquerda.

— Sem pornografia, haveria menos masturbação — Explico, porque estou comprometido com isso agora. — Sem masturbação, as pessoas ficavam muito mais excitadas. Daí os homens enlouquecerem ao verem um flash de um tornozelo.

Falando em tornozelos, os de Jane são extremamente delicados e bonitos, me fazendo pensar se beijá-los iria...

— Poucas pessoas realmente usavam a internet antes do início dos anos 90 — Rebate Jane. — No entanto, houve todo aquele negócio de amor gratuito nos anos sessenta.

— Claro, mas naquela época havia pornografia — digo, parecendo menos seguro de mim mesmo. — Em fitas, ou como fotos antes disso.

— Eles tinham pornografia como fotos na época Vitoriana — diz Jane, triunfante. — Então lá se vai a sua teoria.

Hum. Eles não precisavam posar por horas para fotos naquela época? Aposto que as pobres meninas ficariam com frio sentadas nuas por tanto tempo. Ainda assim, Jane tem razão. Parece que a masturbação não é a chave de *tudo*, mesmo que pareça ser no momento.

Atrapalhando meu julgamento, Yoda está.

Jane se levanta, me presenteando com suas pernas bem torneadas. — Boa noite.

Com isso, ela se afasta, me deixando sentado e esperando até que Yoda se acalme o suficiente para eu poder andar.

No dia seguinte, busco Jane para ir à prefeitura. O tempo todo, ela só fala comigo sobre o tempo. Tanta coisa na minha esperança de que ela não estivesse mais brava com a minha recusa à sua oferta generosa.

Para ser sincero, também estou bravo comigo mesmo. Talvez pudéssemos fazer com que funcionasse de alguma forma. Talvez o risco não seja tão grande.

Não.

Devo permanecer forte.

Além disso, Jane provavelmente se sentiu insultada, então é improvável que ela me dê outra chance de fazer seu GD.

Para comprovar esse último ponto, na volta, o clima ainda é o assunto principal.

Para testar o terreno, digo: — A previsão é particularmente boa para amanhã. Você gostaria de fazer outro piquenique?

Ela franze os lábios. — Grande dia na biblioteca. Duvido que consiga fugir.

Tradução: ela definitivamente ainda está brava comigo. A julgar pela reação dela da última vez, os piqueniques são sua erva-dos-gatos.

— É justo — digo. Antes de voltarmos a discutir a velocidade do vento, a umidade ou o índice UV, acrescento: — Marquei uma data para o casamento. — Na verdade, ainda não tive notícias do meu pessoal, mas quero selar o acordo antes que Jane decida que está tão chateada com a recusa de GD que queira desistir.

— Oh — Jane diz sem qualquer entusiasmo. — Quando é o grande dia?

— No primeiro sábado do mês que vem — digo, imaginando que será o mais rápido que a organizadora do evento poderá organizar um casamento. — Será tempo suficiente para você convidar quem quiser para a cerimônia?

Ela franze a testa. — Tenho que convidar alguém?

— Acho que não, mas isso deveria parecer um casamento de verdade.

Ela suspira. — Você tem razão. Além disso, a vovó não me perdoaria se não recebesse um convite.

— Temos uma organizadora — digo. — Ela cuidará de coisas como convites. Basta me enviar por e-mail os nomes e endereços de seu pessoal.

Jane pega o telefone, compila uma lista e a envia para mim. Passo para a organizadora e tento puxar conversa de verdade com Jane, mas acabo falando sobre o tempo novamente.

Quando Jane chega em casa naquela noite, ela veste calça de ioga e um top esportivo que me deixa louco, então fico quase feliz quando ela me diz que não quer assistir TV juntos. Teria sido uma tortura extraordinária se ela tivesse dito sim.

Ainda assim, sua recusa prova, sem sombra de dúvida, que ela está chateada comigo – e só se juntou a mim ontem à noite porque ainda tínhamos a segunda temporada de *Bridgerton* para terminar. Agora que isso acabou, ela está chateada demais comigo para assistir a qualquer outra coisa.

Hum. Eu me pergunto quanto custaria pagar à Netflix para acelerar as filmagens da próxima temporada. Jane não seria capaz de resistir a *isso*...

Eu procuro. Eles pagaram sete milhões por episódio. Eu poderia pagar por isso. Então, de novo...

A linha germinal de uma ideia ganha vida.

E se eu fizesse meu próprio programa, muito parecido com *Bridgerton*? Melhor ainda, por que não fazer disso um filme? Não existem muitos filmes de romance histórico muito bons no mercado. Se der certo, sempre poderá ser transformado em um show. Mais importante ainda, Jane não resistiria em falar sobre isso comigo.

Animado, vou para meu estúdio e começo minha pesquisa.

No dia seguinte, meu relacionamento com Jane ainda não melhorou. Ela não quer ficar comigo, embora esteja usando outra roupa Vitoriana que me deixa louco.

Falando em coisas vitorianas, como meu filme imitador de *Bridgerton* está em sua fase inicial, não mencionei isso a ela ainda. Tenho muito mais trabalho a fazer antes que valha a pena discutir algo. Na verdade, agora que comecei, uma parte de mim quer manter isso em segredo e apenas mostrar a ela o produto quando terminar. De qualquer forma, meu foco será no filme durante a próxima semana, já que Jane está determinada a me evitar.

Ela claramente ainda está chateada comigo. No entanto, temos trechos de conversa aqui e ali, e quando Piper chega, Jane passa um tempo conosco – o que me faz lamentar ainda mais minha recusa em GD.

Ela não estava se gabando quando disse que era boa com bebês.

— Sua coisinha doce — Ela murmura, balançando Piper para frente e para trás enquanto minha filha agarra seu cabelo com seu punho gordinho. — Vamos arrotar e fazê-la se sentir melhor, por que não?

E enquanto observo com espanto, meu bebê agitado sorri para ela angelicalmente e solta um arroto muito elegante, de alguma forma mantendo todo o seu leite no estômago no processo.

Sério, Jane é uma encantadora de bebês ou o quê?

Piper ou se recusa a arrotar comigo direito, ou vomita na metade das vezes.

— Você precisa me ensinar como fazer isso — digo enquanto Jane devolve minha filha – alimentada, arrotada e trocada – de volta para mim. — Há um truque para isso, certo?

Ela sorri. — Sim, e é ter uma irmã muito mais nova e uma mãe que insiste que você seja babá. Aqui, deixe-me mostrar-lhe.

Ela demonstra sua técnica em um ursinho de pelúcia, e eu gravo isso em minha memória – como faço tudo relacionado a Jane atualmente. Simplesmente não consigo tirá-la da cabeça, e não apenas porque, na semana anterior ao casamento, Yoda está pronto para se juntar ao lado negro da Força graças aos seus trajes, que são ridiculamente sensuais mesmo quando não são Vitorianos.

As bibliotecárias não deveriam se vestir de maneira chata? Porque a minha não.

Meu novo projeto não ajuda. Para entender melhor o gênero de romance histórico, comprei vários livros de que Jane gosta e os tenho lido compulsivamente. Acontece que esses livros estão repletos de cenas sensuais, a maioria das quais apresentando uma heroína virginal.

Sim. Isso mesmo.

Recusei-me a participar de um GD e agora estou lendo tudo sobre eles – uma atividade que tem em mim um efeito semelhante ao que a leitura de livros de receitas teria em um homem faminto.

CAPÍTULO 29
Jane

O inferno às vezes é descrito como um lugar onde seus desejos não são realizados. Por exemplo, os glutões estão rodeados de comidas deliciosas que não podem comer, ou os bêbados nadam em bebidas alcoólicas que não podem consumir. Bem, não sou viciada em sexo, longe disso, mas as semanas que antecederam o casamento me fizeram sentir como uma... na minha versão particular do inferno.

Aparentemente, malhar não é a única coisa que Adrian faz sem camisa. Ele não usa camisa quando vai até a geladeira à noite, ou quando toma sol no terraço da cobertura, ou quando brinca na piscina de bolinhas com Leo. E não vamos esquecer seu toque pele a pele sem camisa com Piper, é claro.

Esse último é o motivo pelo qual estou começando a esquecer a dor de sua rejeição. Quanto mais tempo passo com o bebê, mais me apaixono por ela, e isso me faz pensar que Adrian estava certo em dizer não à minha proposta de GD.

Todo esse casamento é pelo bem de Piper, e quase estraguei tudo, mesmo com ele dizendo não.

À medida que nos aproximamos do casamento, nem tenho tempo para pensar no meu GD. Quando não estou trabalhando, passo a maior parte do tempo escolhendo um vestido e entrando em contato com a organizadora do casamento (que parece obedecer à opinião da noiva sobre quase tudo).

Antes que eu perceba, chega o dia do casamento. Enquanto faço meu cabelo, unhas e maquiagem profissionalmente, um frio na barriga ganha vida e, no momento em que coloco meu vestido de noiva, tenho um grande caso de nervosismo... como se eu fosse uma noiva de verdade.

O que eu não sou.

Tenho que me lembrar disso sempre que coloco minhas lentes de contato – algo que só faço em ocasiões especiais.

Estou tão ocupada fazendo isso que nem percebo quando mamãe, Mary e vovó se juntam a mim no provador. Só percebo que elas estão lá quando as três começam a soluçar.

— Quem morreu? — Pergunto.

— Você está tão linda — diz Mary, fungando. —, como uma princesa.

— Você não é mais meu bebezinho — Mamãe murmura por causa de um soluço.

— E eu sou uma chorona social — diz a vovó, assoando o nariz. — Sempre fui.

— Posso ir? — Pergunto à Sra. Dubois e ao resto da equipe me-deixe-glamourosa.

A Sra. Dubois me olha com seu olhar supercrítico e balança a cabeça, embora de má vontade. — Ainda gostaria de ter seis meses — diz ela, com seu sotaque francês com força total. — Mas dadas as restrições atuais, você parece bastante decente.

Mary bufa. — Especialmente se por 'decente' você quer dizer 'parecida com uma princesa da Disney'.

— Ou 'como uma rainha' — Acrescenta mamãe.

Resisto à tentação de salientar que foi, de fato, a Rainha Vitória quem colocou o agora familiar vestido branco no mapa das inúmeras noivas após ela.

A porta se abre e a organizadora do evento entra correndo, parecendo em pânico – embora esse pareça ser seu estado de ser padrão. — A limusine está aqui — Ela diz. — Precisamos da noiva na igreja. Câmbio.

— Malditos amadores — A Sra. Dubois murmura. Percebendo o olhar severo de minha avó, ela acrescenta: — Perdoe meu francês.

Deixo-me levar para dentro da limusine e, quando o carro está a caminho, mamãe pergunta: — Por que a Igreja de St. George? Não acho que seja o maior ou o mais significativo do ponto de vista arquitetônico.

Eu sorrio. — Se o casamento de hoje tivesse um tema, seria 'romance histórico'.

— Ainda não entendi — diz mamãe.

Reviro os olhos. — Se você tivesse lido os livros que

venho recomendando, notaria que todos os casamentos da moda da alta sociedade aconteciam em St. George.

— Mas em Londres — diz mamãe.

Eu dou de ombros. — Achei que seria mais fácil reservar esta St. George no curto prazo. Ou você queria voar hoje?

Mamãe balança a cabeça. — Qualquer coisa que te faça feliz.

— Na verdade, um casamento rápido e indefinido me deixaria feliz — digo. — Do tipo que existe em Las Vegas ou na Prefeitura.

— Se você fizesse isso, não seria capaz de fazer um tema de romance histórico — diz mamãe.

Eu franzo meus lábios. — Poderíamos ter interpretado. Nos meus romances, eles têm casamentos rápidos o tempo todo. Se a heroína estiver grávida, por exemplo, o herói apenas obterá uma Licença Especial do Arcebispo de Canterbury.

Eu fiz algumas pesquisas sobre isso e, no mundo real, essa licença era concedida com pouca frequência e não levianamente - em contraste com meus livros, onde obter a licença não é tão especial.

— Então é o noivo quem quer que seja chique? — Vovó pergunta. — Não era assim que funcionava na minha época.

— Jane também — Mary diz conspirativamente. — Ela só quer que pensemos que ela está acima dessas coisas.

A limusine para naquele momento, o que é bom,

porque não tenho uma resposta espirituosa para essa afirmação.

— Não saiam do carro — digo a todas enquanto elas alcançam as portas. — Precisamos esperar pela segurança.

— Segurança? — Vovó olha pela janela com uma expressão preocupada.

Eu suspiro. — Os tabloides estão interessados no nosso... quero dizer, no casamento de Adrian. Haverá paparazzi do lado de fora da igreja e do hotel onde será realizada a recepção.

— Oh. — Vovó sorri. — Que legal.

Não estou nem um pouco animada. Não sei por que, mas me sinto enjoada sabendo que Adrian realmente quer aquelas fotos para que o mundo inteiro saiba sobre o casamento. A segurança é apenas para fins de aparência. Os paparazzi ainda vão tirar um monte de fotos de nós dois. Na verdade, a última vez que Adrian e eu tivemos um tête-à-tête sem relação com o tempo, ele me disse que sua equipe de segurança descobriu que alguns supostos jornalistas se infiltraram na equipe do bufê e se passariam por garçons e coisas do gênero para que eles possam mais tarde relatar sobre o casamento.

A porta da limusine se abre e fico cego pelos flashes das câmeras enquanto a equipe de segurança nos conduz por um tapete vermelho até a igreja.

Alguém cobre meu rosto com um véu, então minha visibilidade fica limitada.

— Eu acompanho você — Mamãe diz solenemente, como se estivesse lendo minha mente.

Entramos no salão principal da igreja. O lugar está lotado, mas é difícil discernir os convidados por trás do véu, embora eu ache que reconheço o prefeito da cidade, alguns atores famosos e até mesmo o bilionário que apareceu recentemente nos jornais porque planeja fazer uma viagem para a lua.

Sim. Esta é a versão moderna da alta sociedade.

Uma orquestra ao vivo começa a tocar "Marcha Nupcial".

Meu batimento cardíaco dispara.

O nome oficial desta música é "Bridal Chorus" e faz parte de uma ópera chamada *Lohengrin*, de Richard Wagner (que teve a duvidosa honra de ser um dos compositores favoritos de Hitler). Foi tocada durante o casamento da filha da Rainha Vitória (também Vitória) e tem sido associada a casamentos desde então – apesar de, na ópera, ter sido cantada quando o casal entrava na câmara nupcial, e não quando a noiva (Elsa – sem quaisquer poderes relacionados à neve) caminhou pela igreja. Vale ressaltar também que na referida ópera, ao ser separada do novo marido, Elsa morre de tristeza.

Então, sim. Não sei por que todo mundo usa essa música, dadas as associações, mas no meu caso, parece adequada.

Eu sei de antemão que Adrian e eu vamos nos divorciar, então é melhor proteger meu coração para não acabar como a pobre Elsa.

CAPÍTULO 30
Adrian

Caralho. Mesmo com o véu obscurecendo suas feições, Jane está lindamente radiante enquanto flutua majestosamente pelo corredor.

Minha respiração acelera – e tenho que me lembrar pela enésima vez que isso não é real.

É apenas um show para a próxima audiência.

Minhas emoções estão confusas por causa do quão realista tudo isso parece.

Clique.

Pronto. Era alguém tirando uma foto – provavelmente um dos paparazzi que pensa que foi sua discrição que os ajudou a se infiltrar neste casamento, e não minha equipe de segurança fazendo vista grossa.

Olho para a minha direita, onde minha melhor segurança/babá do mundo está segurando Piper, suas costas largas bloqueando as fotos como eu a instruí a fazer.

Jane e eu não temos escolha a não ser acabar nos tabloides, mas a privacidade da minha filha não será violada.

Viro-me para Jane assim que ela me alcança e vejo que ela parece emocionada, o que me faz querer cancelar tudo e dar-lhe um grande abraço.

Mas não.

O show tem que continuar.

— Amados — diz o padre. Ou ele é um bispo? —, estamos reunidos hoje...

Jane levanta o véu e vê-la é como o nascer do sol durante um apocalipse de vampiros.

O bispo continua seu discurso. Escuto apenas pela metade até chegarmos à parte dos votos, e ele faz Jane dizer algo que presumo que ela mesma tenha escolhido em seu repertório Vitoriano.

Entre outras coisas, Jane promete "me obedecer", o que soa vagamente BDSM.

Gostar disso, Yoda o faz.

— Você pode beijar a noiva — diz finalmente o bispo.

Coloco minha mão na parte inferior das costas de Jane e a puxo para mim, o cheiro de goiaba com um toque sutil de begônia fazendo minha cabeça girar.

À medida que olhamos profundamente nos olhos um do outro, os dela brilham – e as câmeras começam a clicar no momento em que mergulho a cabeça e reivindico sua boca.

A igreja parece desaparecer. Os lábios de Jane são macios, flexíveis e têm gosto de morango. Ela também está retribuindo o beijo com uma ansiedade nada virginal, e pode ser por isso que eu aprofundo o beijo, invadindo sua boca com minha língua do jeito que gostaria de fazer com meu...

O bispo limpa a garganta com raiva.

Empata-foda.

Quando me afasto de Jane, a multidão na igreja enlouquece, aplaudindo, vibrando e assobiando.

Entre esse beijo e a lendária suíte de lua de mel que reservamos no hotel, ninguém terá dúvidas de que Jane e eu vamos consumar esse casamento.

Mas, claro, não o faremos. Eu tenho que lembrar a mim mesmo (e ao Yoda) disso.

— A carruagem está pronta — A segurança que segura Piper sussurra em voz alta.

Beijo minha filha, aceno para a família de Jane, depois pego minha nova esposa pela mão e a levo pela igreja.

As pessoas nos jogam pétalas de rosas enquanto avançamos. Não era para ser arroz? Deve ser algo de romance histórico, assim como a carruagem puxada por cavalos lá fora, com um monte de panelas e frigideiras velhas presas ao para-choque traseiro.

— Você vai ficar de olho em Piper? — Pergunto à minha nova sogra antes que ela siga o bebê e sua guarda-costas até a limusine.

— Será um prazer — diz ela com um largo sorriso. — Aproveite o passeio.

Eu sorrio para Jane. — Qual é a sensação de ser a Sra. Westfield?

Jane umedece os lábios inchados pelo beijo, mas antes de responder, a carruagem começa a se mover, criando um barulho horrível que poderia ensurdecer um cadáver.

— Sinto muito — Jane grita acima do clamor. — As panelas me pareceram uma boa ideia quando li sobre elas em meus livros. — Ou pelo menos acho que é o que ela diz.

Seguimos em frente e muitas pessoas olham para nós e tiram fotos – o que é um benefício imprevisto do barulho. A cacofonia também tem outra vantagem. Isso ameniza algumas das emoções despertadas por aquele beijo muito real. Preciso disso, para ficar mais calmo, se quiser sobreviver ao primeiro baile e ao resto das atividades que planejamos.

Depois do que parece ser uma hora de tortura nos ouvidos, finalmente paramos.

— Uau — diz Jane. — Você não estava brincando. Este lugar se encaixa perfeitamente no tema.

Eu orgulhosamente estufo meu peito. O Palace Hotel foi uma das minhas poucas contribuições para os planos do casamento. Fiz algumas pesquisas e encontrei uma lista de locais onde ocorreu um casamento real de verdade.

Ah, e a melhor parte é que parece o que o nome sugere: um palácio.

Quando entramos no saguão, Jane vê os carregadores e sorri. Eu sorrio também. Os caras estão vestindo fantasias estilo cosplay que incluem capas, bicórneos e pantalonas brilhantes.

— Se eu fosse o dono, teria parado nos papagaios — Sussurro para Jane enquanto observo os pássaros que enchem o saguão. — Os pavões são um pouco clichê.

— Eu amo tudo isso — diz ela, olhando boquiaberta para um dos ditos pavões. — Este é o mais próximo que você pode chegar de um casamento de conto de fadas.

Estou feliz que ela pense assim. Reservar este lugar não era apenas uma questão de dinheiro. É preciso solicitar o Palace com bastante antecedência, o que eu não fiz, então tive que atrair o casal que ocupava a data de hoje com um casamento no The Pikaia Lodge, no Equador.

— Sr. Westfield? — Pergunta um dos caras vestidos de bicórneo.

Eu assinto.

O cara pega um walkie-talkie para chamar Kevin, o fotógrafo que contratei.

Jane ri quando vê Kevin, e eu sorrio também. Kevin parece ter levado o tema do casamento um pouco a sério porque está vestido como uma espécie de duque e até segura um monóculo nos olhos quando nos examina, plebeus.

Presumo que Kevin aprova de má vontade o que vê porque acena para que o sigamos.

Quando entramos na sala gigante onde acontecerá o ensaio fotográfico, todos que têm a honra de estar no álbum de casamento já estão nos esperando – inclusive Leo, que está ao lado de seu novo passeador de cães (homem).

Ao avistar a grande tela verde nos fundos, Jane me olha de soslaio.

— Para que possamos criar qualquer plano de fundo que quisermos — Explico. — Não se preocupe, parecerá tão realista que todos pensarão que estávamos naquele local.

— Um deles pode ser o Hyde Park? — Jane pergunta. Olhando para o resto do nosso grupo, ela explica: — É onde os membros da aristocracia britânica costumavam frequentar na época Vitoriana.

Kevin olha para Jane com altivez através do monóculo. — 'Qualquer' local histórico obviamente inclui o Hyde Park e todos os outros parques.

Eu limpo minha garganta com raiva. — Kevin, você não é realmente um duque.

Parecendo envergonhado, o fotógrafo guarda o monóculo e pega a câmera. Num tom muito mais respeitoso, ele diz: — Por que não começamos pela família da noiva?

A avó de Jane – qual era o nome dela? – e sua irmã, Mary, correm até onde Kevin aponta. A mãe de Jane, Georgiana, vem até mim, com a segurança de Piper em seu encalço. Com grande relutância, Georgiana coloca Piper de volta em meus braços.

— Sinto que ela já faz parte da nossa família — diz ela com um suspiro.

Seguro Piper contra o peito e sinto uma montanha-russa de emoções conflitantes. Amor e contentamento vencem a mistura – porque eu os sinto fortemente sempre que estou na presença de minha filha. Mas há notas de saudade e inveja em meu peito também porque Jane tem toda essa família com ela, e Piper é o único membro da minha.

— Ela pode aparecer nas fotos com você — digo e me forço a oferecer Piper de volta.

Radiante de felicidade, Georgiana agarra o bebê e se reúne com a turma de Jane.

Leo arrasta seu novo supervisor e depois enfia o nariz molhado na palma da minha mão, de forma tranquilizadora.

Você não tem apenas Piper. Você também me tem.

Sorrindo, acaricio meu melhor amigo que parece uma ovelha. Falando em amigos, Bernard, Warren e Michael estão vindo em minha direção.

Instantaneamente, minha festa de autopiedade acabou. As outras crianças da escola preparatória chamavam nosso grupo de Os Quatro Mosqueteiros, e isso se encaixa porque nos metemos em tantas encrencas quanto os famosos personagens de Dumas.

— Não acredito que você está com as bolas algemadas — Michael diz em voz baixa o suficiente para que apenas nós quatro possamos ouvi-lo.

— E voluntariamente também — Acrescenta Bernard.

— E onde ela encontrou algemas tão pequenas? — Michael continua.

— Suspeito que ela tenha algo contra ele — Warren diz aos outros com falsa preocupação.

— Oh, merda — Bernard me diz conspirativamente.

— Pisque duas vezes se ela tiver uma bomba no seu traseiro.

— Ou qualquer outro buraco — Acrescenta Michael.

— Você é um buraco sem fundo — digo. — Todos vocês três são.

— Esse é o insulto mais fraco da história dos insultos — diz Michael.

Outros homens adultos voltam a ser adolescentes quando ficam juntos assim, não importa quantos anos se passaram? Qualquer pessoa que conheça esses três como são agora não acreditaria nas palavras que saem de suas bocas altamente respeitadas.

— Espere um segundo — diz Michael com um sorriso. — Ela é o robô sexual que você sempre quis inventar?

— Por que ele se casaria com seu robô sexual? — Warren pergunta. — A beleza de um robô sexual é que você não precisa de uma esposa. Ou uma namorada.

— Chega — diz Bernard. Em um tom mais sério, ele me pergunta: — Você está amarelando?

— Amarelando? — Exclama Michael. — Sem chance! Aposto que ele inventou algo especial só para isso e o está usando agora.

Eu me desligo do resto das brincadeiras e assisto à sessão de fotos até que Kevin pede para nós quatro irmos até a tela verde.

— Não brinquem durante as filmagens — digo aos meus amigos em um tom que, esperançosamente, transmite minha capacidade – e vontade – de chutar o culpado nas bolas.

Eles entendem a mensagem ou se lembram de quem realmente são e se comportam com dignidade quando a filmagem começa.

O único problema é que os sorrisos deles são falsos, mas quem se importa, certo?

De repente, Leo solta sua coleira, se liberta do novo andador e vai direto para a virilha de Kevin.

Como as bolas machucadas ainda estão em minha mente, eu me encolho.

Só que Leo não está interessado em causar dor a Kevin.

Bem, não física, de qualquer maneira.

O que Leo faz é cheirar bem. Uma fungada alta o suficiente para os gatos da vizinhança ouvirem e se abrigarem.

— Uau — diz Bernard. — O cachorro está com a cabeça toda lá dentro.

— Você acha que o fotógrafo carrega bacon na bunda? — Michael pergunta.

— Agrupem-se novamente — diz Kevin para nós quatro, agindo como se nada estivesse acontecendo.

Trocamos olhares e depois fazemos o que Kevin diz. Quero dizer, Leo fica feliz em continuar farejando, e se Kevin quer um cachorro na virilha, quem somos nós para julgar?

Ah, e nem é preciso dizer que os sorrisos nas próximas fotos são bastante genuínos.

Quando a filmagem dos amigos termina, fico com

pena de Kevin e levo Leo de volta ao treinador que será substituído em breve.

— Tudo bem — Kevin diz com uma solenidade que você não esperaria de um cara que acabou de ter sua dignidade farejada por um nariz grande e molhado. — Agora, os recém-casados.

Assim que meus amigos vão embora, Jane flutua para o meu lado, parecendo igualmente linda e impressionada.

— Gosto de começar as fotos dos noivos com a pose d'O Olhar — diz Kevin. — É aquela em que o casal se olha profundamente nos olhos. É um ótimo aquecimento para o que se segue.

Obedecendo, encontro os olhos de Jane e instantaneamente me perco em suas profundezas âmbar. Como se estivesse ao longe, ouço Kevin dizer: — Peguei. Perfeito. Agora vamos fazer a próxima pose... O Beijo.

CAPÍTULO 31
Jane

Outro beijo?

Com Adrian?

Ainda não me recuperei daquele da igreja – a melhor coisa que já aconteceu aos meus lábios... e de tudo relacionado a eles também.

Aquele beijo foi tão devastador que tive que me lembrar que esse casamento é falso desde então. É por isso que, se nos beijarmos de novo, acho que não...

Os lábios de Adrian tocam os meus e minhas ruminações entram em curto-circuito. Tudo o que sinto é sua língua penetrando suavemente em minha boca, sua mão na parte inferior das minhas costas, seu hálito quente...

— Vire-a mais para a direita — diz uma voz - a de Kevin? –, e mesmo isso não parece estragar o momento.

Adrian continua me beijando enquanto me sinto

sendo deliciosamente ajeitada para uma posição mais fotogênica.

— Ótimo — diz Kevin. — Assim.

Adrian aprofunda o beijo e sinto como se estivesse flutuando para fora do meu corpo, como se meus lábios fossem a única parte física de mim, enquanto o resto se torna tão leve quanto o fantasma de um balão de hélio.

A Senhorita Miller – ou melhor, a Sra. Westfield – acha essa demonstração pública de afeto desajeitada, mesmo quando realizada com o marido legalmente casado. A menos, claro, que este seja o início de uma cerimônia de casamento para acrescentar legitimidade ao casamento, caso em que deverá proceder rapidamente.

— É isso — diz Kevin.

Adrian não para, nem eu.

Há risadas na sala.

Kevin limpa a garganta algumas vezes.

Para minha grande decepção, Adrian se afasta suavemente.

Trazendo minha mão aos lábios, recupero o fôlego.

Minha mãe e minha avó piscam para mim enquanto minha irmã faz uma cara de nojo. Um dos amigos de Adrian nos diz para guardar alguns para a noite de núpcias.

Falando nesses amigos, eles são quase tão gostosos quanto o próprio Adrian – e ele próprio é uma referência bem alta. Será isso uma prova de que os ricos estão secretamente manipulando geneticamente os seus descendentes para terem boa aparência? É uma conspiração melhor do que aquela sobre Elvis caminhando na lua em vez de Neil Armstrong.

— Tome um pouco de ar — Kevin diz para Adrian. — Vou fazer algumas poses exclusivas com Jane.

E ele faz isso, primeiro tirando algumas fotos minhas fingindo escrever meus votos, depois aquelas em que calço os sapatos. Em seguida, um buquê gigante é trazido e Kevin tira uma foto minha olhando para ele como uma cabra faminta.

No momento em que mostro meu véu e a cauda do vestido, estou um pouco recuperada do beijo, e bem a tempo porque Kevin anuncia que quer que façamos uma coisa chamada pose V, e que isso envolve Adrian.

— Fiquem um ao lado do outro — Ordena Kevin. — Quadris se tocando.

Assim que obedecemos, minha respiração fica mais pesada.

— Testas se tocando — diz Kevin.

Ele acabou de dizer...

De fato. Adrian se inclina, olha calorosamente nos meus olhos e agarra minha mão.

Oh, meu Deus. Ainda sou virgem? Com toda a sensação na minha calcinha, não tenho mais tanta certeza.

— Agora vamos fazer O Monte — diz Kevin. — Jane, você olha para longe, como se estivesse vendo seu futuro juntos. Adrian, fique atrás dela e envolva-a em seus braços. Então olhe para esse mesmo futuro.

Minha mãe e minha avó fazem *ooh* e *ahh* enquanto os amigos de Adrian dizem algo sarcástico.

Quando seus braços me envolvem, eu derreto como a Bruxa Má.

— Agora, pegue o véu — diz Kevin. —, e aconcheguem-se embaixo dele.

Isto é falso.

Tudo falso.

— Beije o ombro dela e colocaremos uma varanda atrás de você — diz Kevin.

Falso, digo a mim mesma.

Encostando testas.

Falso.

Beijo na testa.

Falso.

Beijo por trás.

Falso ou não, se Kevin não parar logo, a próxima pose se chamará Jane-Escala-Adrian-como-uma-Árvore.

CAPÍTULO 32
Adrian

Como é chamada essa pose? Estilo cachorrinho voltado para baixo? Duro como uma montanha? Galo provoca golfinho?

Não tenho ideia, mas há uma chance muito real de acabar com o pior caso de bolas azuis já registrado por um noivo no dia de seu casamento. No entanto, a tortura pela excitação continua pelo que parecem horas. Finalmente, quando Yoda está prestes a explodir, Kevin diz que tem todas as fotos que precisa.

Perfeito. Há tempo para eu passar pela suíte de lua de mel e tomar um banho gelado?

Não. A organizadora do casamento entra correndo, ofegante, e nos informa que estamos atrasados para os preparativos para a entrada solene.

Pego a mão de Jane enquanto somos levados para fora da sala, e então nos "preparamos", o que era um eufemismo para ouvir uma palestra chata e esperar. Finalmente, o DJ anuncia que o Sr. e a Sra. Westfield estão prestes a caminhar juntos pela primeira vez, e entramos sob aplausos e sorrisos por toda parte.

Enquanto estamos sentados em nossos lugares honorários – feitos para parecerem tronos, é claro – vejo o queixo de Jane cair. Ah. Ela percebeu. Demorou um pouco, mas lá estão eles – alguns dos atores do elenco de *Bridgerton*, vestidos com as roupas do show.

Antes que Jane possa se recuperar, o DJ fala.

— E agora, os noivos terão sua primeira dança... a valsa.

Corando, Jane sorri para mim.

Eu me levanto e estendo minha mão para ela. Logo, para grande desconforto de Yoda, começamos a valsar.

— Eu mencionei que isso é como um casamento de conto de fadas? — Jane sussurra em meu ouvido depois de girar.

— Talvez uma vez — Sussurro de volta, e preciso de toda a minha força de vontade para não mordiscar seu delicado lóbulo da orelha.

— Bem, é — Ela diz. — Quando eu me casar de verdade, não vou nem me preocupar com cerimônia porque não tem como comparar. Vou até a Prefeitura e darei o dia como encerrado.

Odeio a ideia de ela se casar com alguém que não eu. O que há de errado comigo? Seja o que for, é um grande problema porque, além de ficar com ciúmes, sussurro: — Os paparazzi secretos estão tirando fotos. Você se importaria de outro beijo para as câmeras?

O que eu estou fazendo? Não tenho evidências de

que os paparazzi estejam realmente tirando fotos agora. É quase como se eu estivesse tentando...

Jane umedece os lábios, cora e balança a cabeça.

Caralho.

Eu me inclino.

Jane fica na ponta dos pés.

A multidão fica em silêncio.

Nós beijamos. Assim como nas duas vezes anteriores, é transcendente. Melhor do que qualquer sexo que já tive.

Minha percepção do tempo sai pela janela. Não tenho ideia de quanto tempo a beijo, explorando cada fenda sedosa de sua boca, saboreando a suavidade de seus lábios, inalando seu hálito doce e perfumado. Só quando a música da valsa para e todos batem palmas estrondosamente é que saio do transe e me afasto de Jane.

— Oh, meu Deus — Jane suspira. — Eu preciso de uma bebida.

— Boa ideia. — Eu a levo de volta aos nossos tronos, abro uma garrafa de champanhe e sirvo uma taça para cada um de nós.

— E agora — Anuncia o DJ —, o padrinho fará um discurso.

Padrinho? Eu me pergunto quem tem coragem de reivindicar...

Claro.

Michael fica de pé.

Engulo minha taça, sirvo outra e repito o processo.

— Eu gostaria de contar uma história sobre como Adrian é atencioso — diz Michael.

Cacete. Não essa história novamente. Bebo outra taça de champanhe e encho a taça de Jane. Talvez se ela estiver tonta, não prestará muita atenção ao que está por vir.

— Na época da escola, visitávamos muito o quarto dele — Continua Michael. — Foi assim que descobri o que desde então chamei de O Diário[1] – mas, por favor, não o confunda com o filme indutor de vômito de nome parecido. No Diário, Adrian manteve registros cuidadosos das coisas que as garotas com quem ele namorou gostavam e não gostavam. — Ele pega seu telefone. — Ainda tenho fotos das melhores páginas e gostaria de compartilhá-las com todos, mas especialmente com Jane.

À medida que Michael prossegue, Jane se inclina e sussurra: — Alguma coisa disso é verdade?

Eu aceno com tristeza. — É o inventor em mim, eu acho. Sempre quero a melhor maneira de fazer as coisas. A mais eficiente. A...

A risada alta abafa minhas próximas palavras.

Claro. Michael chegou ao ponto no diário em que escrevi minhas reflexões cuidadosas sobre o assunto sexo anal.

---

1. [Nota do Tradutor] Em inglês *The Notebook*. Obra de Nicholas Sparks cujo título em português do livro (1996) e filme (2004) foi *Diário de uma Paixão*.

Para meu grande alívio, Warren arranca o microfone de Michael.

— Este homem é um impostor — diz Warren. — Na verdade, sou o padrinho de Adrian, e é por isso que tenho uma história ainda melhor para contar.

Caralho. O que ele poderia...

Ah. Ele conta sobre a vez em que me desafiou a inventar algo original (omitindo a parte sobre estarmos chapados) e como respondi ao desafio elaborando um processo para fazer tecido a partir da caseína do queijo.

Jane levanta uma sobrancelha.

— É verdade — digo. — Na verdade, fiz uma camiseta com um queijo particularmente fedorento e dei de presente para Warren.

Jane ri enquanto Warren conclui a história com: — Então, agora, se as vacas malvadas do espaço devorarem todo o algodão do mundo, graças a Adrian, ainda podemos usar meias.

Antes que ele possa contar outra anedota, Bernard pega o microfone, se anuncia como o *verdadeiro* padrinho e diz a todos que fui o inventor do macacão de esfregão para bebês – uma peça de roupa que seu filho pode usar enquanto engatinha e que limpa o chão ao mesmo tempo.

— Ele planeja que Piper use isso. — Ele aponta para onde minha filha está sentada no colo de Georgiana. — Mas eu digo que ele acabará gastando mais dinheiro nas contas de terapia dela do que jamais poderia economizar com uma faxineira.

Jane franze as sobrancelhas.

— Ele quem fez isso — digo. —, mas uma vez coloquei esfregões normais em seu agasalho quando ele estava tão bêbado que engatinhava.

Ela sorri. — Esfregão Idiota Bêbado Onesie™.

Antes que Bernard possa começar a contar outra história, alguém corta o som do microfone.

Porra, finalmente.

— Vamos todos agradecer aos padrinhos — diz o DJ, imbuindo as palavras com um sarcasmo pesado. — Agora, por favor, vão dançar antes da hora de saborear seus pratos favoritos do café da manhã de casamento.

Jane suspira. — O café da manhã de casamento era como chamavam a recepção na época Vitoriana.

Hum. Se o café da manhã do casamento não for literalmente um café da manhã, Jane pode se importar com alguns dos pratos surpresa que adicionei ao prato principal, como Ovos Benedict e Rabanada.

A música começa a tocar, e é um remix do tema de *Bridgerton*.

— Quer dançar? — Jane pergunta timidamente.

Não posso recusar esta oferta, o que significa que Yoda sofrerá.

Bebendo meu champanhe, me levanto e estendo a mão para Jane. — Minha dama.

Ela pega minha mão. — Agora que estamos casados, podemos ser menos formais. Especialmente em particular.

— Ótimo — digo enquanto a levo para o meio da pista de dança. — Eu posso finalmente te chamar de Jelly Bean. Ou você prefere Janilla? Talvez J-Bone?

— Nesse caso, seu pseudônimo será Applesauce — diz ela. — Ou Rio. Ou Adieu. Ou Audrey. Ou apenas Drey. Talvez até mesmo Dr. Drey?

Eu a giro. — Você ganhou. Você será apenas minha Jane.

— Eu gosto disso. — Suas bochechas ficam rosadas. — E você será meu Adrian.

Sério, Yoda? *Isso* também faz você se agitar?

Assim que o remix termina, uma música da Céline Dion toca, então dançamos lentamente ao som dela. Como não tenho nenhuma desculpa para beijar Jane neste momento, luto contra a estranha vontade de fazê-lo.

— Com fome? — Pergunto a Jane algumas músicas depois.

Ela morde um de seus lábios deliciosos. — Faminta.

Voltando à mesa, provamos o cardápio e achamos tudo delicioso.

A família de Jane se aproxima, com Piper ainda sentada no quadril de Georgiana e a guarda-costas/babá em seu encalço.

Eu beijo sua bochecha angelical. De Piper, claro.

— A pequenina pode passar a noite comigo? — Georgiana pergunta.

Eu concordo. — Contanto que você esteja disposta a dormir no berçário dela.

A avó de Jane franze a testa. — Na sua casa?

— Correto.

— Não é lá que acontecerá a noite de núpcias? — Pergunta a avó de Jane, franzindo ainda mais a testa.

— Temos uma suíte de lua de mel — diz Jane com orgulho. —, neste hotel.

— A suíte de lua de mel. — A avó de Jane me dá uma piscadela perturbadoramente lasciva. — Espero que role um swing.

Ela quer dizer um swing balanço ou o literal sexual? Jane também deve pensar o mesmo, porque suas bochechas ficam mais vermelhas.

— O quê? — Mary pergunta curiosamente. — Por que a suíte teria...

— Acho que essa é a nossa deixa para irmos embora — diz Georgiana com severidade, depois leva a mãe embora, sem muita delicadeza.

— Mas, falando sério — Questiona Mary. — Para que serve isso?

Jane engole uma taça de champanhe. — Eu explicarei quando você for muito, muito mais velha.

— Ui, não — diz Mary. — Eu não quero ter minha vida arruinada, nunca.

Quando minha cunhada vai embora, o DJ anuncia que o bolo está pronto para ser cortado, então Jane e eu vamos fazer as honras.

Seguindo a tradição, coloco minha mão sobre a de Jane e, não surpreendentemente, quero deixar de comer o bolo e comer algo que promete ser ainda mais doce.

A boceta de Jane, caso isso não tenha ficado claro.

Mas não posso. Por razões... As boas, mesmo que eu não consiga me lembrar exatamente quais são.

Com o bolo oficialmente cortado, levo Jane de volta à mesa e todos atacamos a sobremesa.

Estou quase terminando meu bolo quando a família de Jane volta com Piper e sua guarda-costas.

— Isso foi muito divertido — diz Georgiana. —, mas está ficando tarde e a pequena está agitada.

— Está? — Vou até Piper e beijo sua testa. Embora haja um sorriso de bebê em seu rosto agora, sei que ela pode se agitar novamente a qualquer momento, então me despeço calorosamente de Georgiana e de todas. Assim que elas saem, meus colegas mosqueteiros passam por aqui e nos informam que eles também estão saindo.

— Já está na hora de dormir? — Eu não posso deixar de zombar deles.

— Show burlesco — diz Warren. — A menos que você esteja prestes a ter um aqui?

Reviro os olhos.

— Por que você se importa, afinal? — Bernard me pergunta. — Tudo em que você deveria estar pensando é na consumação deste casamento.

Jane fica vermelha como uma beterraba.

— A menos que você já tenha feito isso — Michael interrompe. — Depois de tirar a foto?

Eu disse beterraba? Melhor dizer vinho tinto.

— Divirtam-se no suposto show burlesco — digo a eles e volto minha atenção para a próxima pessoa que está prestes a se despedir.

Muito em breve a festa acaba, restando apenas os prováveis espiões jornalistas.

Bem, então aqui está algo sobre o qual eles escreverão.

Levantando-me, grito: — Ok, pessoal! Estamos indo para a suíte de lua de mel.

Com isso, carrego Jane como noiva e, enquanto as pessoas aplaudem, saio triunfante do salão.

CAPÍTULO 33
Jane

— Coloque-me na cama — digo sem fôlego enquanto Adrian me leva para a suíte de lua de mel obscenamente luxuosa. — Eu não confio em mim mesma para ficar de pé.

Sim. Meus joelhos estão bambos, e não apenas por causa da tonteira pelo champanhe. Estou tendo uma overdose de dopamina e oxitocina, e é tudo culpa de Adrian. Já era ruim o suficiente quando ele me tocava, ou dançava comigo, ou sorria para mim, mas ser carregada assim, pressionada contra seu peito duro como pedra e envolvida em seus braços fortes enquanto respirava seu perfume deliciosamente masculino, me faz suspirar de uma forma muito real.

A cama deve ser do tipo Alaskan King – um quadrado de quase três metros que poderia acomodar confortavelmente uma dúzia dos jogadores mais altos da NBA... mesmo que eles tivessem uma orgia com seus colegas mais altos da WNBA.

Muito gentilmente, Adrian me coloca na beira da cama, bem em cima de mil pétalas de rosas.

Sim, pétalas – e não são os únicos acessórios de lua de mel espalhados pelo quarto. Há velas suficientes para criar um grande risco de incêndio, chocolates suficientes para causar diabetes até mesmo na pessoa mais saudável e balões em forma de coração suficientes para levantar um elefante obeso.

É tudo super-romântico e está além dos meus sonhos molhados de GD mais loucos.

Em outras palavras, é o universo me provocando com o fato de que continuarei virgem esta noite.

Respirando fundo, detecto o cheiro de incenso – e isso se combina com o aroma das flores para fazer minha cabeça girar ainda mais rápido.

Adrian começa a se endireitar, mas nossos olhos se encontram.

Oh-oh.

Devo desviar o olhar.

Não consigo.

Por Deus, eu realmente não consigo tirar os olhos dele.

Minha paixão deve ser óbvia, mas ele também não desvia o olhar. Na verdade, seu olhar está extasiado e um músculo em sua mandíbula se contrai, me implorando para lambê-lo. E, então, mordiscar aquela maçã do rosto proeminente antes que eu...

A Sra. Westfield acredita firmemente que não se deve tomar certas liberdades, mesmo com o marido.

Tomada por um impulso irresistível, agarro-lhe a

gravata como um coala livre de clamídia agarrando-se a um eucalipto. Meu cérebro dá ao meu braço um comando descarado para puxar Adrian para baixo, mas antes que o braço possa executar o comando, Adrian faz seu movimento – provavelmente porque, caso contrário, ele perderia sua licença como libertino.

Sua boca se aproxima como uma ave de rapina e suas mãos pousam perto do corpete do meu vestido.

Sim!

Todos os pensamentos fogem da minha cabeça e eu me perco no beijo, consciente apenas da doçura do bolo de casamento em seu hálito e de algo muito masculino que é puramente Adrian.

O som de seda e renda rasgando troveja pelo quarto.

Ele rasgou meu corpete!

Como nos melhores romances.

Caramba. Poderia ser? Finalmente vou conseguir meu GD?

Com certeza parece que sim.

Adrian aprofunda o beijo, sua língua penetrando minha boca, me dando um prelúdio do ato conjugal enquanto suas mãos deslizam para meu corpete destruído, liberando meus seios e fazendo meus mamilos formigarem com a corrente de ar frio.

Por favor, pelo amor de tudo o que há de sagrado na instituição do casamento, deixe-o continuar. Se ele parar, ficarei louca.

Ele não para. Ele beija meu pescoço, depois desliza

para baixo, capturando meu mamilo duro como um diamante em sua boca luxuosa.

Um gemido escapa dos meus lábios.

Rosnando baixo, Adrian arranca o vestido arruinado do meu corpo com vários puxões impacientes antes de levantar a cabeça para olhar para mim.

Engulo em seco, sentindo-me deliciosamente exposta sob seu olhar voraz. O fato de ele estar completamente vestido só intensifica a sensação. Minha pele fica quente quando um rubor cobre todo o meu corpo.

— Você é linda — Adrian sussurra com voz rouca – ou acho que ele o faz, porque então arrasta a língua pela minha barriga, misturando os últimos resquícios do meu cérebro.

Atordoada, me pergunto para onde essa língua está indo. E então eu sei. É o que meus livros chamariam de "meu lugar mais secreto".

Ele está prestes a...

Ele está. Dando em meu clitóris a mais sensual das lambidas, Adrian prossegue com suas ternas ministrações, cada uma provocando um gemido em minha boca.

Um tsunami se forma em meu âmago.

Ofegante, agarro seu cabelo, puxando-o para mais perto do meu sexo. — Sim, sim! — A tensão que se acumula dentro de mim é tão forte, tão avassaladora, que apenas alguns segundos se passam antes que o tsunami chegue ao continente.

Com um grito, eu gozo, meus dedos dos pés se curvando enquanto um êxtase quente desce pela minha espinha.

Ofegante, abro minhas pálpebras pesadas.

Huh. Eu desmaiei por um segundo aí?

A última vez que verifiquei, Adrian estava vestido, mas agora ele está deliciosamente nu – e seu membro é maior e mais duro do que em qualquer uma das minhas fantasias, tanto que há um tremor nada desagradável no centro da minha feminilidade.

E sim, "membros" significam pau e boceta, respectivamente.

— Isso foi incrível — Eu respiro.

Seus lábios se curvam com orgulho masculino. — Fico feliz.

Alcanço seu pau, mas quando meus dedos roçam a pele aveludada, Adrian se afasta.

— Quero retribuir o favor — Explico timidamente.

Seus olhos brilham e sua voz está rouca. — Por mais que eu adorasse isso, quero estar dentro de você.

Glub. Como essa frase pode me fazer passar de sexualmente saciada para o seu completo oposto?

— Supondo — Ele continua — que a honra de dar um GD em você ainda esteja em jogo. Eu entenderia se...

— Sim — Suspiro. — Você pode me colocar na mesa.

Ele sorri maliciosamente. — Pela primeira vez, que tal usarmos uma cama?

Eu assinto com muito entusiasmo.

— Você sabe que pode doer, certo? — Adrian pergunta. — Farei o meu melhor para ser gentil, mas...

— Sim. Estou pronta. — Lanço um olhar preocupado para seu lindo e, espero, não muito grande instrumento de defloração.

Aquilo que estou olhando se contrai... e talvez pisca para mim.

— E você sabe o que esperar em geral? — Adrian continua suavemente.

— Já vi muita pornografia — digo com uma confiança que não sinto.

Ei, minha preparação é melhor do que a de qualquer heroína de romances históricos, onde elas ou obtêm pistas de animais de fazenda ou de conversas estranhas com suas mães e outras mulheres casadas. Caso em questão, Daphne, de *Bridgerton*, nem sabia sobre o método de gozar fora, ou sobre o esperma em geral. Apenas uma gozada a teria educado, sem falar em um vídeo de bukkake, onde as atrizes quase se afogam na coisa.

— A vida real pode ser diferente da pornografia — diz Adrian, com os olhos enrugados de diversão. — Mas, de qualquer forma, você tem algum pedido ou sugestão?

— Sem asfixiar, por favor — digo sinceramente. — E talvez não dê um tapa na minha cara com seu pau... desta vez. Ah, e se sua atitude em relação ao anal mudou desde que você escreveu em seu diário, vamos pular isso por hoje também, pelo menos no que diz respeito à minha bunda.

Ele balança a cabeça solenemente, mesmo quando as rugas ao redor dos olhos se aprofundam. — Ok. — Seu olhar fica mais sério. — Você também deve saber que estou limpo.

Merda. Eu deveria ter perguntado isso antes de mais nada. — Eu também estou limpa — Deixo escapar. — E você já sabe sobre meu DIU.

A resposta de Adrian é beijar meu pescoço novamente. Então, seus dedos passam pelo meu cabelo, arruinando meu penteado. Inspiro profundamente quando seu pênis pressiona minha barriga e sinto o calor acumulando-se apenas alguns centímetros abaixo dele.

Sua boca refaz o caminho de antes, descendo pela minha barriga até meu clitóris.

Espere um segundo. Eu pensei...

Ele passa entre minhas dobras mais uma vez, e o pensamento se torna a coisa mais distante da minha mente. Deleitando-me com o prazer que se enrola dentro de mim, me contorço debaixo dele, ficando desesperada pela liberação.

Sua língua inteligente continua.

Minhas mãos se fecham nos lençóis. Aqui vamos nós. Outro orgasmo recorde está prestes a...

Mas não. Adrian se afasta quando estou no limite. A cabeça de seu pênis está agora onde sua língua estava há um segundo, provocando minha entrada e me deixando louca na mesma medida.

Antes que eu possa soltar um grito de frustração, Adrian captura meus lábios em um beijo ardente.

O calor dentro de mim se intensifica. Eu não teria imaginado que me provar seria tão excitante, mas aqui estamos, e agora preciso tanto dele dentro de mim que posso gritar.

Como se sentisse meu desespero, Adrian gentilmente entra em mim, e há um momento em que o prazer é tingido de dor, mas o prazer rapidamente vence, provavelmente devido a todas as endorfinas que estão afetando meus receptores opiáceos. Tudo que eu quero é atingir aquele orgasmo indescritível com o qual fui provocada e, vejam só, ele começa a crescer de novo, mais rápido do que eu pensava ser possível.

— É isso — Adrian grunhe enquanto empurra mais fundo. — Goze comigo. Agora.

Que escolha eu tenho? Meus músculos internos tremem ao redor de seu pênis, e eu cravo minhas unhas em suas costas enquanto gozo na próxima estocada.

Adrian geme de prazer e se esfrega em mim. Devo tê-lo apertado bem porque sinto a umidade quente de sua liberação enquanto outro tremor de prazer explode dentro de mim.

Uau. Isso foi... uau.

Não consigo me mover nem abrir os olhos.

Aposto que há uma expressão de êxtase no meu rosto que não é mais virginal.

Ouço Adrian sair da cama.

Seja lá por quê.

Ele volta e um pano quente e úmido pressiona meu centro.

Sim. Isso é felicidade. E continua enquanto Adrian envolve seu corpo em volta do meu.

Pode ser meu cérebro sonolento, mas quase consigo visualizar nosso casamento falso se transformando em alguma coisa. Algo real. Algo onde posso me sentir assim todos os dias.

Se eu pudesse, engarrafaria esse momento para sempre, mas, infelizmente, adormeço.

CAPÍTULO 34
Adrian

Enquanto Jane adormece em meus braços, a enormidade do que acabou de acontecer me atinge como um tiro de canhão triplo que DaVinci inventou, mas nunca construiu.

Eu dormi com Jane. Desvirginei-a, para ser mais preciso. Se este fosse o período sobre o qual ela gosta de ler, a coisa honrosa a fazer para mim seria casar-me com ela – só que isso já aconteceu.

Caralho. Foi o melhor sexo da minha vida. E isso não é uma hipérbole – foi realmente o melhor. A química abrasadora que ferveu entre nós durante todo esse tempo foi, no mínimo, uma promessa insuficiente. O sexo real foi muito melhor do que qualquer coisa que minha mente evocasse durante meus encontros solitários com o punho. E eu tive que me conter devido à sua virgindade. Não consigo nem imaginar o quão bom será entre nós uma vez...

Não. Não podemos. Não deveríamos. Seu GD,

como Jane o chamou, não deveria ter acontecido, mas como aconteceu, a única coisa que posso controlar é o que acontece a seguir – o que não deveria ser nada. A audiência exige todo o meu foco, e Jane é uma distração deliciosa demais. Pior ainda, um único movimento errado da minha parte poderia comprometer o motivo do nosso casamento falso.

Meu peito parece estranhamente apertado quando eu gentilmente me desembaraço do corpo pequeno e macio de Jane, pego um roupão e saio silenciosamente para a varanda gigante.

O ar fresco não ajuda. Ainda sinto uma combinação perturbadora de culpa, arrependimento e, o pior de tudo, desejo ardente.

Eu quero mais Jane. Eu quero tanto que posso sentir o gosto. Mas não posso fazer isso com Piper. Não posso arriscar perdê-la.

Falando em Piper... Pego meu telefone e um pouco da tensão desaparece dos meus ombros quando abro o aplicativo da babá eletrônica e a vejo. Ela está dormindo como o bebê que é.

É por isso, aqui mesmo, que devo pisar no freio em tudo o que está acontecendo entre Jane e eu.

Com um suspiro, abro o e-mail de Bob com os documentos que preciso analisar para a audiência. Uma longa hora depois, estou feliz que as circunstâncias da vida não me tenham forçado a seguir uma carreira no sistema judicial, mas sou grato por aqueles que estão dispostos a fazer este tipo de trabalho.

Eu também ainda anseio por abraçar Jane.

Penso em fugir para outro cômodo para evitar a tentação, mas decido que isso não seria justo com Jane. Não quero que ela sinta que isso foi um caso de uma noite.

Silenciosamente, volto para a cama e me estico o mais longe dela que a cama gigante permite. Tudo o que quero é diminuir a distância entre nós, mas isso não seria sensato.

Eu preciso dormir. Mais importante ainda, preciso deixá-la dormir.

Discutiremos tudo pela manhã.

CAPÍTULO 35
Jane

Meu primeiro pensamento ao acordar é questionar se os acontecimentos da noite passada foram reais, porque tudo parecia muito com um sonho.

Espio através dos meus cílios.

Estou na cama gigante, na suíte nupcial, com Adrian do outro lado da cama. E estou dolorida...

A Sra. Westfield desaconselharia nomear lugares tão delicados, mesmo dentro dos pensamentos íntimos de uma senhora.

Tudo isso significa que se o meu GD foi um sonho, ele continua.

— Acordada? — Adrian sussurra, chegando mais perto.

Eu viro em sua direção. — Esperançosamente.

Ele coloca uma mecha do meu cabelo atrás da minha orelha. — Como você está se sentindo?

Eu mordo meu lábio. — Infelizmente, a mesma de sempre.

Ele arqueia uma sobrancelha. — Infelizmente?

Eu zombo suspiro. — Sempre pensei que me sentiria diferente depois de perder a virgindade.

Ele inclina a cabeça. — Diferente como?

— Mais velha. Mais madura. Mais sábia.

— Ah. E você não se sente?

— Acho que talvez precisemos repetir o que fizemos ontem à noite mais algumas dezenas de vezes antes que todas essas coisas aconteçam.

Seu bom humor evapora e ele parece claramente desconfortável.

— Jane... não tenho certeza se é uma boa ideia.

Suas palavras me atingem como um desafio de balde de gelo, provando, sem sombra de dúvida, que esta é a dura realidade, não a terra da fantasia dos meus sonhos de GD.

— Dormirmos juntos não é uma boa ideia? — Ouço-me questionar, embora não saiba por que estou me punindo dessa maneira.

Ele recua. — Desculpe. Eu esperava que falássemos sobre isso mais tarde. Calmamente.

Calmamente? Não há nenhuma maneira neste mundo de pensar sobre isso com calma. Não depois que estupidamente comecei a acreditar que a noite passada significava alguma coisa. Que eu pudesse ter esperança para nós dois.

Meu estômago se transforma em uma pedra e uma onda de náusea toma conta de mim.

Como pude ser tão ingênua? Tão virginal? Eu deveria ter lembrado que fazer sexo é como um bom espirro para um libertino como ele. Mas, mesmo assim, por que ele me negaria algo tão sem sentido para ele como um espirro?

Então, me dou conta e fico feliz por estar na cama porque minhas pernas estão fracas demais para suportar meu peso.

— Você acha que a noite passada foi um erro? — Eu meio que afirmo, meio pergunto. Ele deve. É disso que se trata. Ele é um playboy bilionário gostoso, e eu sou uma simples Jane que provavelmente era uma pessoa chata, ainda por cima. Fazer sexo comigo para ele provavelmente foi como ter um daqueles meio espirros que você às vezes sente quando seu nariz está coçando – completamente insatisfatório.

Na verdade, é uma maravilha que ele tenha se rebaixado a fazer sexo comigo. Provavelmente foi devido ao seu celibato autoimposto, combinado com sua natureza libertina e a atmosfera romântica do casamento.

Ou talvez ele tenha sido mais calculista ao se deitar comigo. Talvez ele faça com que os lençóis ensanguentados acabem nas mãos de algum paparazzo, garantindo que o mundo saiba que nosso casamento foi consumado, tipo época medieval. Isso valeria um espirro desagradável. Ou talvez ele estivesse preocupado que eles verificassem meu hímen na audiência para ter certeza de que nosso casamento não era uma farsa. Ou...

Ele gentilmente apoia meu queixo com os dedos. — A noite passada não foi um erro, mas se continuarmos sendo íntimos, nos encontraremos em um relacionamento real, e isso muitas vezes termina. Se isso acontecesse, onde ficaria a audiência de Piper?

Outro balde gelado bem na cara. Agora, além de rejeitada, também me sinto uma pirralha egoísta. Aquela garotinha merece ter um pai tão incrível quanto Adrian em sua vida, enquanto tudo que me preocupa é meu ego frágil e minha libido hiperativa.

Mas... Se ele se sentia assim, ele não deveria ter me dado um GD, em primeiro lugar. É injusto. Ele trata seu cachorro melhor do que isso – ele mesmo me disse isso. Algo sobre não poder sentir falta de sexo se você nunca fez isso.

— Você está certo — digo. — Não deveríamos fazer isso de novo. — Eu gostaria de poder acrescentar que é porque eu não gostaria de fazer isso, de qualquer maneira, mas não sou uma mentirosa tão boa.

Isso é um brilho de arrependimento em seus olhos? Não. Isso é apenas uma ilusão da minha parte.

De repente, me sinto nua demais, então arrasto o cobertor até o queixo e digo: — Você pode me dar um pouco de privacidade?

Com um suspiro, ele sai da cama, me dando uma visão não adulterada de seu corpo de outro mundo. Então ele pega um manto e esconde tudo, o que parece um crime contra a natureza.

— Aqui. — Ele joga outro roupão na minha direção e depois vira as costas para mim.

Não devo fungar. Isso seria pior do que ficar nua na frente dele novamente.

Visto o roupão e luto para controlar minhas emoções turbulentas.

Agindo como se não tivesse acabado de destruir meu mundo, Adrian pede um café da manhã gourmet do serviço de quarto. Entro no chuveiro e, quando volto, a comida já está aqui. É bonito e cheira muito bem, mas tem gosto de palha misturada com esgoto – possivelmente por causa do nó de lágrimas preso na minha garganta. A conversa durante a refeição é praticamente inexistente, devido a esse mesmo nó. Não tenho certeza de qual é o problema dele, mas tanto faz. Vou tratar nosso relacionamento, tal como é, apenas como um acordo de trabalho, então, não há necessidade de brincadeiras.

Quem diria que minhas interações estranhas com a Sra. Corsica seriam úteis? Assim que o café da manhã termina, pergunto a Adrian quando voltaremos para casa.

— Quando você quiser — diz ele.

Eu pressiono meus lábios. — Que tal irmos agora?

Embora estejamos oficialmente casados, Adrian não me carrega até a porta quando chegamos em casa. Em vez disso, seguimos caminhos separados e não almoçamos ou jantamos juntos – a escolha é minha, e eu mantenho isso.

Naquela noite, chorei até dormir. No dia seguinte, quando nos encontramos, voltamos a conversar sobre o tempo. É a interação mais civilizada que consigo administrar, e mesmo isso é cansativo. Continuo a evitá-lo tanto quanto morar na mesma cobertura permite, e vários dias se passam da mesma maneira tensa, porém, civilizada.

Então, na quinta-feira, Adrian entra enquanto estou lendo em sua biblioteca e me diz que *Rainha Charlotte* foi lançado na Netflix e que deveríamos assistir juntos.

— Não, obrigada — digo com firmeza.

Ele acha que podemos ser amigos de novo? Grande chance!

Ele inclina a cabeça. — É um spin-off de *Bridgerton*. Achei que essa fosse sua série favorita.

— Quero ler o livro primeiro. Eles ainda não lançaram.

Na verdade, estou morrendo de vontade de assistir ao programa, mas pretendo dizer a ele que odiei o livro e que vou pular o programa... e então, assistirei furtivamente sozinha ou depois que nosso acordo terminar.

Ele faz uma careta e dá um passo em minha direção. — Olha, Jane... não quero que continuemos agindo como estranhos.

— Não? — Pergunto amargamente. — Mas isso não é mais seguro? Se falarmos sobre algo importante, poderemos ter uma briga e, se isso se tornar suficientemente grave, poderá comprometer a audiência.

É golpe baixo, eu sei, mas a lógica é idêntica à dele.

— É justo — Ele diz com um suspiro e sai.

Os dias seguintes a essa conversa são o oposto da felicidade da lua de mel. Já nem falamos mais sobre o tempo, apenas sobre a audiência, que se aproxima rapidamente.

Os únicos pontos positivos na monotonia dos meus dias são quando Piper me visita, mas mesmo esses são marcados pela dor de cabeça, porque agora estou apaixonada pela garotinha e sei que não a verei quando Adrian não mais precisar de mim.

Ah, e eu mencionei que vê-lo ser um bom pai é o afrodisíaco mais potente?

É, e isso não ajuda em nada.

Os minutos se estendem por horas e dias e, finalmente, chega a noite anterior à audiência. Espero que seja tão tranquila quanto todas as noites anteriores, mas um grito distante me acorda por volta das três da manhã.

Que diabos? Leo está fazendo suas travessuras de ovelhas?

Superada pela mesma curiosidade que geralmente mata mulheres em filmes de terror, visto um roupão e abro a porta para espiar o corredor.

E gostaria de não ter feito isso.

É Sydney.

Tipo, a mãe do bebê de Adrian. Tipo, a última pessoa que eu esperava ver fora da audiência de amanhã.

Seu seio está para fora enquanto ela luta para vestir o vestido e seu cabelo está uma bagunça.

Embora meu cérebro ainda não tenha dado o salto consciente, minhas veias se enchem de nitrogênio líquido.

Só piora.

Um Adrian totalmente nu vem correndo pelo corredor. Ao me ver, ele congela no lugar. Sua voz está embargada. — Jane... não é isso que parece.

Antes que ele possa dizer mais alguma coisa, bato a porta.

Meu coração está martelando no peito e estou segurando um grito – um grito que provavelmente quebraria vidro se eu o soltasse.

Há uma batida, seguida pela voz tensa de Adrian. — Nós precisamos conversar.

— Não quero conversar — Consigo dizer de alguma forma.

— Por favor — diz ele. — Eu queria...

Usando toda a minha força de vontade, digo calmamente: — A audiência é amanhã. Eu preciso dormir um pouco. — Como se eu pudesse dormir depois do que acabei de ver.

Há uma batida de silêncio. — Você está certa — Ele finalmente diz. —, mas temos que conversar depois.

Claro que sim. Ele provavelmente está aliviado por eu ainda ir à audiência.

O que eu vou – por Piper, não por ele. Irei, embora tudo que eu queira seja acabar com essa farsa para poder voltar para casa em Staten Island, comer a canja de galinha de mamãe e chorar por uma semana.

Inutilmente, volto para a cama, meus pensamentos zumbindo na minha cabeça como vespas agitadas.

Isto não é o que parece.

Parece que eles fizeram sexo e as coisas ficaram selvagens. O que mais eles poderiam estar fazendo nus juntos à noite?

Fecho os olhos com força, mas isso só piora as imagens que passam pela minha mente. Imagens inspiradas em todo o pornô que assisti, exceto com Adrian e sua ex em vez de atores idiotas. Não que o dele seja pequeno.

Espere, no que estou pensando?

Ugh, preciso parar com essa ruminação inútil. Ele não me deve nada. O nosso relacionamento não é real, apesar do meu GD, que, como já estabelecemos, equivalia a um espirro insatisfatório.

Na minha cara.

Mas isso machuca. Parece uma traição – muito mais do que as palavras dele na manhã seguinte ao nosso casamento. Pelo menos naquela época ele alegou agir no melhor interesse de Piper. A menos que... Ele dormiu com Sydney para ter certeza se a audiência ainda é necessária? Tipo, se o sexo corresse bem, talvez eles conseguissem fazer funcionar?

Não, isso não faz muito sentido.

Talvez ele tenha feito isso como uma segurança? Se for assim, isso pode até ser inteligente, de uma forma psicopática. Lembrar Sydney do paraíso que é seu pau, e então, se a audiência não for do seu jeito, ele pode simplesmente convidá-la de volta, e ela virá – ela é apenas humana.

Porra do inferno.

Minha garganta se aperta com o mesmo grito que venho segurando.

É possível que eles tenham dormido juntos esse tempo todo? Essa é a verdadeira razão pela qual ele não quis fazer isso comigo?

Eu sei – e odeio essa ideia – que eles fizeram isso pelo menos uma vez, já que Piper é a prova disso.

Mas por que se preocupar com a audiência se eles têm uma vida sexual contínua? Será que eles fazem algum tipo de sexo estranho/doentio? Um vício de ódio ou algo assim? Foi por isso da gritaria?

Ou pior, é possível que ele só goste dela para fazer sexo, mas odeie a companhia dela?

Poderia ser. Ele tem exatamente a configuração oposta comigo. Ou, pelo menos, parecia que ele gostava da minha companhia quando estávamos conversando.

Talvez entre nós duas ele tenha encontrado a parceira perfeita?

O pensamento contrai meus pulmões, dificultando a respiração.

Eu sei uma coisa com certeza neste momento.

Dormir é apenas uma fantasia distante.

— Conversaremos depois da audiência — diz Adrian quando o encontro no elevador.

— Claro. — Esfrego meus olhos injetados de sangue. — Qualquer coisa que você diga.

Não esclareço se ele está falando sobre seu sexo selvagem com Sydney ou algo mais. De qualquer forma, ainda não estou em condições de ter algo parecido com uma "conversa".

Entramos no elevador e, assim que ele aperta o botão do saguão, começa a ler uma espécie de relatório – sem dúvida relacionado à audiência.

Durante toda a viagem na limusine, ele continua lendo a mesma papelada, e eu tento me preparar também, da melhor maneira que posso.

Quando entramos no tribunal, vejo rapidamente minha mãe, que está aqui para dar apoio moral a Adrian, embora me pergunte se ela teria vindo se eu tivesse contado a ela sobre a guerra fria pós-GD e sobre a noite passada. Sentando-me ao lado dela, ignoro Adrian quando ele se senta e ouço os procedimentos.

À minha esquerda, mamãe encara Tristan, o pai de Sydney. Antes que eu possa dizer a ela que esse homem está fora dos limites e por quê, ela olha para Juliet, a mãe de Sydney, e depois para a própria Sydney. O tempo todo, a expressão de mamãe é extremamente estranha.

Eu me pergunto por um momento, mas não tenho tempo para pensar nisso porque olhar para Sydney ressuscita todos os sentimentos da noite passada.

Cerro os dentes até meu queixo doer e mantenho os punhos cerrados no colo.

Enquanto isso, os advogados fazem o seu trabalho, começando pelo lado de Adrian. Eles defendem que ele é um bom pai e um cidadão honesto que renunciou aos seus modos libertinos. A juíza é difícil de ler, mas acho que ela está acreditando. Quando o outro lado começa a falar, Sydney lança um olhar desagradável em nossa direção, e algo sobre isso deixa meu interior todo úmido.

Ela está muito confiante. Quase como se ela já estivesse exultante. Mas por que...

— Por favor, dê uma olhada na tela — diz um dos advogados de Sydney naquele exato momento.

Todos nós fazemos isso, mas provavelmente sou a primeira a perceber o que estou vendo – e todo o meu corpo fica rígido quando eu faço isso.

Na tela está o contrato secreto que assinei. O mesmo que descreve o fato de que meu casamento com Adrian é falso – que é exatamente o que o advogado aponta a seguir.

As pessoas se voltam em minha direção com expressões conhecedoras. "Ah, isso explica tudo", seus rostos parecem dizer. "É por isso que um cara como ele se casaria com uma mulher como você. Como uma farsa".

Meu rosto queima e dou uma espiada em Adrian. Ele está olhando para mim com uma expressão extremamente traída. Ele claramente pensa que entreguei o documento a Sydney, embora não tenha feito nada disso.

Minha mente dispara, procurando as respostas. Só uma coisa me vem à mente: o pessoal de Sydney deve ter hackeado a conta do aplicativo que eu configurei e conseguido o documento. Não que Adrian vá acreditar nisso.

E acho que, em última análise, não importa, porque é isso. Eu estraguei tudo. Adrian não conseguirá a custódia de Piper, e a culpa é minha.

Sinto uma forte vontade de correr, mas em vez disso, como se estivesse me transformando em um zumbi, me levanto, trêmula, e saio cambaleando da sala do tribunal.

Eu sei que é covardia, mas não quero ver a expressão no rosto de Adrian quando ele perceber o quão ruim isso realmente é. Nem quero que ele me diga que nunca mais quer me ver.

Essa parte é óbvia.

Pelo canto do olho, vejo minha mãe – e por algum motivo, Tristan – se levantar e correr atrás de mim.

Que diabos? Talvez o pai de Sydney só precise ir ao banheiro?

Mas não.

Ao sair para a rua, vejo mamãe agarrando o cotovelo de Tristan enquanto ele grita para eu parar.

Eles discutem ferozmente sobre alguma coisa, então corro até eles, pronta para defender mamãe de qualquer que seja o problema do cara.

Quando estou ao alcance da voz, eles ficam em silêncio e parecem culpados.

Sério? Que inferno novo é esse? Com tudo o que aconteceu, a última coisa que preciso é de um mistério estranho.

— O que está acontecendo? — Eu exijo.

Tristan examina meu rosto como se nunca tivesse visto rostos até hoje. — Você é... filha de Georgiana?

— Hum, sim.

Ele me olha ainda mais atentamente. — E você tem vinte e três anos e quatro meses?

E quatro meses? O quê, estamos de volta ao jardim de infância?

— Não — Mamãe diz a ele. — Vamos conversar primeiro.

— Não o quê? — Questiono. — Há algo acontecendo entre vocês dois?

Essa é a solução mais lógica, mas...

— Sinto muito — diz Tristan para mamãe. Então ele se vira para mim. — Eu sou seu pai.

CAPÍTULO 36
Jane

Fico ali, sem palavras e lutando contra a vontade de simplesmente fugir, porque há um limite para o que uma mulher pode suportar em tão pouco tempo, e eu já havia ultrapassado esse limite muito antes dessa bomba.

Ele poderia estar mentindo?

Lanço um olhar para minha mãe. Ela está pálida e nem sequer nega isso. O que significa que é verdade.

Este estranho é meu pai.

Mas, ele é mesmo?

Rangendo os dentes, examino o rosto de Tristan da mesma forma que ele tem feito comigo todo esse tempo.

Sinos do inferno. Temos características em comum, então isso pode ser verdade. Mas...

— Como? — Eu pergunto, não tenho certeza a quem. Estou sentindo um estranho entorpecimento neste momento, como se alguém estivesse falando por mim.

— Foi como eu te contei; nos conhecemos em uma boate — diz mamãe.

— E foi só uma vez — diz Tristan, parecendo um pouco na defensiva.

— O número de vezes não teria deixado você menos casado — Mamãe diz a ele. Virando-se para mim, ela acrescenta: — E ele também tinha seu próprio bebê a caminho.

Seu próprio bebê. Aperto meu peito enquanto meu cérebro sobrecarregado finalmente faz a conexão.

Tristan também é o pai de Sydney – então ela é o bebê que ele tinha a caminho. Se tudo isso for verdade, Sydney é minha meia-irmã. E compartilhamos olhos cor de âmbar, cabelos pretos e rostos pequenos – notei isso quando a conheci, mas não percebi o significado, é claro.

Como Jerry Springer. Um cara se interpôs entre mim e minha meia-irmã. Tanta coisa para irmãs antes das manhãs.

Então, outra coisa me atinge. Isso faz de Piper minha meia-sobrinha.

Eu gosto dessa constatação. Bastante. Até explica algumas coisas, como por que ela se sentiu como minha carne e osso no momento em que a conheci. Porque ela é. Compartilhamos doze e meio por cento do nosso DNA.

Então, novamente, ela é tão querida que eu a teria amado de qualquer maneira.

— ...juro que não sabia que ela era menor de idade — Ouço Tristan dizer, e essa ladainha me arrasta de volta à conversa. — Ela me disse que tinha dezoito anos.

— Todas as mulheres mentem sobre a idade — diz mamãe, na defensiva. —, e você poderia ter verificado.

Ele concorda. — Eu poderia ter feito muitas coisas de maneira diferente naquela época.

— Você pode dizer isso de novo — Mamãe retruca. Ela se vira para mim. — Quando contei a ele que estava grávida, ele me deu dinheiro - para ficar em silêncio e fazer um aborto.

— Espera. — Eu me esforço para recuperar o fôlego. — Você sempre disse que nunca viu meu pai depois do caso de uma noite. Que não sabia o nome dele. — Tristan estremece com esta última, mas eu continuo. — Você não poderia saber que estava grávida na manhã seguinte ao caso de uma noite.

Mamãe olha para Tristan. — É por isso que eu queria falar com ela primeiro. — Virando-se para mim, ela diz: — Me desculpe por ter mentido. Entre ele ser casado e pressionar pelo aborto, pensei que você estaria melhor sem ele.

Tristan olha para mim seriamente. — Eu não pressionei, apenas sugeri isso como uma opção e sinto muito por isso. Como Georgiana era menor de idade, tive medo de acabar na prisão e, como já discutimos, eu tinha um bebê a caminho.

Esfrego minhas têmporas latejantes. — Então... até hoje você pensava que eu não existia?

Não que isso me faria perdoá-lo, mas...

Ele faz uma careta. — Eu me senti culpado pela maneira como agi com sua mãe, então a localizei alguns anos depois para me desculpar.

— Mais para ter certeza de que eu ia ficar quieta — Minha mãe murmura.

— Foi quando descobri que ela decidiu ficar com você — Continua Tristan. — Então, me ofereci para ajudar de qualquer maneira que pudesse, mas ela me disse que não me queria em sua vida – e decidi respeitar a vontade dela.

— É mais provável que ele tenha decidido ignorar tudo — Mamãe corrige.

Tristan suspira. — Talvez seja verdade, mas com o passar do tempo, me arrependi, cada vez mais a cada ano que passava.

Eu me livro do torpor que me envolve. — Claramente não o suficiente para me encontrar ou falar comigo. — Aponto para a sala do tribunal. — Se você quer saber como um pai *deveria* agir, basta olhar até onde Adrian vai para estar na vida de sua filha.

Tristan dá um passo para trás. — Eu não tinha certeza do que diria se me aproximasse de você.

— Que tal, 'Oi, sou o doador de esperma' — digo.

Tristan pisca lentamente. — Acho que mereço esse apelido. E você está certa. Não importa o que eu teria dito. Apenas estender a mão era importante e eu estraguei tudo. Fui um covarde, também sinto muito por isso. Mas quando te vi hoje – e percebi que já te conhecia – não consegui mais segurar.

Meu peito aperta. — E aqui estamos.

Mamãe capta meu olhar. — Me desculpe por não ter contado toda a verdade sobre ele. Por favor, não me odeie. Achei que o que fiz foi o melhor.

— Eu nunca odiaria você — digo, embora neste momento esteja muito brava com ela. De má vontade, admito: — Não tenho certeza de como teria agido no seu lugar.

— Ponto discutível — diz mamãe com orgulho. — Você não engravidou quando era adolescente.

— Espero que você também não me odeie — diz Tristan. —, e que você consideraria me conhecer... de qualquer maneira que você se sinta confortável.

Alguém aumentou o aquecimento lá fora? — Vou ter que pensar sobre isso — Consigo dizer.

— Obrigado — Ele diz com tanta sinceridade que sinto uma pontada de algo que ele não merece.

— Com uma condição — Acrescento, surpreendendo até a mim mesma.

— Qualquer coisa — Ele diz.

— Faça com que eu esteja na vida de Piper, independentemente de como as coisas aconteçam lá. — Aponto para o tribunal.

Se eu pudesse ver Piper novamente, meu coração doeria um pouco menos.

Tristan apenas hesita por um instante antes de dizer: — Farei tudo ao meu alcance para que isso aconteça. Mas teria que ser só você. Se as coisas não correrem como Adrian quer, não acho que Sydney o deixaria...

Eu suspiro quando uma terrível constatação me ocorre. — Assim que Adrian descobrir que Sydney e eu somos parentes, ele pensará que eu a ajudei, especialmente se eu conseguir ver Piper e ele não puder.

— Duvido que ele pense isso — diz mamãe.

Ela tem uma opinião muito alta sobre seu falso genro.

Eu me viro para Tristan. — Você sabe como Sydney conseguiu aquele documento estúpido?

Ele hesita mais desta vez. — Mesmo que eu conte e você volte lá e conte a eles, isso não mudará o resultado — Ele finalmente diz.

— Obviamente — digo. — A merda já bateu no ventilador.

Ele muda de pé para pé. — A ajuda veio de uma segurança descontente que trabalhava no prédio de Adrian. A guarda afirma que ajudou porque ela e o marido tiveram que recomeçar em um novo local de trabalho por sua causa, mas acho que ela estava com fome de dinheiro e racionalizando. De qualquer forma, ela deu a Sydney a senha que você definiu para acessar o prédio e sugeriu que você não tomava cuidado com as senhas em geral. A esperança era que você tivesse usado a mesma senha com o aplicativo que Adrian gosta de usar para todos os seus documentos legais – e isso acabou sendo o caso.

Oh. Droga. Foi Susan. Ela até me repreendeu por usar palavras reconhecíveis na senha, mas eu não mudei nada e fui em frente e usei exatamente a mesma senha para aquele aplicativo estúpido. Também esqueci completamente que Susan precisava conseguir um novo emprego porque fiz um grande alarido ao ver uma estátua dela nua na galeria de Adrian.

— Por favor, tenha em mente que tudo isso aconteceu antes de eu saber quem você era — diz Tristan. —, e que Sydney está apenas tentando fazer o que ela acha que é melhor para sua filha.

Ele está comparando as ações da minha mãe com as de Sydney? Não, isso significaria que ele desaprova a própria filha. A menos que...

— Isso tudo é demais — digo, principalmente para mim mesma.

— Aqui. — Tristan me entrega seu cartão de visita, e levo o que parecem ser dez minutos para decidir se devo colocá-lo em um dos bolsos ou na bolsa - é assim que estou sobrecarregada neste momento.

— Podemos conversar? — Mamãe diz.

Eu balanço minha cabeça. — Eu preciso ficar sozinha. — E não apenas por causa do homem que está ao nosso lado. Aquele que está no tribunal é um culpado muito maior.

Mamãe faz uma careta. — Eu entendo. Estou aqui se você precisar de mim.

Engulo em seco, com os olhos ardendo, e corro para o táxi amarelo mais próximo.

Quando o taxista pergunta para onde ir, digo para ele me levar para casa.

— E onde fica a casa? — Ele pergunta, sua voz uma mistura de gentileza e exasperação.

— Basta me levar até a balsa de Staten Island — digo.

Depois de pegar a balsa, pegarei um ônibus, pois ainda não tenho milhões em minha conta bancária, e agora provavelmente nunca terei.

Mas não me importo com o dinheiro. Eu daria tudo para desfazer essa confusão de dia. E aqui está o que mais me incomoda em tudo isso.

A pessoa com quem quero desesperadamente discutir tudo isso é Adrian.

CAPÍTULO 37
Adrian

Observo Jane sair do tribunal e percebo que estraguei tudo. Por um momento, considerei que ela poderia ter me traído, e ela leu isso em meu rosto.

Depois que aquele momento passou, eu sabia que ela não poderia ter feito isso, não importa o quão brava ela estivesse com minhas ações anteriores. Infelizmente, agora é tarde demais. Eu deveria correr atrás dela, mas não posso. Piper precisa de mim aqui, na audiência.

Na verdade, já perdi algo que Bob estava dizendo, embora eu ache que a essência era: — Esse tipo de informação só poderia ser obtido por meio de hackers ilegais, o que não fala bem do caráter de Sydney.

— Isso não torna o casamento dele real — Alguém rebate - embora suas palavras reais tenham mais linguagem jurídica.

Eu pulo de pé, impulsionado por um impulso

incontrolável. — Não importa como meu relacionamento com Jane começou. À medida que nos conhecemos, me apaixonei genuinamente por ela e agora pretendo mantê-la como minha esposa para sempre.

À medida que as palavras saem da minha boca, percebo que é a verdade.

A razão pela qual o silêncio dela dói tanto é porque eu amo Jane e odeio o quão infeliz ela parece.

Bem, não mais. Vou encontrar uma maneira de consertar as coisas entre nós.

Pelo canto do olho, noto Sydney ficando pálida. Acho que ela acredita na minha declaração, e isso deve livrá-la de todas as fantasias de última hora que ela vem alimentando, aquelas em que nós dois acabamos magicamente juntos, apesar de tudo.

— Se meu casamento for o fator decisivo para a custódia — Continuo —, estou disposto a assinar um documento afirmando que se Jane e eu nos divorciássemos, Sydney iria...

— Meu cliente está apenas brincando — Bob interrompe.

Ainda bem que ele me impediu. E se Jane...

— De qualquer forma, não importa — diz a juíza. Ela encara para o lado de Sydney. — Há mais?

Eles dizem a ela que não há.

— Nesse caso, vou tomar a decisão — diz ela.

Com o coração martelando na garganta, ouço com tanta atenção que posso ouvir o estômago de alguém roncar na primeira fila. Então, enquanto a juíza fala, uma sensação de leveza toma conta do meu corpo, não muito diferente de como me sinto quando estou dentro de uma câmara de privação sensorial. Também estou tão feliz com o que ouvi que quero dançar porque, quando despojado de todo o jargão jurídico, a decisão é exatamente o que trabalhei tanto para conseguir: custódia 50/50.

Tipo, posso estar totalmente presente na vida de Piper.

Um largo sorriso se espalha pelo meu rosto e quase abraço Bob, mas depois reduzo o gesto para um aperto de mão. Nunca estive tão exultante. Um calor real irradia pelo meu corpo.

Viro-me para beijar Jane em minha excitação, apenas para lembrar que ela foi embora.

Caralho.

A felicidade diminui.

Como eu poderia ter esquecido? Jane foi embora e está ainda mais chateada comigo do que antes.

— Sou necessário aqui? — Eu pergunto a Bob.

— Não. Só isso. Parabéns, senhor. Podemos discutir tudo com o outro lado sem sua pres...

Sem esperar pelo resto, saio correndo da sala do tribunal, onde esbarro em Georgiana, que está conversando com Tristan, dentre todas as pessoas.

Muito estranho.

— Você viu Jane? — Eu pergunto a ela.

— Ela pegou um táxi amarelo — Responde Tristan.

Se eu tivesse mais tempo, perguntaria por que ele está monitorando os movimentos de Jane, mas, do jeito que está, apenas olho para a mãe de Jane para confirmar.

Ela assente.

— Onde ela foi? — Eu pergunto.

— Casa. — Georgiana balança o telefone. — Ela me mandou uma mensagem. Está a meio caminho da balsa para Staten Island.

Pego meu próprio telefone e mando uma mensagem para o motorista da limusine para vir me buscar, adicionando 911 no final para destacar a urgência.

— Sua melhor aposta é pegá-la no terminal da balsa — Continua Georgiana. — A próxima sai à uma e meia.

Eu verifico meu relógio e franzo a testa. Mal conseguiremos sobreviver se ultrapassarmos todos os limites de velocidade.

Pneus cantando, a limusine para no meio-fio.

Entro e prometo ao motorista um bônus de seis dígitos se chegarmos ao nosso destino a tempo. Talvez tenha sido demais porque a limusine avança e voamos pelas movimentadas ruas de Manhattan como se estivéssemos filmando *Velozes e Furiosos*.

Eu ligo para Jane.

Ela não atende.

Eu mando uma mensagem para ela.

Mesmo resultado.

Antes que eu perceba, paramos bruscamente no Terminal Whitehall, e eu saio correndo da limusine e subo a escada rolante, pulando degraus enquanto subo.

Caralho. Jane não está à vista e são 13h32, o que significa que a balsa já está saindo.

Pego meu telefone e ligo desesperadamente para Jane mais uma vez.

Nenhum resultado. Tento dar um passo em direção às pessoas que entram na balsa, mas minhas pernas se recusam a se mover. Esses membros sabem perfeitamente que uma balsa é uma espécie de barco... que vai *sobre a água*.

Eu cerro os dentes. Isso é algo em que tentei não pensar no caminho, mas agora não tenho escolha. Se eu não fizer alguma coisa, Jane irá partir – e sei que isso provavelmente é irracional, mas estou convencido de que se eu deixá-la entrar na balsa sozinha, vou perdê-la... do mesmo jeito que perdi meus pais.

Ou talvez não seja tão irracional. Quando eu tinha sete anos, lembro-me de ter ouvido falar de um acidente de balsa em Staten Island, onde muitas pessoas morreram e ainda mais ficaram feridas.

Não, vou salvar Jane mesmo que tenha que nadar atrás dela.

Eu me forço a dar um passo em direção à porra da balsa. Então outro. Então outro.

Por que estou me movendo tão devagar? A balsa partirá em breve.

Esforçando meus músculos e minha sanidade, lembro a mim mesmo que há pessoas lá fora correndo para dentro de prédios em chamas e voando com balas enquanto meu dragão parece ser um barco atracado.

A conversa estimulante não funciona muito bem. Minha respiração ainda acelera a cada passo, e quando entro no barco amaldiçoado, soo como o fole de uma ferraria.

Olhando em volta freneticamente, assusto alguns passageiros, mas não vejo Jane.

— Jane! — Eu grito roucamente.

Mais pessoas me olham de soslaio, mas eu as ignoro e grito o nome dela novamente.

Atrás de mim, começam os preparativos para desatracar, fazendo meu coração parar na garganta.

Tarde demais. A balsa está prestes a partir, o que significa que Jane e eu estamos prestes a compartilhar qualquer destino terrível que nos aguarda.

Se ao menos eu pudesse encontrá-la antes...

— Adrian?

Minha cabeça se levanta.

Jane está olhando para mim do segundo andar do barco. — O que você está fazendo aqui?

Sim! Eu a encontrei. Correndo em torno de todos os outros passageiros, chego ao segundo andar de uma só vez.

Agarrando o pulso de Jane, puxo-a para a saída da balsa.

— O que está acontecendo? — Ela exige, mas me permite continuar arrastando-a. — Aonde estamos indo?

— Sem tempo — digo e a arrasto para o primeiro andar... que é quando eu vejo.

Já estamos desatracados e... estamos nadando.

Não. Flutuando.

Não. Movendo.

Como quer que você chame, isso significa que é oficialmente tarde demais. Minhas pernas gelificam e eu afundo em uma cadeira próxima. Jane se senta ao meu lado, sua expressão indignada se transformando em preocupação.

— É a coisa da água? — Ela me pergunta.

Eu consigo dar um pequeno aceno de cabeça. — Eu só preciso de um segundo.

O barco começa a se mover para valer. Meu estômago se revira e começo a sentir tontura e enjoo imediato.

Oh, sim. Esqueci completamente que fico enjoado em barcos, embora esse seja o motivo pelo qual não estive com meus pais no dia em que eles...

— Oh, meu Deus — Jane diz quando vê minha expressão, sem dúvida, verde. — Apenas relaxe — Ela cantarola e me abraça. — É apenas uma viagem de vinte e cinco minutos.

Vinte e cinco minutos? Parece que dias de agonia chegam, e se eu tivesse segredos de estado de que alguém precisasse, eu os revelaria só para que o barco atracasse em algum lugar. Em qualquer lugar.

Como não tenho segredos, apenas sofro. Mas faço um voto solene a mim mesmo. Se, por algum milagre, conseguirmos sobreviver a isto, vou comprar uma empresa farmacêutica e inventar algo muito mais forte do que Dramamine para as almas infelizes que não têm jatos privados e limusines e, portanto, não podem evitar este horrível meio de transporte.

— Temos que descer — diz Jane, como se estivéssemos na costa. — Ou então voltaremos.

Paramos? Finalmente. Fico de pé sobre minhas pernas bambas e deixo Jane me ajudar a chegar à terra firme, onde me jogo em um banco e faço o possível para recuperar o fôlego.

Em poucos minutos, me sinto um novo homem, o que significa que logo depois disso, me sinto um idiota pela forma como lidei com toda aquela situação.

Acho que talvez seja hora de consultar um terapeuta e trabalhar na natação. Se Jane caísse em um lago ou embarcasse em um cruzeiro...

Jane aperta minha mão. — Você está bem?

Viro-me para ela, concentrando-me em seu lindo rosto e na preocupação em seus olhos âmbar.

— Muito melhor agora — digo, e é quase verdade. Já superei o passeio de barco, mas estar tão perto de Jane desperta certos anseios em Yoda.

— Quer se afastar da água? — Ela pergunta.

Eu quero beijá-la por isso... ou simplesmente beijá-la. — Sim, por favor.

Ela ainda segura minha mão enquanto corremos para o primeiro táxi disponível, mas estremeço internamente quando Jane dá ao motorista seu endereço residencial de infância. Esse destino implica que ela não quer voltar para minha casa – um lugar que eu esperava que ela estivesse começando a ver como nosso.

A menos que ela ache que vou perder a cabeça

quando chegarmos à ponte Verrazzano, como fiz na balsa?

Ela empurra os óculos no nariz – um gesto que não deveria ser tão sexy quanto é. — Você pode falar agora?

— Sim — digo. — Estou completamente bem.

Mentira, isso é. Calmo, Yoda não está.

— Ótimo — Jane diz e aperta minha mão novamente. — Lamento que Sydney tenha conseguido o contrato.

Abro a boca para responder, mas ela me manda calar com um dedo, me fazendo pensar o quão insultante ela acharia se eu lambesse, ou chupasse, ou...

— Também sinto muito por ter fugido quando eles mostraram isso na tela — Continua Jane. — É só que, quando vi você olhar para mim daquele jeito, eu...

— Pare — digo com firmeza, e seu dedo sai da minha boca. — Sou eu quem está arrependido. A única coisa que posso dizer em minha defesa é que imediatamente percebi que você não teve nada a ver com isso.

— Mas eu tive — diz ela. — Eu usei uma senha de merda e Sydney conseguiu...

— Não. Não é sua culpa. — Coloquei minha outra mão sobre sua pequena palma. — E é discutível, de qualquer maneira, porque consegui a custódia de Piper apesar do documento.

Ela abre bem a boca, o que me faz querer beijá-la ainda mais. — Eu não estraguei as coisas para você?

— *Sydney* não estragou as coisas para mim — Corrijo. — Mas sim. Não.

Ela estreita os olhos. — Então por que você não me disse isso imediatamente? Eu estive me chutando todo esse tempo.

— Eu tentei te ligar. E mandei mensagens.

Ela pega o telefone, olha para ele e faz uma careta. — Desculpe. Se eu tivesse atendido, teria poupado você daquele horrível passeio de barco e a mim mesma de um pouco da dor.

— Não se preocupe com isso — digo. — Mas falando em perdão, quero me desculpar por outra coisa.

Com o rosto pálido, Jane recua. — Com quem você dorme não é da minha conta.

Eu franzo a testa. — Com quem eu durmo? — E então isso me atinge. — Eu *disse* que não era o que parecia. Nada aconteceu entre mim e Sydney.

Jane suspira. — Você não me deve uma explicação. Nosso casamento é falso e...

— Nada aconteceu — Pronuncio as palavras com a maior firmeza que posso. — De alguma forma, Sydney entrou no prédio fora do horário designado para deixar Piper. Então, ela ficou nua e me acordou em alguma última tentativa de sedução, mas eu pedi para ela ir embora. Palavras de raiva foram trocadas. É isso. Juro.

— Oh, uau. — Então os olhos de Jane se arregalam. — Acho que ela também pode ter usado minha senha estúpida.

— Ah. Certo. — Sorrio para aliviar minhas

próximas palavras e acrescento: — Talvez você *deva* usar senhas diferentes no futuro.

Ela balança a cabeça vigorosamente. — Isso é o que eu estava fazendo na viagem de táxi até a balsa. Mudando todas as minhas senhas.

Eu me aproximo e olho em seus olhos. — Agora que isso está fora do caminho, o que eu realmente quero me desculpar são pelas coisas que disse depois da nossa noite de núpcias.

Seus lábios se separam. — O que você quer dizer?

Eu pego a mão dela na minha. — Eu odiei agir como um estranho nas últimas semanas. Não suporto saber que é tudo culpa minha. Eu nunca deveria ter...

O carro para e percebo que estamos ao lado da casa de Jane. Mas de quem é essa limusine? Esqueci de dizer ao meu motorista para me encontrar?

Amnésia de barco é definitivamente algo para contar ao meu futuro terapeuta.

— Vamos continuar conversando lá dentro? — Jane aponta para sua casa.

Aceno com a cabeça e pago ao motorista.

Saindo, abro a porta para Jane e, assim que ela pisa na calçada, vejo um grande problema em nosso caminho.

Saindo da limusine está Sydney.

Seus olhos parecem inchados e sua expressão, desamparada.

Porra.

Quão mau pai ela pensa que eu sou para que ela precise ficar tão perturbada?

Sydney dá um passo ameaçador em nossa direção e seus olhos não estão em mim, mas em Jane. Há algo muito estranho nesse olhar persistente, e não gosto nem um pouco. Entre Sydney parecendo tão instável agora, e ela aparecendo nua na minha casa ontem à noite, eu não ficaria tão surpreso se ela sacasse uma arma e atirasse em Jane – e então exigisse que eu me casasse com *ela*.

Bem, dane-se isso. Depois de sobreviver à viagem de balsa, isso não é nada.

Colocando-me entre Sydney e Jane, exijo friamente:
— O que você está fazendo aqui?

CAPÍTULO 38
Jane

Antes que Adrian bloqueie minha visão, tenho a chance de olhar para Sydney como se fosse a primeira vez – e perceber o quanto somos parecidas. Essa percepção desperta todos os tipos de emoções impossíveis de desembaraçar. A principal, estranhamente, é que quero conhecer essa mulher um pouco melhor, apesar de odiá-la ultimamente.

Ao contrário de Tristan, que escolheu não fazer parte da minha vida, Sydney não teve escolha, e parece que, à sua maneira distorcida, ela deseja ter uma família.

— Não acredito que você saiu depois que a audiência terminou — Sydney zomba de Adrian. —, bem quando chegou a hora de montar um cronograma de visitas que você alegou que queria tanto.

— Eu fui atrás de Jane — Ele responde. —, que ficou ferida por sua façanha, devo acrescentar.

— Oh, por favor. Não estamos mais no tribunal,

então você não precisa fingir que seu pequeno casamento é realmente real.

Essa dói muito porque é verdade.

As costas de Adrian ficam tensas. — Você é inacreditável. Primeiro, você...

— Calem a boca — digo, saindo da minha paralisia. Saindo de trás de Adrian para que eu possa ver o rosto de Sydney, esclareço: — E estou falando com vocês dois. Sério, agora vocês compartilham a custódia de um ser humano maravilhoso, então, precisam aprender a agir como adultos, e logo.

Adrian parece seu cachorro tímido e, para seu crédito, Sydney também parece um tanto afetada.

— Não vim aqui para brigar — diz ela em tom mais calmo, olhando para mim. — Ou até mesmo para falar com ele.

— Então, por que você veio? — Adrian exige novamente. — E como você sabe onde Jane mora?

— A verificação de antecedentes, obviamente — Ela responde revirando os olhos. Voltando sua atenção para mim, ela diz calmamente: — Sua mãe disse que você veio para cá depois das revelações do meu pai.

Ah, então Tristan contou a ela. Não é um bom momento, se você me perguntar. Mas, novamente, se ele tivesse um ótimo momento, provavelmente já estaria na minha vida.

— O que Tristan tem a ver com alguma coisa? — Adrian pergunta.

Droga. Nunca tive a chance de contar a ele a grande novidade.

Ignorando-o, Sydney olha para mim com curiosidade. — Você acha que é verdade?

— O que é verdade? — Adrian pergunta.

— Fique fora disso — Sydney grita com ele. Com mais calma, ela acrescenta: — Por favor. Isso é entre mim e Jane.

Coloco uma mão tranquilizadora no ombro de Adrian. — Deixe-nos falar. Explicarei em breve. — Para Sydney, eu digo: — Eu ainda não processei isso completamente, mas acho que *é* verdade... especialmente quando olho para você.

Nós nos encaramos um pouco mais. Sinto o ombro de Adrian apertando ainda mais sob minha mão, então, antes que ele possa atacar minha irmã mais um pouco, deixo escapar: — Tristan é o doador de esperma. Desculpe, não tive a chance de contar a você no caminho. Eu estava...

— Ele é o quê? — Adrian aparenta como se seu cérebro estivesse prestes a explodir.

— Meu pai é o pai dela — Sydney diz sarcasticamente. — Somos meias-irmãs. Você não vê o quanto ela se parece comigo? Você claramente tem um tipo. — Ela olha para mim. — E quero dizer o último como um elogio.

Acho que se você se considera a tal, como ela, afirmar que ela e eu somos o mesmo "tipo" *é* um elogio.

— Sobre o que ela está falando? — diz uma pequena voz atrás de mim.

Ah, merda. Viro-me e vejo Mary parada ali com sua

mochila, olhos arregalados como duas moedas de vinte e cinco centavos.

Certo. A escola já acabou.

— Quem é essa? — Sydney pergunta, seus próprios olhos se arregalando.

— Por que ela disse que é sua irmã? — Mary pergunta.

Oh, droga. Acho que não há como acalmá-la.

— Mary, esta é Sydney, a mãe de Piper — digo em um tom comedido. Eu enfrento Sydney. — Esta é minha irmã mais nova, Mary. Assim como você e eu, Mary e eu compartilhamos um genitor... mas não é Tristan.

Os olhos de Mary brilham de excitação e, de uma só vez, ela diz: — Você descobriu quem é seu pai? Fantástico. E ele é o pai da mãe de Piper também? Isso significa que você é tia de Piper! Isso significa que também sou tia de Piper?

Olho para Sydney em busca de ajuda com esse último. A rigor, Piper e Mary não compartilham nenhum DNA, mas não tenho coragem de explicar isso.

Para minha total surpresa, os cantos dos lábios de Sydney se levantam e - falando em linguagem de bebê por algum motivo desconhecido – ela canta: — Claro, querida. Você pode ser a tia honorária de Piper.

— Legal — diz Mary. — Mas por que você está falando comigo como se eu fosse uma criança? Eu tenho dez anos de idade.

— Mais para quarenta — Acrescento.

Sydney sorri de verdade agora. Com uma voz normal, ela diz: — Se você é a tia honorária de Piper, posso ser sua irmã honorária?

— Sim — Mary diz sem hesitação.

Sydney olha em minha direção, com sua arrogância habitual temperada com incerteza. — Você está bem com isso, certo?

Hesito, depois assinto. Porque, que diabos? Quaisquer que sejam os problemas da minha meia-irmã recém-descoberta, ela parece gostar de crianças e ser boa com elas.

Ou então eu presumo. Se ela fosse uma mãe ruim para Piper, Adrian provavelmente teria contratado assassinos em vez de advogados.

Decido estender um ramo de oliveira também. — Eu estou bem com isso se minha mãe estiver.

E *puf* – um Cadillac preto para no meio-fio naquele momento e mamãe sai.

Porque, é claro.

— Uau — diz Mary. — Fale no diabo e ela vai ostentar num Uber Black.

Quando mamãe se aproxima de nós, ela não parece surpresa ao ver Sydney ou Adrian aqui – ou ela é uma boa atriz.

— Mãe. — Mary aponta para Sydney. — Posso ser a irmã honorária? — Parecendo envergonhada, ela se vira para a futura irmã honorária e acrescenta: — Qual era o seu nome mesmo?

— Sydney. Como a cidade na Austrália.

— Legal. Eu sou Mary, caso você tenha esquecido.

Por causa de Marynne Dashwood, de *Razão e Sensibilidade*.

Mamãe balança a cabeça. — Mary é o nome da sua avó.

— É? — Mary inclina a cabeça. — Como eu não sabia disso?

— Porque você só tem uma — Teorizo. — Se houvesse duas, você precisaria designá-las, seja pelo nome ou pelo apelido.

— Tenho quase certeza de que mencionei isso — diz mamãe. —, mas vamos voltar ao assunto da irmã honorária. — Ela se vira para Sydney. — Vou considerar se você me deixar ser a avó honorária de Piper em troca.

Enquanto Sydney examina minha mãe, ela me lembra a Sra. Corsica. — Podemos nos conhecer um pouco primeiro? — Ela diz depois de uma longa pausa.

— Eu estava pensando a mesma coisa — diz mamãe. — Quer entrar para tomar chá?

Sydney acena com a cabeça e todas elas entram na casa, deixando a mim e Adrian olhando um para o outro, confusos.

A Sra. Westfield deve aplaudir a escolha do chá como refresco para qualquer tête-à-tête civilizado.

— Devemos ir para outro lugar? — Adrian pergunta. — Eu ainda preciso falar com você.

— Que tal meu quarto? — Eu aponto para cima. Sempre quis trazer um cara gostoso para lá e nunca tive oportunidade.

Adrian sorri. — Sua mãe se importará?

— Não, mas não deveríamos contar a ela, senão ela nos fornecerá preservativos e conselhos sexuais não solicitados.

Sua expressão se torna malandra. — Quer me levar furtivamente para o seu quarto?

Eu sorrio como uma idiota. — Eu pensei que você nunca iria perguntar.

E assim, nós dois, adultos crescidos, subimos a escada na ponta dos pés e depois para o meu quarto – embora a conversa alta na cozinha torne a discrição desnecessária.

— Deixe-me adivinhar. — Adrian aponta para todas as estantes abarrotadas. — Romance histórico, certo?

— Sim, mas essa não é a única coisa que me define — digo com falsa severidade. — Aposto que você não sabia disso. — Pego o pinguim de pelúcia com quem costumava dormir... até muito recentemente. — Sr. Smoking não tem nenhuma conexão com esses livros.

— Eu nem sonharia em condensar você em apenas uma coisa — diz Adrian. — Embora se eu fizesse isso, não seriam livros. Seriam suas bochechas coradas.

Ótimo. Minhas bochechas traiçoeiras escolhem aquele exato momento para ficar vermelhas, como se para ajudá-lo a defender seu ponto de vista.

— Sim, essas. — Ele se inclina e beija uma das bochechas ardentes com seus lábios frescos e deliciosos. Recuando para olhar para mim, ele diz suavemente: — Mas acho que quero mudar minha resposta. Se eu tivesse que definir você por uma coisa, seria o seu sorriso de Mona Lisa. Não. Seria o quão boa você é com Piper. Na verdade, não. Seria...

Agarro seus ombros, fico na ponta dos pés e beijo seus lábios, em parte para calá-lo, mas mais ainda porque eu realmente quero fazer isso.

Ele me beija de volta com fervor, mas depois de um minuto ou mais, ele se afasta suavemente, embora o calor ainda arda em seus olhos. Sua voz é áspera. — Desculpe, mas ainda preciso te contar uma coisa.

Eu olho para seus lábios com saudade. — Se for sobre o que você disse depois da noite de núpcias, eu te perdoo. Acho que você estava certo. Vale a pena ter cuidado com Piper. Mas agora que a audiência foi do seu jeito, talvez possamos...

Adrian segura meu rosto nas palmas das mãos, abalando tanto meu cérebro que esqueço como falar.

Acho que vejo o que ele está prestes a dizer em seus olhos antes de seus lábios se moverem, e então ele pronuncia três palavras: — Eu te amo.

Meu coração se transforma em um coelho com esteroides.

— É algo que percebi na audiência — Continua ele. — Mas acho que já sinto isso há muito tempo. Eu só estava com medo de me permitir...

— Eu também te amo — digo, saindo do meu estupor. — Eu amo seus olhos malandros, seu sorriso libertino, sua inventividade. E, para não parecer uma imitadora, adoro o jeito que você é com Piper. Não. Eu amo...

Desta vez é ele quem me beija, e imbuímos esse

beijo com todas as coisas que ainda não tivemos a chance de dizer um ao outro, como por exemplo, como eu também odiava quando não nos falávamos. Ou como sonhei em beijá-lo novamente, e não apenas beijar, mas também...

Como se estivesse lendo meus pensamentos, Adrian começa a se despir, primeiro ele mesmo e depois eu, tudo sem interromper o beijo.

Quando estamos nus, ele sussurra: — Desta vez não deve doer.

E ele está certo. Não dói.

É a melhor cena de todos os romances que já li, só que infinitamente mais gostosa porque é ele.

Jane
UM ANO DEPOIS

O cinema está lotado de VIPs, mas tudo que me importa é meu marido sentado à minha direita. Sim, Adrian e eu decidimos continuar casados, então, ele *realmente* é meu marido agora, e não apenas um aos olhos da lei.

Ele agarra minha mão e, entre isso e o início do filme, meu batimento cardíaco dispara. Adrian trabalhou incansavelmente nesse projeto, mas manteve isso em segredo de mim, tudo para que eu pudesse aproveitar esta noite. Tudo o que ele me disse com antecedência é que eu o inspirei a fazer isso e que ele acha que eu poderia gostar. Ah, e que ele escreveu pessoalmente o roteiro, compôs a trilha sonora, desenhou alguns dos figurinos e toda uma lista de outras realizações.

Dito de outra forma, estou mais entusiasmada do que uma criança depois de um concurso de comer tiramisu.

Observo, fascinada, o desenrolar da primeira cena. Se o objetivo de Adrian era agradar espectadores como eu, ele acertou em cheio.

O cenário é a Inglaterra de meados da década de 1830 – um dos meus favoritos – e há uma grande história de amor no filme, tornando-o um romance histórico. Os amantes em questão são Ada Lovelace e Charles Babbage, pessoas históricas reais, embora a relação seja ficcional. Charles foi um inventor gênio excêntrico que – e esta é uma história difícil de acreditar, mas verdadeira – desenvolveu planos para um computador mecânico, uma máquina que, infelizmente, nunca foi construída (ou então vídeos de gatos poderiam ter se tornado um passatempo favorito dos humanos cem anos antes). Ada era uma matemática talentosa e a única filha legítima de Lorde Byron. Por ter escrito programas para a máquina de Charles, ela é agora considerada a primeira programadora de computador do mundo. Isso mesmo. Ela foi a primeira numa área em que as mulheres hoje ainda ocupam apenas cerca de trinta por cento dos empregos, e ela estava nessa área numa época em que as mulheres eram consideradas incapazes de aprender matemática com seus cérebros débeis e minúsculos.

Bobagem dizer que, quando os créditos rolam, meus olhos estão marejados. Levantando-me de um salto, bato palmas e o resto do público se junta a nós.

— Você é um gênio — digo a Adrian com fervor.

Ele sorri para mim. — Você realmente gostou?

— Sim — digo. — Agora é meu filme favorito.

Antes que ele possa responder, um repórter que se apresenta como crítico de cinema do *The New York Times* começa a falar com Adrian sobre o quanto ele amou o filme.

Assim que o repórter termina, o prefeito parabeniza Adrian pelo trabalho bem executado, e então, um dos atores passa para agradecer a Adrian por lhe dar a chance de fazer parte de um projeto tão incrível. Outras pessoas também passam e isso dura quase uma hora.

Quando chegamos ao saguão, todos que conhecemos já estão esperando por nós – a única pessoa que falta é Piper porque levar uma criança pequena à estreia de um filme é contra as Convenções de Genebra.

— Isso foi realmente assistível — diz Bernard.

— Para um filme sem perseguições de carros e explosões — Corrige Michael.

— Ei, é o melhor romance sentimental que já vi — Warren interrompe. — Não que eu tenha visto tantos.

— Vocês três são loucos — diz Mary sem desviar o olhar do telefone. — O filme foi o Melhor de Todos os Tempos. Você não acha, mana?

A "mana" em questão é Sydney – que se dá muito bem com Mary. Pode ter algo a ver com o fato de Mary ter atingido fortemente a pré-adolescência no ano passado e ser atraída pelas vibrações de Abelha Rainha de Sydney. Mamãe e eu somos gratas a Sydney porque até agora ela conseguiu convencer Mary a não ter cabelo rosa (o que você é, um personagem de anime?), um piercing no nariz (você vai parecer uma vaca) e uma tatuagem de golfinho (você não é nada vadia para ter essa tatuagem).

— Você fez um ótimo trabalho — Sydney diz a Adrian com exagerada graciosidade.

— Obrigado — Responde Adrian, e posso dizer que ele está fazendo o possível para parecer amigável, o que ainda é um trabalho em andamento para esses dois. Trabalho duro. Mas o fato de ela estar aqui hoje é uma prova de que ela está tentando.

Da minha parte, me dou muito bem com minha meia-irmã recém-descoberta, considerando que ela tentou dormir com meu marido há apenas um ano. Ajuda que ela tenha começado a namorar alguém novo, e que ela seja uma boa mãe para Piper... e que ela se dê bem com minha própria mãe.

Inferno, acho que daqui a alguns anos, posso até gostar dela.

— Bom trabalho? — Mamãe exclama. — Eufemismo do século! Isso foi material para o Oscar.

— Eu concordo — diz Tristan. — Globo de Ouro também. Essa trilha sonora foi uma obra de arte.

Sorrio agradecida para o homem que vejo cada vez menos como o doador de esperma. Assim como aconteceu com Sydney, o principal motivo pelo qual gostei dele é o quanto ele adora Piper. Atualmente, ele e eu fazemos um brunch mensal e estou pensando em aumentar para quinzenal, mas ainda não contei isso a ele.

— Concordo com todos os elogios — Interrompe a

Sra. Corsica. — E com certeza iremos estocar este filme na biblioteca quando estiver disponível

Ela realmente quer dizer que *eu* vou estocá-lo. Recentemente, ela me disse que planeja se aposentar e que me recomendará para assumir seu trono.

— Muito obrigado a todos por terem vindo me apoiar — diz Adrian. — Presumo que veremos vocês na festa?

Depois que todos respondem afirmativamente, Adrian agarra meu pulso e me arrasta para fora do teatro, através da multidão de paparazzi, e para dentro da limusine.

Ao partirmos, ele serve uma taça de champanhe para nós dois, mas eu não bebo a minha. Em vez disso, capto seu olhar. — Será difícil superar sua surpresa — digo —, mas vou tentar.

Adrian me olha com curiosidade. — É uma roupa nova?

Eu sorrio. — Isso também. Eu tenho algo com muita renda. Vou usar uma chemise por baixo. Mas isso não é comparável ao filme – mesmo que esteja tangencialmente relacionado à surpresa.

— Você gosta de provocar um pouco demais — diz Adrian.

É verdade. Comecei nossa vida sexual virgem, mas com nossas aventuras sexuais duas e às vezes três vezes por dia, minhas habilidades no quarto agora se assemelham às de uma cortesã experiente, e a provocação é normal.

A Sra. Westfield acredita que existe um limite além do

qual o dever conjugal se torna um comportamento desenfreado. Uma linha que, neste caso, foi ultrapassada há onze meses e três semanas.

— Tudo bem — digo. — Desmancha-prazeres. Aqui vai uma dica: a surpresa tem a ver com um certo DIU que tirei recentemente.

Com os olhos arregalados, Adrian arranca a taça de champanhe da minha mão, como se achasse que eu poderia bebê-la acidentalmente. — Você quer dizer...

— De fato. Estou grávida. — Eu queria dizer isso há muito tempo. — Acontece que esse filme não é a única coisa incrível que você criou ultimamente.

Sorrindo, Adrian me envolve em um abraço caloroso, enquanto me diz o quanto isso é emocionante e o quanto ele me ama. Finalmente me deixando ir, ele diz: — Quando todos gostaram do filme, não achei que hoje pudesse ser melhor, mas você apenas melhorou, exponencialmente.

Suas palavras me fazem sentir leve e brilhante. — Você está pronto para escrever mais histórias infantis? — Eu pergunto. — Ou você usará as mesmas e apenas substituirá o nome e a imagem de Piper pelos do seu bebê ainda não nascido?

— Vou escrever novas. — Ele se abaixa e beija minha barriga através do vestido. — Será um trabalho de amor.

Aperto o botão que fecha a divisória de privacidade da limusine – uma dica não tão sutil de onde minha mente está.

Os olhos de Adrian ficam semicerrados. — Aqui, agora? E a roupa?

— Isso, querido marido, está a horas de distância. — Desabotoo a gola da camisa dele.

— Bom ponto — Ele diz e prontamente me livra do meu vestido.

Eu o beijo então, um beijo apaixonado e ganancioso que faz promessas do que está por vir.

Coisas maravilhosas.

Coisas atrevidas.

Coisas interessantes.

E quando ele me beija de volta, sinto o gosto de sua promessa de nosso amor eterno.

Agradecimentos

Obrigado por fazer parte da aventura de Jane e Adrian! Certifique-se de nunca mais perder um lançamento, inscreva-se na newsletter em www.mishabell.com/pt.

Se você quer mais histórias de Misha Bell, vire a página e leia trechos de outros livros hilários!

Trecho de Um Amor Em Promoção

Honey Hyman (NÃO a chame de "querida", "docinho" ou qualquer coisa parecida) é toda de couro, piercings e tatuagens. E sim, ela pode ser um pouco obcecada por promoções, mas quem não é? Não é como se ela estivesse usando cupons para roubar de alguém... a menos, é claro, que esses cupons sejam falsos, e ela os criou para ajudar seus vizinhos idosos a comprar mantimentos no supercaro supermercado, Munch & Crunch, que substituiu a mercearia local.

Realmente não é justo ela ir para a cadeia. Ou ser chantageada para trabalhar para o CEO da Munch & Crunch, a quem ela supostamente fraudou – um CEO que acaba por ser ninguém menos que Gunther Ferguson, sua paixão do colégio, que uma vez arruinou seu histórico escolar e sua vida.

Que comece a guerra.

TRECHO DE UM AMOR EM PROMOÇÃO

— Honey Hyman — diz ele com desgosto – e o choque toma conta de mim quando reconheço seu barítono deliciosamente profundo, que ele tem desde a adolescência.

— Gunther Ferguson? — Eu deixo escapar incrédula.

É possível que eu o tenha invocado pensando nele no caminho para cá, como se invocasse um demônio? Ou talvez eu tenha adormecido no carro da polícia e esteja sonhando?

Se não, então este homem é o que aconteceu com o garoto que eu odeio, aquele que me meteu em problemas na escola, provando, assim, que o carma é um maldito mito. Se houvesse justiça no mundo, ele teria se deformado e encarquilhado com o tempo, como um senhor malvado dos Sith, mas aconteceu o contrário.

Como um vampiro de Anne Rice, a transformação do mal o deixou mais bonitão.

— Se fazer de boba é o seu último jogo? — Gunther pega uma pilha de cupons e os joga na mesa. — Você vai fingir que não sabia que é da minha loja que você está roubando?

Atordoada, eu olho para baixo.

Sim. Esses cupons habilmente falsificados são para aquele Munch & Crunch esmagador de pequenas empresas. E, de fato, são meus trabalhos manuais – mas essa loja faz parte de uma rede multinacional de supermercados, então, como pode ser dele? A menos que...

— Você possui aquele Munch & Crunch, como uma franquia? — Pergunto estupidamente.

Ele zomba. — Eu possuo toda a empresa. Como se você não soubesse disso.

Eu pisco. — Como eu saberia disso?

Ele aponta para os cupons. — Da mesma forma que você sabe como fazer com que pareçam indistinguíveis da coisa real.

Espera aí. Ele é apenas um policial esperto? — Não pretendo me incriminar. Supondo que sejam realmente falsos, tenho certeza de que quem os criou os fez para ajudar seus vizinhos idosos que costumavam fazer compras no local que seu Munch & Crunch impiedosamente tirou do mercado. Essas pessoas não podem pagar seus preços regulares. De qualquer forma, como aquela pessoa misteriosa poderia saber que você tinha algo a ver com a loja? Eu sei que pessoas como você pensam que são o centro do universo, mas isso não é verdade.

Ele suspira. — Primeiro, você fez a mesma coisa com meu pai. Agora, comigo. Se isso não for direcionado, devo presumir que você fez tantos cupons fraudulentos que isso inexoravelmente aconteceu novamente.

Empurro os cupons para longe. — Não estou admitindo nada, mas, e a falta de sorte?

Seus lábios cheios se curvam em um sorriso de escárnio. — Não acredito em sorte.

— Ah, a sorte existe. — Má sorte é a única coisa que pode explicar como sua boca parece tentadora, apesar do que está dizendo.

— Você pode prevaricar o quanto quiser, mas o caso contra você é hermético. Na verdade, fui levado a acreditar que você enfrentará a prisão desta vez. A menos que...

Espere. Isso é chantagem? — A menos que o quê?

Uma dúzia de cenários impertinentes do que ele pode exigir de mim se desenrolam em minha mente – alguns envolvendo algemas (porque, delegacia de polícia); outros, cera de vela (não faço ideia do porquê) e um monte mais com uma cama coberta de cupons BOGO.

Seus olhos verdes brilham triunfantemente. — A menos que você trabalhe para mim. Então retirarei as acusações.

Um Amor Em Promoção está disponível. Visite nossa página www.mishabell.com/pt/ para saber mais.

Trecho de Uma Babá para o Bilionário

Lilly
Uma oportunidade única de poder arrasar com o bilionário que tomou a casa dos meus pais? Sim, por favor! O idiota ganancioso e arrogante pensa que estou aqui para uma entrevista de emprego como treinadora de cães (mais conhecido como babá), mas ele não perde por esperar.

E daí que Bruce Roxford é alto, musculoso e bonito? Nada vai me impedir de dizer a ele o que penso – nem mesmo seu adorável cachorrinho Chihuahua, a quantia insana que ele está oferecendo pelo trabalho ou seus lindos e profundos olhos azuis...

Junte tudo isso? Estou em apuros.

Bruce
Lilly Johnson está cinco minutos atrasada para nossa

entrevista agendada e nunca contratei um funcionário atrasado. Mas antes que eu possa mandá-la embora, meu cachorro Chihuahua se apaixona por ela.

Sim, apenas o Chihuahua.

Esta mulher é pouco profissional, difícil, sarcástica... e por alguma razão, impossível de eu tirar da minha mente.
Então, é claro, eu a contratei como treinadora do meu cão. O quão ruim essa ideia pode ser?

Como diabos ele é tão gostoso? Tudo sobre Bruce Roxford é frio como gelo, desde seus olhos azuis árticos até a carranca glacial em seus lábios. Até mesmo seu cabelo escuro e penteado para trás tem um brilho frio azul-escuro, em vez dos habituais tons castanhos quentes.

— Sim? — Ele pergunta imperativo, intencionalmente não abrindo mais a porta da frente.

Por que ele está agindo como se seu pessoal de segurança não tivesse anunciado quem eu era? Sem mencionar que temos hora marcada – e não é como se houvesse pessoas aleatórias entrando e saindo de sua enorme propriedade.

Fazendo o possível para não tremer com o frio que ele exala, digo: — Sou Lilly Johnson.

Sem resposta.

— A treinadora de cães.

Silêncio.

— Estou aqui para uma entrevista com Bruce Roxford?

O que não digo é que a entrevista é apenas um pretexto para dar uma bronca no desgraçado sem coração. O banco dele tomou minha casa de infância, então, quando vi seu anúncio procurando alguém na minha área, eu sabia que era o destino.

Talvez eu devesse xingá-lo agora?

Não. Ele bateria a porta na minha cara e mandaria seu segurança me escoltar para fora do local. Preciso tê-lo como público cativo. Antes de vê-lo pessoalmente, pensei em nos trancar em um cômodo e ler a nota que redigi cuidadosamente para a ocasião. Dessa forma, não esqueceria nenhum insulto ou acusação. No entanto, agora que estou cara a cara com esse enorme espécime masculino de ombros largos, tenho menos certeza de estar sozinha com ele, especialmente em uma situação hostil.

Ele levanta o braço musculoso na frente do rosto e franze a testa para o relógio A. Lange & Sohne. — Você está atrasada. Adeus.

As palavras me atingem como fragmentos de granizo.

— Atrasada cinco minutos — Retruco, orgulhosa de como minha voz está firme. — Tinha trânsito e...

— O trânsito é um fato tão previsível quanto os impostos. — Ele começa a fechar a porta na minha cara.

Eu inalo uma grande respiração. Não há tempo para ler todo o meu discurso. Uma versão rápida terá que ser suficiente.

Antes que eu possa soltar qualquer veneno, um borrão de penugem preta sai da pequena lasca entre a porta e sua moldura.

Um porquinho-da-índia?

Não. Está abanando o rabo e lambendo meus sapatos.

Oh, certo. É um cachorrinho – o que faz sentido pelo anúncio.

Meu coração salta. Este é um Chihuahua de pelos compridos – e lindo, com uma pelagem sedosa preta como breu, pelo branco no peito, uma cara que me lembra um pequeno urso e manchas marrons acima de seus olhos que parecem sobrancelhas curiosas. Melhor ainda, a falta de latidos e mordidas no tornozelo até agora me faz pensar que este pode ser o membro mais amigável desta raça em particular.

Eu me agacho e acaricio seu pelo celestial. — Olá. Quem é você?

O cachorrinho cai, revelando que ele é um bom *menino*, ao contrário de uma menina.

Uma dor agridoce aperta meu peito enquanto coço sua barriga lisa. Já se passaram cinco anos desde que perdi Roach, o amor canino da minha vida, e ele também era um Chihuahua – apenas muito maior, menos amigável com estranhos e com uma pelagem lisa.

Até hoje, sempre que me deparo com um novo

membro desta raça, um toque de tristeza mancha a alegria de conhecer um cachorro. Felizmente, por serem pequenos, poucas pessoas treinam Chihuahuas formalmente, então, nunca perdi um cliente por causa disso. De qualquer forma, a alegria vence rapidamente quando movo meus dedos para coçar o peito fofo do filhote, e ele começa a parecer um usuário de heroína.

— Você gosta disso, não, querido? — Sussurro.

Como sempre, minha imaginação me fornece a resposta do cachorro – que, por alguma razão desconhecida, é falada na voz impossivelmente profunda de James Earl Jones, também conhecido como Darth Vader:

Se eu gosto de massagens na barriga? Isso é como perguntar se eu gosto de uivar para a lua. Ou lamber minhas bolas. Ou comer um...

Em algum lugar bem acima de mim, ouço alguém soltar um suspiro exasperado.

Ah, merda. Esqueci onde estou. É uma ocorrência comum quando os cães estão envolvidos.

Endireitando-me em toda a minha altura (que, admito, mal chega a um metro e meio), olho desafiadoramente para os olhos azuis de meu inimigo – que parecem mais amplos agora, como buracos de pesca em um lago gelado.

— Como você fez isso? — Ele pergunta.

Nervosa, coloco uma mecha de cabelo atrás da orelha. — Fiz o quê?

Ele gesticula para o Chihuahua abanando o rabo. — Colosso nunca é amigável. Com ninguém.

Então talvez ele *seja* típico de sua raça. Eu sorrio, incapaz de me conter.

— Colosso? Quanto ele pesa, tipo novecentos gramas?

— Um quilo e duzentos — diz ele, a expressão ainda severa. — Você tem bacon nos bolsos?

Sentindo-me em um julgamento, puxo meus bolsos para mostrar que estão vazios. — Eu nunca alimento cães com bacon. Mesmo os tipos mais seguros têm muita gordura e sódio, para não mencionar outros aromas que...

— OK — Ele interrompe imperiosamente.

Eu pisco para ele. — OK o quê?

— Você está contratada.

Uma Babá para o Bilionário está disponível. Visite nossa página <u>www.mishabell.com/pt/</u> para saber mais.

www.ingramcontent.com/pod-product-compliance
Lightning Source LLC
LaVergne TN
LVHW031536060526
838200LV00056B/4524